Rolf Bläsing

Der Halbmarathon-Mann

Rolf Bläsing, geboren 1958, gewann durchs Laufen wichtige Erkenntnisse: Regelmäßige Bewegung relativiert kleinere bis mittlere Fehler beim Ess- und Trinkverhalten – und: Selbst bei Regen kann man sich draußen bewegen, ohne daran zugrunde zu gehen. Er lebt, läuft und schreibt in Hessen.

Rimbach, Anfang dreißig und auf direktem Weg zum Bauchansatz, EDV-Support in einem Konzern in Kassel, verliebt sich in eine Frau, die eigentlich eine Nummer zu groß für ihn ist: Julia aus der PR-Abteilung ist schön, erfolgreich und dazu noch nett. Rimbach fasst den Plan, sie zu erobern, und geht die Sache systematisch an – das Projekt »Conquest« wird ins Leben gerufen. Da er ihre E-Mails lesen kann, ist er über ihre Beziehungsprobleme, ihre Wünsche und Erwartungen bestens informiert und versucht nun, sich als ihr Traummann zu inszenieren beziehungsweise dieser zu werden. Schon bald sieht das Projekt vor, dass sein Körper in Form gebracht wird – eine Aufgabe mit Hindernissen. Je mehr Rimbach versucht, sein Leben selbst in die Hand zu nehmen, desto mehr verselbständigt es sich: Auf seinem Weg zum Ziel hat er nicht nur mit den Tücken des Freizeitsports zu kämpfen, sondern auch mit einem in jeder Hinsicht ruinösen Eigenheim. Schließlich wird seine Männlichkeit mehr als je zuvor gefordert, denn: Schneller, als Rimbach laufen kann, ändert sich das Projektziel.

Rolf Bläsing

Der Halbmarathon-Mann

Roman

aufbau taschenbuch
AUFBAU VERLAGSGRUPPE

ISBN 978-3-7466-2424-2

Aufbau Taschenbuch ist eine Marke
der Aufbau Verlagsgruppe GmbH

1. Auflage 2008

Umschlaggestaltung gold, Anke Fesel
unter Verwendung eines Fotos von Carla Brno, bobsairport
Druck und Binden CPI Moravia Books, Pohořelice
Printed in Czech Republic

www.aufbau-taschenbuch.de

1

Rimbach litt. Er hatte gut zehn Kilo zu viel mit auf die Strecke genommen und keine praktische Erfahrung mit dieser seltsamen Sportart, die »das Laufen« genannt wurde. Angestrengt versuchte er, genügend Luft in seine Lungen zu schaufeln. Schweiß brannte in seinen Augen und Schmerz in seinen Beinen, doch er lief weiter und schaffte es, das Tempo hoch zu halten, selbst dann noch, als er bereits knapp zweihundert Meter zurückgelegt hatte.

Er hätte Zweifel haben können an seiner körperlichen Verfassung, hätte sich fragen müssen, ob er die für ihn geeignete Sportart betrieb, sofern es die überhaupt gab, doch solche Fragen verboten sich von selbst. Dieser Lauf, und alle folgenden, war Teil eines Projekts, das er selbst ins Leben gerufen hatte. Das Projekt hieß »Conquest«, und sein Ziel war die Eroberung der begehrenswertesten Frau, die je seinen Weg gekreuzt hatte.

Eine Woche vorher saß er in einem Büro im dritten Stock der Konzernniederlassung, schaute hinaus auf den Brunnen und hatte noch keine Ahnung von dieser dramatischen Zuspitzung. Er hatte gerade, um erst mal reinzukommen in den Arbeitstag, ein paar »Standards« erledigt und einigen Benutzern neue Programme vom Server installiert. Die Fragen dazu würden nicht lange auf sich warten lassen, aber dazu war Rimbach ja unter anderem da. Support-Mitarbeiter, das hatte entfernt auch etwas mit Unterstützung zu tun. Danach hatte er einige Makros durchgetestet, die bald zur Anwendung kommen sollten, es ging dabei um Formulare, die für alle Mitarbeiter der Niederlassung zentral bereitgestellt wurden.

Die Niederlassung des Konzerns bestand aus drei fünfstöckigen Riegeln, die zusammen ein großes U bildeten. In dem mit Granit ausgelegten Innenhof befand sich ein Brunnen. Er war quadratisch, und aus seinen Ecken ragten etwa einen Meter lange, gebogene Rohre aus Edelstahl. Jedes Rohr spuckte im Wechsel je einen armdicken Strahl aus, der kurz darauf an der gegenüberliegenden Seite des Brunnenquadrats lautlos wieder eintauchte. Wasser, gezielt gelenkt. Das war genau so viel Natur, wie er zwischendurch brauchte.

Wenn Rimbach einen Auftrag erledigt hatte, dann schaute er oft auf den Brunnen, es erleichterte ihm das Umschalten auf ein neues Projekt und löschte unnütz gewordene Überlegungen und Daten aus seinem Arbeitsspeicher.

Sein Job hatte Vorteile. Er bestand hauptsächlich aus dem gutbezahlten Abarbeiten leicht lösbarer Aufträge; ganz angenehm, wenn man bereit war, zwischendurch bei größeren Projekten auch mal ein paar Wochen ohne Rücksicht auf längere Arbeitszeiten durchzuziehen.

Nebenbei fand er noch Zeit, ein bisschen im Konzern herumzulaufen und verzweifelten Anwendern bei kleineren Problemen mit dem Handling beizustehen. Das fiel ihm leichter als einigen seiner Kollegen, denn er hatte die richtige Einstellung dazu gefunden: Wenn man es als naturgegeben hinnahm, dass der gewöhnliche Anwender eine Änderung, und sei sie noch so unbedeutend, auf Anhieb weder begreifen noch akzeptieren würde, erleichterte das die Aufklärungsarbeit. Man musste einfach immer wieder bei null beginnen.

Die Anwender empfanden diese Haltung als Einfühlungsvermögen, und so hatte er einen festen inoffiziellen Kundenstamm, bei dem er sich immer wieder mal blicken ließ. Die Kunden waren allerdings handverlesen, das heißt, bei einigen war er sofort zur Stelle, während es sich bei anderen terminlich einfach nie einrichten ließ.

Angenehm war die fehlende Kleiderordnung im IT-Bereich. Er und seine Kollegen konnten sich frei und in bequemen Klamotten bewegen und darüber spekulieren, warum es einem aus der Buchhaltung möglicherweise leichter fiel, seine Arbeit zu verrichten, wenn er dabei eine Krawatte trug.

»Was ist los? Stellst du dir gerade Julia Jenner nackt im Brunnen vor?«, fragte Krüger, der ihm gegenübersaß.

»Klar«, sagte Rimbach, »zur Inspiration, zur Einstimmung auf den Auftrag. Hab gehört, ihr hättet Kron angefleht, das Projekt mit ihr selbst machen zu dürfen. Aber er hat erkannt, dass ich der Einzige bin, der der Sensibilität dieser Aufgabe gewachsen ist.«

»Wusste nicht, dass du zur Selbstironie fähig bist«, sagte Krüger.

»Das gehört zu wahrer Größe dazu«, meinte Rimbach. »Ich muss jetzt übrigens los zu Frau Jenner. Verbringe den Rest des Tages in der Presseabteilung, vielleicht sogar den Rest der Woche.«

Rimbach nahm den Laptop und machte sich auf den Weg in den Riegel I E. Die Flure des Konzerns waren lang, und die gelegentlichen Dienstgänge in andere Büros waren die weitesten Strecken, die Rimbach zu Fuß zurücklegte. Mit der Selbstironie mochte Krüger übrigens recht haben, die »Anwendung zur Verwaltung von Werbemitteln und zur Lieferüberwachung«, kurz AnWerb, die er für die Presseabteilung entwickeln sollte, versprach nicht gerade das größte Abenteuer seines Lebens zu werden.

Das Theater um Julia Jenner fand er eher übertrieben. Sie war seine Ansprechpartnerin für AnWerb und hatte die Idee dazu gehabt. Sie sah ganz gut aus, keine Frage. Sie war groß und schlank, aber nicht so wie die Frauen, die sich runterhungerten, nur damit sie in Hosengröße 36 passten mit dem Nebeneffekt, dass auch ihre Brüste verschwanden und die Rippen im Sommer den Stoff ihrer enganliegenden Tops zu durchstechen drohten.

Ellen, seine Ex, hatte sich auch immer mehr in diese Richtung entwickelt. Dass sie die für ihre Generation vorschriftsmäßigen Piercings trug, damit hatte er sich abgefunden, aber mit der Rückbildung ihrer Körperformen konnte er sich nur schlecht arrangieren, und manchmal fragte er sich, ob er sich vielleicht nur deshalb ein paar Kilo zuviel angefuttert hatte, damit Ellen einsah, dass es an der Zeit war, die Beziehung wegen optischer Unvereinbarkeit zu beenden. Der Gedanke erschien ihm aber zu gruselig, um ihn weiter zu verfolgen.

Julia Jenner war anders. Bei ihr passte alles zusammen. Sie war die Frau, nach der man sich umdrehte, ohne dass sie es darauf anlegte. Ihre Bewegungen hatten den richtigen Schwung, und ihr Körper auch. »Natürlichkeit« nannte es Krüger in seinen sensibleren Momenten, und das traf es tatsächlich. Die Frau war natürlich.

Aber sie war auch unerreichbar. Diese PR-Leute waren ein Club für sich, mittags traten sie oft im Rudel auf, mit Gästen von anderen Niederlassungen oder von Leuten der Presse, Julia Jenner immer mittendrin, unbefangen und locker, selbst im Business-Look mit Blazer und Nadelstreifen. Wenn Rimbach sie so sah – meist aus der Ferne, denn näher als fünfzehn Meter kam man praktisch nicht an sie ran –, fragte er sich, ob so viel Perfektion nicht auch ein bisschen anstrengend war.

Es gab allerdings etwas, was wohl nur wenige in der Firma wussten, Krüger hatte es ihm mal erzählt: Es war beobachtet worden, dass sie beim Karaoke-Abend im Dubliners, einer Kasseler Szenekneipe, gelegentlich einen filmreifen Auftritt hinlegte. Sie schien ein Faible für so was zu haben, Krüger hatte es mal live erlebt und berichtet: »Du hättest sie sehen sollen. ›I Wanna Dance With Somebody‹, völlig hemmungslos, die lebt da irgendwas aus, was sie hier in der Firma oder im normalen Leben verdrängt.«

Rimbach hatte ein distanziertes Verhältnis zu der Thematik. Er würde es vorziehen, nicht als Freund oder Bekannter einer Person identifiziert zu werden, die im Dubliners einen Karaoke-Auftritt zum Besten gab.

Er hatte jetzt fast den Flur erreicht, in dem ihr Büro lag. Für alltägliche Abläufe interessierte sich keiner in ihrer Abteilung, sie standen irgendwie über oder zumindest neben dem Ganzen. Ab und zu fragte mal jemand nach, wenn ein neues Großprojekt anstand, aber dafür hatten sie dann andere Ansprechpartner. Kron, Rimbachs Chef, zum Beispiel. Alle kannten Julia Jenner, aber sie kannte keine Leute wie Krüger oder ihn, das war ihm klar.

Außerdem war sie mit Tommsen liiert. Tommsen war einer dieser Typen, die immer gut aussahen, egal ob in Anzug oder Jeans oder Turnhosen. Tommsen war höflich und belesen und erfolgreich. Hatte Softwaretechnik studiert und war jetzt Berater und Projektleiter bei einer Consulting-Firma, die den Konzern von Zeit zu Zeit bei der Einführung neuer Systeme unterstützte, daher kannte Rimbach ihn. Und er war Triathlet, das war das Härteste. Zwölf Stunden am Tag arbeiten und dann Training, das war Mike Tommsen.

Eine Maschine. Ein Roboter, programmiert auf Erfolg. Dass er ein Idiot war, konnte nur ein Mann erkennen. Echte Gefühle hatten bei Frauen keine Chance, solange es Typen wie Tommsen gab, so viel stand fest.

Es hatte auch was Gutes. Man konnte einfach hingehen zu Julia Jenner, sie sich ein bisschen anschauen in der Gewissheit, dass man sich bei ihr nicht zum Narren machen musste, und ganz normal das Projekt durchziehen. Die Erkenntnis traf ihn rechtzeitig, denn er war am Ziel. Er atmete noch ein paar Mal durch, der Weg war lang gewesen, und betrat dann in der Gewissheit, von Julia Jenner bisher nicht gekannt worden zu sein, ihr Büro. Er orientierte sich kurz. Das Büro war so groß wie sein eigenes. Zwei Schreibtische standen sich gegenüber, und die Fensterfront zeigte nicht auf den Brunnen, sondern auf den Park.

Sie saß an dem linken Schreibtisch und blickte auf. Dunkelbraune Augen, heller Teint. Ungeschminkt. Er hatte sie noch nie von so nahem gesehen. Es war angenehm, sie von nahem zu sehen. »Ich bin wegen AnWerb hier, Sie haben meine Mail bekommen. Rimbach, Ihr freundlicher IT-Berater«, sagte er. Originell.

»Julia«, sagte sie. »Lass uns du sagen, wir haben die nächsten Tage doch genug miteinander zu tun, ist unkomplizierter.«

»Nichts dagegen«, sagte er. »Gern. Ralf.« Die war nicht schlecht. Jedenfalls nicht unnahbar.

»Der Platz gegenüber ist frei«, sagte sie. »Von mir aus können wir anfangen, hast du schon was vorbereitet?«

»Klar«, sagte Rimbach. Es war eine kleinere Anwendung, er programmierte solche Sachen öfter und erklärte kurz, wie er es sich vorstellte. Automatische Ablage nach Alphabet, Sortiermöglichkeit nach Firmen oder Beträgen und so weiter, natürlich benutzerfreundlich. Rimbach sah sie erwartungsvoll an.

»Nicht schlecht«, sagte sie, doch es klang eher wie: ›Mehr nicht?‹ »Ich hab ein paar zusätzliche Ideen, ich mail dir mal die Visio-Datei, dann weißt du, was ich meine.«

Er hatte es geahnt. Ein ganz normaler Job, jetzt auch noch mit Sonderwünschen. Es war ein ganzer Anforderungskatalog von ihr, er würde sich richtig reinknien müssen, und das Vorgespräch hatte nicht mal drei Minuten gedauert.

Es lief ziemlich professionell ab. Rimbach versuchte, die Vorstellungen von Julia Jenner in die bestehende Anwendung zu integrieren, und meldete sich, wenn er eine Frage hatte. Sie schrieb nebenbei einen Bericht über die strategische Ausrichtung der Inlandsfilialen und erledigte dazu noch eine ganze Reihe andere Dinge, die die im Zwei-Minuten-

Abstand klingelnden Anrufer von ihr wollten. Interessiert beobachtete Rimbach, wie sie sich jedes Mal, bevor sie den Hörer aufnahm, mit einer routinierten Bewegung die Haare zur Seite strich. Mittellange, volle Haare, ein dunkles Blond (oder ein helles Braun, er war sich da nicht ganz sicher), das gut zu ihren Augen passte. Wenn sie sich mal bewegte, um zum Fax zu gehen oder ins Nachbarbüro, blickte er kurz auf und würdigte diese unglaubliche Körperspannung.

Kurz vor Mittag wurde es interessant. Ein privater Anruf, der erste an diesem Tag.

»Was gibt's, Mike?«, sagte sie. Tommsen! Rimbach blickte weiter angestrengt in seinen Laptop und konzentrierte sich auf den Anruf.

»Nein«, sagte sie, und Tommsen erwiderte etwas, das Rimbach natürlich nicht verstehen konnte.

»Nein«, sagte sie noch einmal, und dann unterbrach sie ihn scheinbar mitten im Satz, bevor sie ein weiteres Mal »Nein« sagte und auflegte.

Drei Mal nein. So gut hörte sich das aber nicht an.

Nach der Mittagspause saß er neben Julia Jenner und diskutierte mit ihr gerade das Problem der Anfragenbearbeitung, als er aus dem Augenwinkel bemerkte, dass eine Mail von Tommsen einging. Rimbach schaute taktvoll zur Seite, als Julia sie öffnete und kurz antwortete.

Am Nachmittag musste sie wieder zu einer Besprechung. »Ich lass den Rechner laufen«, sagte sie, »dann kannst du in der Zeit testen, ob die neuen Anwendungen mit meinen Benutzerberechtigungen laufen.«

Weg war sie. Rimbach installierte das Programm, das er vorbereitet hatte, machte einige Tests, änderte ein paar Einstellungen und landete schließlich wieder in ihrem E-Mail-Eingang. Was hatte Tommsen eigentlich gewollt, und was mochte sie ihm geantwortet haben? Es war verlockend. Ein kleiner Klick nur.

»Kann möglicherweise heute Abend doch«, hatte Tommsen gemailt. »Wahrscheinlichkeit über neunzig Prozent. Hast du Zeit?«

»Nein«, hatte sie geantwortet. Zum vierten Mal nein.

Da sie nicht aus der Besprechung zurückkam, schrieb Rimbach ihr gegen Viertel vor sechs noch eine kurze Nachricht über die Fortschritte von AnWerb und beendete seinen Arbeitstag.

2

Mit der Straßenbahn brauchte er keine zehn Minuten nach Hause, das war das Hauptargument bei der Wahl seiner Wohnung vor sieben Jahren gewesen. Außerdem hatte es nichts zu renovieren gegeben, die Wohnanlage war gerade fertiggestellt worden. Ehemalige Lagerhallen, die den Ansprüchen an das moderne Wohnen angepasst worden waren, schön reißbrettartig angelegt, rundherum ausreichend Parkplätze auf rotem Betonpflaster und ein paar Grünflächen, um sich nicht wie in einer Kaserne zu fühlen. Aus dem Fenster blickte man auf parkende Autos und andere ehemalige Lagerhallen. Und in zehn Minuten war man in der Innenstadt.

Es war Montag, und er hatte nichts Besonderes mehr vor. Rimbach hatte zwei bis drei feste Termine an den Abenden in der Woche, die er meist mit Krüger, Salewski und ein paar anderen Kollegen verbrachte. Dienstags ein paar Guinness und Live-Musik im Dubliners, Donnerstag Afterwork-Party in Joes Garage, wo das 0,3er Weizen nur einen Euro kostete. Ein Muss in Joes Garage waren außerdem die Live-Fußball-Übertragungen, allein schon wegen des Studiums der Fans.

Schließlich Francescos Ristorante, das war Kult. Ein Italiener, der seine Stammgäste per Handschlag begrüßte. Bei Francesco konnte man, selbst wenn man schon um einundzwanzig Uhr fertig mit dem Essen war, bis morgens um eins sitzen bleiben, vorausgesetzt, man hörte nicht auf, Rotwein zu trinken.

Samstags zog es ihn meist in die Nachthallen, wo man irgendwie stilvoller zugedröhnt wurde als in den einschlägigen

Großraumdiscos. In den Nachthallen blieb er so lange, dass er sonntags nicht vor zwölf aufstehen musste.

Dass in seiner Freizeit Sport nicht mal als Alibi vorkam, hatte seinen Grund in seiner frühen Kindheit. Er hinkte Gleichaltrigen, was seine motorischen Fähigkeiten und die Koordination betraf, immer ein wenig hinterher, und einige Ereignisse aus dem Sportunterricht gehörten zu seinen schlimmeren Erinnerungen. Es wurde allgemein hingenommen, dass er ungeschickt war oder »sich blöd anstellte«, und das hing ihm lange nach.

Bei seinen sportlichen Versuchen als Erwachsener ließ er es dann an Beharrlichkeit fehlen. Er gab keiner Sache eine Chance. Fing irgendetwas an und beendete es nach weniger als vier Wochen, wenn es nicht sofort perfekt lief. So sammelte er reichlich Ausrüstung und theoretische Erfahrung in mindestens zwanzig verschiedenen Sportarten.

Am nächsten Morgen wühlte Rimbach im Kleiderschrank auf der Suche nach vorteilhafter Oberbekleidung und wurde ziemlich weit unten in seinem Hemdenstapel fündig. Ein Trekkinghemd, das vereinte Dynamik und Lockerheit und konnte vor allem über der Hose getragen werden, so dass die Konturen seines Körpers sich darunter kaum abzeichneten.

Er startete den Cooper. Er fuhr einen Original Mini Cooper, Baujahr 1994, das traute sich kaum noch jemand. Der Wagen war völlig komfortfrei und hatte einen Innenraum von der Größe eines Umzugskartons, aber er hob seinen Besitzer weit aus der Masse der gewöhnlichen Autofahrer heraus.

Rimbach sah gut aus in dem Cooper, denn er war nur knapp eins achtzig groß, das passte. Genau genommen hätte es vor zehn Jahren, als er Anfang zwanzig war und noch keine neunzig Kilo wog, noch besser gepasst. Ab und zu fuhr er mit dem Cooper zur Arbeit, um sich zu vergewissern, dass er noch ansprang, was nicht immer der Fall war.

Julia Jenner war natürlich schon da, als er in der Presseabteilung erschien, sie hatte seine Notizen gelesen und bereits einige Stammsätze eingegeben.

»Hi, Ralf«, sagte sie, »du hast ja gestern noch richtig was geschafft. Läuft ganz gut, unsere Anwendung. Schau dir das mal an …«

Das war schon die Begrüßung. Rimbach hätte den Tag gern in Ruhe begonnen, den Laptop hochgefahren, ein, zwei Tassen Kaffee getrunken, ein belangloses Gespräch angefangen und dabei ein paar dezente Blicke auf sie geworfen, das schien sich immer zu lohnen, egal was sie anhatte. Heute waren es Hüftjeans und ein schwarzes Shirt, unter dem sich die Konturen ihres Oberkörpers vielversprechend abzeichneten.

Sie zog einen Bürostuhl heran, Rimbach setzte sich neben sie, und sofort waren sie wieder mittendrin im Programm. Er kannte sie nicht mal vierundzwanzig Stunden, und schon agierten sie wie selbstverständlich zusammen, waren vertraut miteinander. Vertraut im Umgang mit AnWerb jedenfalls. Rimbach bemerkte, wie gut ihr Haar roch. Pfirsich. Frisch, aber nicht aufdringlich. Rimbach liebte Pfirsich, wie er gerade feststellte.

Da sie erst am Nachmittag wieder eine Besprechung hatte, kamen sie relativ gut voran, fast zu schnell nach Rimbachs Geschmack. Julia hatte das Telefon auf eine Kollegin im Nachbarbüro umgestellt, es wurde nur ein Anruf durchgestellt von einer Freundin, Kim oder so ähnlich, es ging um ein gemeinsames Theater-Abo, ein für Rimbach eher unwesentliches Gesprächsthema. Um elf kam Lanz, der stellvertretende Leiter vom Controlling, mit den Berichtszahlen, die in den Konzern-News veröffentlicht werden sollten und die Julia am Morgen angefragt hatte.

Sie stand auf und nahm die Mappe entgegen.

»Das ging ja schnell«, sagte sie. »Super.«

»Sie wissen doch«, sagte Lanz, »Wunder dauern eigentlich etwas länger, sogar bei uns. Aber für Sie machen wir natürlich auch das Unmögliche möglich.«

Rimbach war der Meinung, dass ein Mann, der weder gutaussehend noch originell war und dessen Existenzberechtigung offensichtlich darin bestand, unverständliche Zahlen unverständlich kommentieren zu können, bei einer Frau wie Julia Jenner Redeverbot haben müsste.

»Nett von Ihnen«, sagte sie und drehte sich um, damit er ihren genervten Gesichtsausdruck nicht sehen konnte.

Als ihr ein Blatt aus der Mappe fiel, bückte sie sich kurz, um es aufzuheben. Lanz beobachtete den Vorgang wie hypnotisiert, sein Hals reckte sich um mindestens fünfzehn Zentimeter, er nahm Rimbachs Anwesenheit gar nicht mehr wahr und stürzte sich in Gedanken vermutlich gerade mit seinem fetten Körper auf sie. Später würde er seinen Kollegen beim Kaffee erzählen, dass die Jenner einen String mit hellblauer Spitze trug und er das Vergnügen gehabt hatte, das aus nächster Nähe festzustellen. Dafür, dachte Rimbach, müsste man ihm gleich eine reinhauen. Als Lanz gegangen war, sahen er und Julia sich an und atmeten auf.

Ihr BH war übrigens ebenfalls hellblau mit Spitze, das konnte man nicht übersehen, wenn man so eng wie Rimbach mit ihr zusammenarbeitete, es war im Grunde eine rein dienstliche Feststellung. Außerdem gestatteten diese Shirts mit den halbrunden Ausschnitten nun einmal gewisse Einblicke und wurden auch nicht ausschließlich deshalb getragen, weil sie bequem waren.

Es gab keine weiteren Störungen, und als Rimbach zum Mittagessen ging, stand schon fast das gesamte Modul zur Anfragenverwaltung. Nebenbei war ihm durch die Lanz-Episode eines klargeworden: Wenn er bei Julia Jenner etwas erreichen wollte, was über die normale Zusammenarbeit hinausging, musste er alle Aufdringlichkeiten vermeiden. Es schien keine schlechte Entscheidung, sich bis auf weiteres an diese Regel zu halten.

»Und, wie läuft's?«, fragte Krüger, als sie in der Kantine einen Tisch gefunden hatten. Rimbach ging meist mit Krüger und Salewski zum Essen, die Gespräche waren ganz anregend. Das Ziel war es, das Niveau niedrig zu halten.

»Wie soll's laufen?«, meinte Rimbach. »Wir kommen ganz gut voran. AnWerb ist ja kein Riesenprojekt.«

»Seit wann reden wir mittags von Projekten«, sagte Krüger, der den Mund randvoll mit Gyros hatte. »Ich meine, wie du mit der Jenner vorankommst.«

»Er duzt sie schon«, sagte Salewski. »Ist nur noch eine Frage der Zeit, wann er mit ihr essen geht anstatt mit uns. Und wie schick er sich gemacht hat. Läuft mit kurzen Ärmeln rum, mitten im Winter.«

»Das Hemd lag ganz oben auf dem Stapel, deshalb hab ich's genommen«, sagte Rimbach.

»Was hast du eigentlich Ekelhaftes auf deinem Teller, Rimbach?«, fragte Krüger. »Das sieht ja aus wie Hühnerfrikassee.«

»Kein Gyros und kein Tsatsiki heute. Das nimmt den Kollegen die Lust auf Nähe«, sagte Salewski.

»Idioten«, sagte Rimbach. »Frau Jenner und ich erarbeiten diszipliniert und konzentriert bereichsübergreifende Lösungen mit dem Ziel, den Konzern voranzubringen. Das enge Zeitfenster lässt dabei keinen Spielraum für Ablenkungen.«

Das war nicht schlecht. Salewski schaute betreten zur Seite, und Krüger spuckte nach dieser Erklärung einen Brocken Gyros aus.

Rimbach schaute auf seinen Teller, er hatte tatsächlich Hühnerfrikassee gewählt. War ihm gar nicht so bewusst gewesen.

Nachmittags, als Julia in der Besprechung war, musste er noch einmal an ihrem Rechner arbeiten, es ging um verschiedene Auswertungen, die vom Programm bereitgestellt werden sollten (sie hatte ihm mittlerweile ihr Passwort gegeben). Es war nicht einfach, da sie einige Sonderwünsche hatte, so dass er in der Tat konzentriert arbeiten musste. Zwei Stunden später klickte er durch Zufall wieder ihren E-Mail-Eingang an. Der Ordner »MyMails«, in dem sie ihre private Post sammelte, war geöffnet. Das konnte kein Zufall sein, das war geradezu eine Einladung zum Hinschauen. Alles voll mit Mails von Tommsen und ihren Antworten, sie kommunizierten hauptsächlich per Mail. Das hatte den Vorteil, dass keiner mitkriegte, worum es ging, im Gegensatz zum Telefonieren. Theoretisch.

Rimbach öffnete nur die Mail mit dem Betreff »Job in Dortmund« und las:

```
Tommsen: Die Geschäftsführung hat mir
nahegelegt, mich als Business-Manager in
Dortmund zu bewerben. Einmalige Chance.
Antwort J: Und was heißt das?
Antwort T: Dass ich mir erst mal eine
Wohnung nehmen müsste, falls sie mich
nehmen. Und Du irgendwann nachkommen
müsstest. Was meinst Du?
Antwort J: Dachte, wir wären uns einig, noch
zu warten.
Antwort T: Der Job ist überraschend jetzt
schon frei geworden. Soll ich?
Antwort J: Ich warne Dich!
Antwort T: Dann eben nicht.
```

Rimbach fand es erstaunlich, wie locker man so etwas per Mail regeln konnte. Es war noch eine Nachricht von der Mountainbike-Gruppe im Posteingang und eine Mail von einer Freundin mit der Aufforderung in der Betreff-Zeile, mal wieder zum Handball-Training zu kommen, aber diese Mails öffnete er nicht. Seine Meinung über Tommsen festigte sich langsam.

Zu Hause in seinem winzigen Flur, dessen spärliche Beleuchtung aus einer lose von der Decke baumelnden Vierzig-Watt-Birne bestand, wurde er von Hovet aufgehalten. Hovet war sein Spiegel, und normalerweise ging Rimbach achtlos an ihm vorbei. Er mochte ihn seit einigen Monaten nicht besonders, denn Hovet war unbestechlich, doch diesmal blieb Rimbach aus irgendeinem Grund stehen und schaute hinein.

Ihm fiel auf, dass seine Arme im Verhältnis zum Restkörper zu dünn waren. Und dass, um die Relation zu verbessern, seine Arme nicht unbedingt dicker werden mussten, sondern der Restkörper wieder auf den Stand von ungefähr 1994, dem Baujahr des Cooper, gebracht werden musste.

Er wusste, dass es Möglichkeiten gab, zum Beispiel durch Bewegung. Im Konzern war in letzter Zeit ein regelrechter Hype um sportliche Betätigung entstanden. Ständig erschienen Erfolgsmeldungen auf der Info-Plattform über Kollegen, die in ihrer Freizeit athletische Höchstleistungen erbrachten und sich dadurch besser oder gesünder fühlten. Möglicherweise war aus ihnen auch mehr Leistung im Betrieb herauszuholen, obwohl Rimbach sich in dieser Hinsicht als lebenden Gegenbeweis ansah.

Von Julia Jenner hatte er gehört, dass sie manchmal mit dem Mountainbike zur Arbeit kam, außerdem hatte sie jahrelang Handball gespielt, Regionalliga sogar, doch seit ihrer Anstellung in der Presseabteilung reichte die Zeit wohl nicht mehr aus fürs Training. Aus gutinformierten Kreisen kam außerdem die Information, dass sie – obwohl erst achtundzwanzig – als Nachfolgerin des Pressesprechers gehandelt wurde, der im nächsten Jahr aufhören würde.

Auch Rimbach hatte einmal Handball gespielt. Allerdings hatte seine Handballkarriere nur ein halbes Jahr gedauert. Er erinnerte sich noch genau daran: Mit elf hatte ihn sein Vater in einem Verein angemeldet. Ein paar Monate lief er ein bisschen mit den anderen hin und her, begriff die Regeln recht schnell und lernte das Fangen und Prellen des Balles recht langsam, was anfangs nicht besonders auffiel. Bis irgendwann das Erlernen des Tempogegenstoßes auf dem Programm stand.

Das war eine komplexe Übung, die aber zur Grundausstattung eines kleinen Handballers gehörte, und der Ablauf war folgendermaßen: Der Spieler rannte nach vorn, so schnell er nur konnte. Nach ungefähr dreißig Metern musste er sich im Laufen umdrehen und den von hinten in einem Bogen heranfliegenden Ball fangen, dann – den Ball lässig mit einer Hand auf dem Boden auftippend – weiter aufs gegnerische Tor zustürmen und den Torwart mit einem Sprungwurf aus etwa sieben Metern Entfernung überwinden.

So weit die Theorie. In der Praxis sah es bei den meisten seiner Mannschaftskameraden so aus, dass sie den Ball fingen, weiterstürmten und ihn verwandelten. Bei Rimbach gab es drei Möglichkeiten: Die häufigste war, dass er den Ball gar nicht erst zu fassen bekam. Wenn er ihn aber einmal gefangen hatte, was seine ganze Konzentration erforderte, dann stürzte er meist eine Sekunde später bei dem Versuch weiterzulaufen. Wenn ihm das Fangen und das Weiterlaufen gelangen, dann verhaspelte er sich beim Prellen des Balles oder wurde vom Gegner eingeholt oder trat beim Torwurf in den Kreis, wodurch sein Wurf ungültig wurde.

Nach drei Wochen intensiven Tempogegenstoßtrainings hatte Rimbach noch nicht einen einzigen Treffer erzielt, beendete einvernehmlich mit seinem Trainer seine Handballkarriere und konzentrierte sich von da ab ausschließlich auf den Schulsport. Doch auch da lief es nicht ohne Rückschläge ab: Nach einer Hodenprellung und einem Kahnbeinbruch beim Pferdsprung, beides innerhalb weniger Wochen, wurde er für den Rest des Schuljahres vom Geräteturnen befreit.

Einen sportlichen Teilerfolg errang er, als es ihm gegen jede Erwartung gelang, eine der fünf Meter hohen Kletterstangen in der Sporthalle zu erklimmen. Oben angekommen, wurde ihm schlecht. Schließlich schaffte er es, sich mit dem

Fuß in einem der an der Wand angebrachten Querholme zu verkeilen und so lange auszuhalten, bis er von seinem Sportlehrer gerettet wurde.

Rimbach wendete sich ab von Hovet. Ihm war klar, dass sein jetziger Lebensrhythmus ihm eine schleichende Gewichtszunahme von etwa drei Kilo pro Jahr bescherte, ohne dass eine Stagnation zu erkennen war. Es hatte sich eingespielt, und er hatte beschlossen, es noch ein bisschen so laufen zu lassen, da sich spätestens in einem Jahr sowieso einiges ändern sollte.

Der Grund war, dass Kassel nicht eben seine Traumstadt war. Eine Station, nicht mehr. Man konnte hier leben. Aber der Konzern war überall, auch und vor allem in den richtigen Städten, auch die Karriere war überall, nur nicht hier. In Hamburg, Berlin oder München gab es die interessanten Jobs, und da wurden genauso Leute gesucht. Rimbach hatte seinen Abflug fürs nächste Frühjahr ins Auge gefasst, das reichte, um den strukturellen Änderungen, die der Konzern ohnehin irgendwann vornehmen würde, zuvorzukommen.

Er hielt sich den Rücken frei. Möglicherweise hatte auch die Größe seiner Wohnung – es waren zweiundvierzig Quadratmeter – strategische Gründe, man konnte gut argumentieren, dass man an diesem Ort nicht zu zweit wohnen konnte und sich irgendwann mal was Größeres suchen würde, eine hervorragende Hinhaltetaktik, wenn man nicht so enden wollte wie Krüger.

Krüger hatte vor zwei Jahren geheiratet, kurz darauf war seine Frau schwanger geworden. Im Verlauf der Schwangerschaft war Krügers Körperumfang exakt mit dem seiner Frau gewachsen, ein Phänomen, das bei vielen werdenden Vätern zu beobachten war. Nach der Geburt hatte sich sein Freizeitverhalten auf eine verstörende Art verändert. Er nahm die Termine im Dubliners nicht mehr zuverlässig wahr, trank schneller und ging früher, meistens vor zwölf, wenn es erst interessant wurde. Und während Rimbach und

Salewski fast nie vor neun Uhr morgens im Büro erschienen und dafür abends oft lange blieben, kam Krüger jetzt häufig schon um sieben Uhr, denn er wurde am Abend zu Hause gebraucht. Und seine ständigen Beteuerungen, wie glücklich ihn sein Nachwuchs machte, passten nicht zu den Kommentaren, mit denen er den Lebenswandel seiner Kollegen neuerdings abqualifizierte.

Rimbachs Beziehungen hatten im Schnitt drei Jahre gehalten. Immer wenn sie das unvermeidliche Stadium erreicht hatten, in dem Themen wie eine »gemeinsame Zukunft« angesprochen wurden, hatte er mit Gegensteuerungsmaßnahmen reagiert: Er wurde lethargisch, was die Pflege der Gemeinsamkeiten betraf, hatte plötzlich wegen angeblicher Arbeitsüberlastung keine Zeit oder Lust mehr auf Unternehmungen zu zweit, sagte kurzfristig Verabredungen ab oder zog sogar die gemeinsame Urlaubsplanung in Zweifel. Die Methode hatte den Vorteil, dass seine jeweiligen Partnerinnen meist entnervt aufgaben und die Beziehung beendeten.

Weil dieser Prozess langwierig und dadurch auch anstrengend war und er danach nie wirklich mit sich zufrieden war, hatte Rimbach sich beim letzten Mal selbst aufgerafft und irgendwann kundgetan, dass er keine gemeinsame Perspektive sähe.

»Und seit wann weißt du, dass es keinen Zweck hat?«, hatte sie gefragt.

»Eigentlich von Anfang an«, hatte er gesagt.

Das war die Wahrheit gewesen, und es hatte dazu geführt, dass zum ersten Mal in Rimbachs Leben eine Frau mit Gegenständen nach ihm geworfen hatte und danach alle näheren Bekannten von Ellen – so hieß seine damalige Freundin – einen unübersehbaren Sicherheitsabstand zu ihm einhielten.

Das war noch kein halbes Jahr her. Möglicherweise wäre es klug, beim nächsten Mal gleich darauf hinzuweisen, dass, jedenfalls aus seiner Sicht, der Charakter der Beziehung von einer gewissen Unverbindlichkeit geprägt sein sollte.

3

In der Nacht träumte Rimbach von Julia Jenner. Er brachte sie von der Arbeit nach Hause, sie saß neben ihm im Auto, es war schon dunkel. Plötzlich befanden sie sich in der Fußgängerzone der Innenstadt, und Rimbach bügelte mit dem Cooper die Stufen der Treppenstraße hinab, bog ab auf die Straßenbahnschienen der Königsstraße. Sie lachten und schauten nach links und rechts in die hell erleuchteten Schaufenster, und schließlich, weiter unten am Altmarkt, sahen sie Tommsen im Halbschatten einer Pommes-Bude, wild knutschend mit Ellen, Rimbachs Ex …

Der Traum endete zu früh, wie alle guten Träume, und ließ Rimbach aufgekratzt, aber auch irritiert zurück. Gewöhnlich waren seine nächtlichen Phantasien schon beim Aufstehen aus seiner Erinnerung gelöscht. Diesmal beschäftigten sie ihn beim Duschen, Zähneputzen und selbst noch, als er in seiner sechs Quadratmeter großen Küche den unvermeidlich schwarzen Kaffee schlürfte und die übliche Portion Cornflakes vertilgte. Die Cornflakes aß er jeden Morgen, sie waren schnell zubereitet und außerdem gesund, und mit ausreichend Zucker schmeckten sie sogar richtig gut …

Bei der Arbeit wollte Rimbach nur mal kurz im IT-Bereich vorbeischauen, was ihn schließlich vier Stunden kosten sollte. Es gab Anfragen von Benutzern, von denen seine Kollegen gern die Finger ließen, besonders wenn sie sich in dem Programm selbst nicht hundertprozentig auskannten, und die dann bei ihm landeten. Rimbach wusste das, es machte ihm normalerweise nichts aus. Neue Anwendungen stellten keine besondere Herausforderung für ihn dar, er schaute sich die Benutzeroberfläche an, klickte ein paar Mal hier und da und kapierte meist sofort, wie ein Programm zu bedienen war.

Heute war es allerdings lästig, denn es begrenzte die ohnehin knappe Zeit, die er mit Julia Jenner verbringen würde, sie musste um fünfzehn Uhr zu einer Pressekonferenz in einer der Konzernniederlassungen. Als er schließlich ihr Büro betrat, war sie nicht einmal allein, Klee stand bei ihr, ihr Chef, dem sie wegen der Konferenz noch ein paar Dinge erläuterte.

Klee war vermutlich der älteste lebende und noch amtierende Bereichsleiter des Konzerns, was sich unter anderem darin äußerte, dass die gelegentlichen Privatgespräche, die er mit seinen Mitarbeitern führte, weniger taktischer Natur waren, sondern auf echtem Interesse oder sogar so etwas wie Zuneigung beruhten.

Rimbach war schon am Vortag Zeuge eines Dialoges geworden, bei dem es um Impressionismus ging und von dem er kein Wort verstanden hatte, Grund genug also, sich nicht einzumischen. Diesmal hatte Klee ein Buch in der Hand, in dem Julia manchmal in der Mittagspause ein paar Seiten las beziehungsweise zu lesen versuchte, sie hatte im Grunde noch nie eine Seite am Stück geschafft, ohne gestört zu werden.

»John Irving. Sie sind die einzige Frau, die ich kenne, die John Irving liest. Ich bring Ihnen morgen mal was von Philip Roth mit. ›Der menschliche Makel‹, ein Meisterwerk. Dagegen ist John Irving trivial.«

»Hab ich gelesen. Ist gut geschrieben, hat mich aber deprimiert. Ein Mann in Ihrem Alter schreibt über einen Held in Ihrem Alter und die Probleme von Männern in Ihrem Alter. Da ist das Scheitern ja vorprogrammiert. Bei John Irving scheitern die Helden irgendwie komischer.«

»Na ja«, sagte Klee. »So hab ich das noch gar nicht betrachtet. Was meinen Sie, Herr Rimbeck?«

»Ich sympathisiere mit Frau Jenners Ansichten«, sagte Rimbach, »ich fand das Buch auch nicht so witzig.«

Klee zuckte mit den Schultern, er war überstimmt. »Dass bei euch Jungen immer alles witzig sein muss«, sagte er noch, bevor er abzog.

»Jetzt haben wir's ihm gegeben«, sagte Julia. »Hast du das nur meinetwegen gesagt oder hat dir das Buch echt nicht gefallen, Herr Rimbeck?«

»Weiß nicht«, sagte Rimbach. »Hab nie was von Philip Roth gehört. Gibt's eigentlich ein Buch, das du nicht kennst? Oder ein Theaterstück, in dem du noch nicht warst, oder irgendein kulturelles Ereignis, das du nicht besuchst, und warum kennst du dich außerdem nebenbei auch noch mit so einem Scheißprogramm wie AnWerb aus?«

Sie lachte. »Manche Dinge sind Nebenwirkungen vom Studium«, sagte sie. »Journalistik, in Köln, da nimmst du nebenbei das ganze Kulturprogramm mit. Und das mit AnWerb gehört halt zu meinem Beruf. Privat bin ich gar nicht so. Ich treff mich gern mit anderen Leuten, mache Sport und hab sogar Sex, also alles ganz normal.«

Normal, dachte Rimbach. Er traf sich eigentlich nie mit anderen Leuten außer Krüger und Salewski, er machte keinen Sport, und er hatte seit einem halben Jahr auch keinen Sex mehr. Jedenfalls keinen richtigen. Aber er war erstaunt, wie unbefangen sie über so was redete. Weil es ihn ein bisschen irritierte, beschloss er, es als Vertrauensbeweis zu werten, als einen Hinweis auf ihre Aufgeschlossenheit, exklusiv und nur für ihn. Jedenfalls war sie alles andere als zickig oder unnahbar.

Jetzt hatten sie schon mal ein ausbaufähiges Thema, doch sie hatte keine Zeit. Bevor sie ging, holte sie noch schnell den Beamer, der in dem Regal über der Bürotür verstaut war. Rimbach mochte es, wenn sie den Beamer holte. Wenn sie sich streckte, konnte er ihren Bauchnabel sehen.

Dann saß er allein in ihrem Büro und installierte noch ein

paar Makros. Den abschließenden Blick in den Ordner »MyMails« empfand er mittlerweile als seine Pflicht, man musste eine Frau wie Julia Jenner schützen vor einem Blender wie Tommsen, der den Ehrenmann gab, sich aber in Wirklichkeit absetzen wollte und außerdem nachts andere Frauen an Pommes-Buden anmachte.

```
Tommsen: Die setzten mich hier ziemlich
unter Druck. Soll mich unbedingt bewerben,
Chance meines Lebens und so …
Antwort J: Seit wann lässt Du Dich unter Druck
setzen? Außerdem kennst Du meine Meinung.
Antwort T: 2000 Euro mehr. Gleich am Anfang.
Ändert das Deine Meinung?
Antwort J: Ja. Bewirb Dich und such Dir für
2000 Euro vor Ort jemand anderen, mit dem Du
pennen kannst.
```

Der Mail-Verkehr gefiel Rimbach ganz gut. Mehr aus Versehen landete er noch in einer Mail von einem Jago Jenner, vermutlich ihrem Bruder: »'tschuldige«, schrieb der, »war gestern Abend ziemlich besoffen, als ich dir geraten hab, den Typen abzuschießen. Steht mir natürlich nicht zu, also lass dich nicht zu sehr davon beeinflussen.« Es gab noch mehrere Mails mit dem Absender Jenner, die Rimbach aber nicht öffnete, jedenfalls schien sie einen regen familiären Kontakt zu pflegen.

In der Statusleiste stieß er auf eine Nachricht an diese Kim. Die Sache mit Tommsen schien sie doch ganz schön mitzunehmen, wenn sie nicht einmal mehr ihre angefangenen Mails abschickte, dachte er sich. Auch der Text war interessant: »Weißt Du, dass ich schon fast so weit bin, mir einen Typen zu wünschen, der noch an irgendetwas anderes denkt als an sich und seine Karriere?«

Nach der Lektüre fehlte Rimbach die Konzentration zum

Weiterarbeiten. Eins war klar, die Lichtgestalt Tommsen stand längst nicht so fest auf ihrem Sockel, wie es schien. Julia Jenner hatte ihre eigenen Pläne. Und mischte sich nebenbei, ohne es zu wissen, immer stärker in sein Leben ein.

Sie ging ihm nämlich auf der Heimfahrt nicht aus dem Kopf. Und möglicherweise war sie auch schuld, dass er noch nach dem Abendessen nachdachte, anstatt die Radiohead-CD in die Anlage zu schieben und auf seinem Lieblingssessel erst einmal in einen halbstündigen Dämmerzustand zu fallen.

Er hatte jetzt seit sechs Monaten keine feste Beziehung, und er hatte gedacht, dass ihm das eine Zeitlang ganz gut tun würde. Was den Sex betraf, bot das Internet Zerstreuung genug, auch wenn es auf Dauer keine Erfüllung war, sich von Paaren animieren zu lassen, deren Körper so unecht waren wie ihre Gefühle und die Schreie, die sie bei ihren rhythmischen Übungen ausstießen. Aber eine Weile würde er das noch aushalten.

Es ging um etwas anderes. Er dachte an die Zeit mit Ellen oder ihren Vorgängerinnen zurück. Es war nicht schlecht gewesen, eine Partnerin zu haben, die man anrufen konnte, zu der man gehen und mit der man reden und schlafen konnte. Und zwar von Anfang an in der Gewissheit, dass die Beziehung mit einem imaginären Haltbarkeitsdatum versehen war, nach dessen Ablauf sie schmerzfrei beendet werden konnte.

Bei Julia Jenner würde auf diese Gewissheit gern verzichten, und genau das irritierte ihn.

Und noch etwas kam dazu: Er war – und zwar nicht nur wegen des Bildes, das Hovet von ihm zeigte – im Moment nicht unbedingt in der Verfassung, die eine Frau als umwerfend bezeichnen würde. Sein Leben stagnierte ein wenig. Die letzte echte Entscheidung, die er getroffen hatte, war der Abbruch des Informatikstudiums vor sechs Jahren gewesen, das war irgendwie bezeichnend. Als Studienort hatte er damals Kassel gewählt, weil eine Frau, die er im Urlaub auf Kos kennengelernt hatte, aus der Nähe kam. Die Beziehung hielt kein halbes Jahr, er studierte halbherzig noch ein bisschen weiter, bis er bei einem Praktikum im Konzern dann »entdeckt« worden war. Kron, seinem jetzigen Chef, war aufgefallen, wie unbefangen er mit der Materie umging und wie schnell er kleinere Prozesse durchschaute.

Der Konzern zahlte ganz gut, und so tauschte Rimbach das Studium gegen einen unbefristeten Angestelltenvertrag. Er bildete anfangs ein ziemlich starkes Team mit Arnd Langer, der dann aber vor einigen Jahren in die Zentrale nach Hamburg gewechselt war und ihn seitdem über die Möglichkeiten dort auf dem Laufenden hielt.

Rimbach kam aus der Nähe von Hamburg, er verbrachte seine Kurzurlaube dort, mochte es, auf dem Kiez von Bar zu Bar zu ziehen oder sich Konzerte anzusehen; auch die Gegend gefiel ihm besser als das ewige Auf und Ab der Kasseler Landschaft. Die Berge gingen ihm auf den Senkel, man konnte froh sein, wenn es mal fünfhundert Meter flach und geradeaus ging, und wenn nach der nächsten Kurve kein Berg kam, dann kam ein Wald, denn auch davon gab es jede Menge.

Nächstes Jahr gehe ich nach Hamburg, sagte Rimbach sich jetzt seit vier Jahren. Gestern hatte sein Kumpel Langer angerufen, mit interessanten Neuigkeiten. Langer gehörte einer neu geschaffenen Projektgruppe an, die das Großprojekt »Enterprise« in die Umlaufbahn brachte, ein anspruchsvolles Vorhaben, bei dem es um die Schaffung einer Weiterbildungsplattform für alle Anwender des Konzerns von Nord bis Süd ging. Sie suchten Mitarbeiter aus den Konzernniederlassungen, unter anderem als Teilprojektleiter, und die Ausschreibungen würden bald rauskommen. Es war die Chance, auf sich aufmerksam zu machen und auch mal die anderen Standorte kennenzulernen.

»Wenn das Projekt abgeschlossen ist«, hatte Langer gesagt, »etwa in einem Jahr, brauchen sie in Hamburg Leute, die die Plattform betreuen und weiterentwickeln, eventuell auch vermarkten. Da werden neue Stellen geschaffen, und als Teilprojektleiter bist du auf jeden Fall dabei.«

Das hörte sich nicht schlecht an. Es gab jetzt langsam keinen Grund mehr für Rimbach, sich zu verstecken.

»Willst du eigentlich noch lange hierbleiben?«, fragte Julia Jenner ihn am nächsten Tag. »Die meisten aus eurem Bereich suchen sich doch woanders was.«

Das Thema war heikel. Rimbach dachte an Tommsen und den Dortmund-Eklat.

»Hab keine Eile«, sagte er. »Die Arbeit ist ganz okay. Und ist ja 'ne ganz reizvolle Gegend. Und die Mitarbeiter sind auch in Ordnung. Manche sogar sehr«, sagte er und riskierte es, ihr dabei in die Augen zu sehen.

»Danke«, sagte sie. »Ich finde auch, dass man hier ganz gut leben kann. Und wenn man mal richtig Action braucht, erreicht man in drei Stunden jede Stadt und jeden anderen Ort in Deutschland. Hier trete ich vor die Haustür, setze mich auf das Bike und bin in fünf Minuten im Grünen. In anderen Städten brauchst du mindestens 'ne halbe Stunde mit dem Auto, bis du mal einen Baum oder ein Stück Wald siehst.«

»Vielleicht fährst du nächstes Jahr als Pressesprecherin durch den Wald. Aber was ist, wenn du woanders ein besseres Angebot kriegst?«

»Dann denke ich natürlich darüber nach. Und bespreche es mit meinen Leuten zu Hause. Und mit Mike. Der stand diese Woche auch vor der Entscheidung, sich woanders zu bewerben. Hat sich dagegen entschieden, nachdem wir gestern Abend noch mal in Ruhe darüber geredet haben.«

Rimbach konnte sich das Gespräch vorstellen (Tommsen: Bewerbung zurückgezogen. Hab meine ganze Karriere für Dich aufgegeben. Antwort J: Bin Dir zu allergrößtem Dank verpflichtet. Antwort T: Komme nachher vorbei, vögeln wir?).

»Edler Typ«, sagte er. »Und was meinst du mit deinen Leuten zu Hause?«

»Familie«, sagte sie. »Die wohnen zwanzig Kilometer weg von hier. Auf dem Dorf. Wir haben so 'ne Art Kodex: diskutieren, kommentieren, akzeptieren. Funktioniert ganz gut. Hat Katrin erfunden, vor über zwanzig Jahren.«

Rimbach verstand kein Wort. Das mit dem Kodex schien irgendwo aus der 68er-Ecke zu kommen oder von einigen latzhosentragenden Überbleibseln der frühen Achtziger, die ihre Zigaretten selbst drehten und die Nächte durchdiskutierten; auf jeden Fall hörte es sich bedenklich intellektuell an.

»Wer ist Katrin?«, fragte er.

»Meine Mutter«, sagte sie.

AnWerb lag in den letzten Zügen. Morgen musste er kurzfristig im IT-Bereich einspringen und bei der Installation neuer Rechner aushelfen, dann war Wochenende. Die Feinarbeiten an AnWerb würden vielleicht noch einen Tag in der nächsten Woche in Anspruch nehmen. Danach würden sich ihre Wege wieder trennen, wenn er nicht einen Grund fand, sie wiederzusehen.

»Wir fahren mittwochs und freitags immer eine Runde mit dem Mountainbike mit ein paar Leuten«, sagte sie kurz vor dem Feierabend. »Treffpunkt am Lac, bei jedem Wetter. Wenn du Lust hast, fahr doch mal mit uns, du hast doch erzählt, dass du auch ein Bike im Keller stehen hast.«

Es stimmte, er hatte es wohl erzählt. Doch leider war auch seine Kondition im Keller.

»Reizvolles Angebot«, sagte er, »aber ich glaube, ich muss das Teil erst mal wieder in Gang bringen. Dann komm ich bestimmt darauf zurück.«

Zum ersten Mal verfluchte er im Stillen seinen Zustand. Sie war auf ihn zugegangen und hatte ihm ein Angebot gemacht, für ein Treffen abseits der Arbeit, eine echte Verabredung, und er hatte sie ablehnen müssen, weil ihn schon die Anfahrt zum Lac, einem kleinen idyllischen See am Fuße des Bergparks, überfordert hätte.

In der Straßenbahn schaute er kurz auf die Überschriften der Zeitung, die er am Kiosk gekauft hatte, doch die Lettern verschwammen vor seinen Augen; es war zu dunkel zum Lesen, außerdem reimte er sich gerade seine eigenen Schlagzeilen zusammen. »Tommsen wieder im Rennen«, hießen sie, »Rimbach indisponiert«, und schließlich: »Jenner unerreichbar für Rimbach«.

Rimbach stieg eine Station zu früh aus, er wollte der Enge und dem Mief entkommen. Er ging durch eine Seitenstraße, die zu seiner Wohnung führte, vorbei an parkenden Autos auf dem von Straßenlampen schwach erleuchteten nassen Asphalt des Gehweges, atmete tief die kühle Abendluft und dachte nach, und als er nach fünf Minuten seine Wohnung erreicht hatte und die Haustür öffnete, spürte er eine gewisse innere Unruhe. Ihm war klargeworden, dass sich sein Leben ändern würde.

Hastig ging er durch den Flur ins Wohnzimmer, nahm ein leeres Blatt Papier aus dem Drucker und schrieb, ohne dass er überhaupt seine Jacke ausgezogen hatte, wahllos und schonungslos alles auf, was ihm durch den Kopf gegangen war, was ihm wichtig war und was er schon längst gewusst hatte, ohne es wahrzunehmen.

Dass Julia Jenner eben doch nicht unerreichbar war, sondern dass es an ihm lag, sie zu erreichen. Dass es kein hinnehmbarer Zustand war, dass man Tommsen eine Stelle als Business-Manager anbot, während Rimbach bei der Installation neuer Rechner assistieren musste, etwas, was heute jeder Zwölfjährige beherrschte. Dass er nicht den Rest seines Lebens mit Krüger und Salewski in einer Kneipe verbringen wollte. Dass er etwas an seiner Wohnung ändern musste, die nach sieben Jahren immer noch provisorisch eingerichtet war. Dass er etwas gegen seine schleichende Verfettung tun musste, wenn er überhaupt bei ihr landen wollte, sie stand offensichtlich auf andere Typen (der Vorgänger von Adonis Tommsen, ein Motorrad-Freak, musste auch so ein markanter Typ gewesen sein, ein Schrank von zwei Metern mal ein Meter, Rimbach wusste das vom Gerede der Kollegen).

Er brauchte keine fünf Minuten, um das Blatt vollzukritzeln. Als er kurz in die Küche ging, um etwas zu essen, regte sich die Befürchtung, dass diese Ansammlung von Stichpunkten, diese aus den Tiefen der Verdrängung befreiten Erkenntnisse wieder genau dort verschwinden würden, nämlich in der Versenkung, begraben vom Alltagstrott und den Gewohnheiten, die sein Leben bestimmten. Und dann fiel ihm plötzlich ein, wie er es anpacken musste.

Er stand auf und rief, noch kauend, Salewski an und sagte den Abend in Joes Garage ab. Er nahm eine Flasche Chianti und ein Glas aus dem Regal, ließ ein angebissenes Stück Brot auf dem Küchentisch zurück, ging zu seinem Schreibtisch in der Ecke seines Wohnzimmers und öffnete die Flasche, während der PC hochfuhr.

Er war gerade dabei, etwas zu initialisieren, so viel war klar. Und damit es funktionieren konnte, musste er es in eine Ordnung und eine vernünftige schriftliche Form bringen, um danach die Maßnahmen in die Realität umzusetzen und die Fortschritte zu überwachen. Wie bei einem Projekt. Er war im Grunde schon mitten in der Analyse, er hatte die Rangordnung der Probleme erkannt und wichtige Teile der Vorstudie und der Organisationsuntersuchung auf seinem Schmierzettel notiert. Er war Teil des Projekts und Projektmanager zugleich, und deshalb hatte er es in der Hand, es zum Erfolg zu führen.

Und er musste über seinen Schatten springen dabei, denn um eines kam er nicht herum: Das Ziel des Projektes musste glasklar benannt werden. Und das Ziel war nichts weniger als die Veränderung seines gesamten Lebens und als logische Folge dessen die Eroberung von Julia Jenner!

In den folgenden Stunden ordnete er alle Stichpunkte, schob die Sätze hin und her, fügte neue Ideen ein und brachte das Geschriebene in eine Form. Und als die Uhr zwölf schlug in dieser Nacht, da hatte er noch keine Minute ferngesehen, nicht seine übliche Musik gehört und auch nicht den anstehenden Abschluss der Arbeitswoche in Joes Garage gefeiert. Aber er hatte etwas ins Leben gerufen.

Projekt »Conquest«

Ziel:
Herstellung einer dauerhaften Beziehung von
Ralf Rimbach (R.) und Julia Jenner (J.)

Projektzeitraum:
12 Monate
bis Zielerreichung

I. Konzeption und Detailfestlegung

Monat 1 bis 3

I.1 Indirekte Maßnahmen zum Beziehungsaufbau:

Instandsetzung des Körpers von R.:

Beginn:
ohne zeitliche
Verzögerung

→ Ziel: Gewichtsabnahme (5 kg in Phase I)

Maßnahmen:

→ Ermittlung der für diesen Zweck effizientesten Sportart durch Studium von Fachzeitschriften

→ Akzeptanz und konsequente Ausübung der notwendigen Bewegungsform ohne Rücksicht auf evtl. fehlenden Spaßfaktor

→ Kontrolle: mittels eines Sporttagebuches

→ Zusätzlich: Kontrolle des Ess- und Trinkverhaltens

Instandsetzung der Wohnung von R.:

Beginn:
ohne zeitliche
Verzögerung

→ Ziel: mit vertretbarem finanziellem Aufwand einen auch für J. akzeptablen Zustand schaffen

Maßnahmen:

→ Erwerb und Montage von drei Lampenschirmen für Flur, Küche und Bad

→ Gardinen fürs Badfenster

→ Farbanstrich für Ivar

Projektbegleitende Maßnahmen:

- Reduzierung der Kneipenabende
- Integration einer Nachrichtensendung und eines Kulturmagazins ins persönliche Fernsehprogramm (»Tagesthemen«, »Aspekte« etc.)
- Abo einer Tageszeitung
- Erwerb von Literatur

I.2 Direkte Maßnahmen zum Beziehungsaufbau:

- Kontakte zu J. im Konzern pflegen und ausbauen. Dabei konsequente Zurückhaltung bezügl. körperlicher Annäherungen, keine Anzüglichkeiten, keine zweideutigen Bemerkungen
- Freundschaftlicher und verständnisvoller Umgang mit J.
- Authentisch wirken, notfalls sogar bescheiden
- Problemversteher bei Komplikationen von J. mit Tommsen. Neutral bleiben. Darstellen, dass man T. teilweise verstehen kann, es aber selbst anders machen würde
- Demonstration von Verlässlichkeit und Standortverbundenheit, evtl. einen geplanten Hauserwerb vortäuschen
- Geduld
- Flexibilität
- Berufliches Engagement. Zielstrebigkeit demonstrieren. Bewerbung als Teilprojektleiter für Enterprise, gleichzeitig Pflege der Kontakte zur Zentrale in Hamburg

↓

II. Übergangsphase zum neuen System — Monate 4 bis 10

II.1 Zielführende Maßnahmen:

→ Kontinuität bezüglich körperlicher Instandsetzung

→ Vereinbarung von unverfänglichen privaten Terminen, z. B. Mountainbike-Touren

 ▶ sportliche Fitness mittlerweile ausreichend

→ Bitte um »kulturelle« Unterstützung (Begleitung) bei beabsichtigten Theater- oder Kinobesuchen

 ▶ Geschmack von J. bei der Auswahl berücksichtigen

→ Bei möglichem Zusammentreffen mit Familienmitgliedern von J.: Offenheit zeigen. Ihre Sprache sprechen. Nie den Verdacht von Überheblichkeit aufkommen lassen

→ J. zu einem Theaterevent nach Hamburg bewegen. Bei notwendiger Übernachtung: deutlicher Hinweis, dass das keine Anbahnung eines Beischlafversuchs darstellen soll. Mögliche Chance dazu aber nutzen!

→ Gefühle für J. deutlicher artikulieren

 ▶ bei Erwiderung: ÜBERNAHME J. VON T.! — Ab Projektmonat 7

 ▶ bei Nichterwiderung bzw. Zurückhaltung: J. vor die ultimative Entscheidung stellen: R. oder T.

 ▶ bei normalem Ablauf: ÜBERNAHME J. VON T.! — Ab Projektmonat 10

↓

III. Inbetriebsetzung und Systemnutzung — Monat 11 ff.

→ Zusammenleben R. und J. unter Echtbedingungen in Wohnung R.

→ Suche nach größerer Wohnung

→ Vorschlag, die Wohnungssuche auf Hamburg auszudehnen wegen des größeren Karriere-, Sport-, Kultur-, Unterhaltungs-, Gastronomie- und Shopping-Angebots

→ Umzug nach Hamburg mit J.
→ Abschluss des Projekts und Beginn der Systemnutzung

Rimbach goss den letzten Rest Chianti in sein Glas und trank es aus. Dann fügte er unter dem Punkt »Kontrolle des Ess- und Trinkverhaltens« noch den Unterpunkt »weniger Rotwein trinken« hinzu, druckte die Seiten aus und ließ alles auf sich wirken. Als er zu Ende gelesen hatte, war er fast ein bisschen aufgeregt.

Am nächsten Morgen wunderte er sich darüber, was er zustande gebracht hatte. Alles, was da sauber ausgedruckt auf vier Blättern Papier stand, war schlüssig, und dass es gar nicht von ihm zu stammen schien, machte es umso gültiger. Er fragte sich, wann in seinem Leben er sich jemals so deutlich auf etwas festgelegt hatte und warum er das getan hatte.

»Conquest« hieß Eroberung, mit allen Mitteln. Möglicherweise hatte er sich in sie verliebt.

4

Er war bereits erfüllt vom Geist des neuen Rimbach, als er an diesem Freitag die Flure des Konzerns betrat. Er hatte schon wieder die erste Straßenbahnstation ausgelassen, war also bereits vierhundert Meter bei intensiver Sauerstoffzufuhr unterwegs gewesen und durchquerte die Eingangshalle in betont aufrechter Haltung und mit fast federndem Gang. Die lästige Installation der Rechner, bei der er assistieren musste, begleitete er mit freundlicher Herablassung, wissend, dass dies nicht seine Berufung bleiben würde.

Den Gang zum Mittagessen mit Krüger und Salewski zögerte er unter einem Vorwand bis auf halb eins hinaus, weil er wusste, dass das die Essenszeit von Julia Jenner war. Als sie ihm auf dem Mittelgang der Kantine mit ihrem Tablett begegnete, lächelte sie und streifte im Vorbeigehen seinen Arm. Es war ein Zeichen von ihr, da war er sich sicher. Der Mittelgang war breit genug, um sich ganz bequem auch ohne Berührung zu begegnen.

»Was macht ihr am Wochenende?«, fragte Salewski, als sie am Tisch saßen.

»Essen«, sagte Krüger. »Trinken. Kind wickeln. Und schlafen, wenn ich dazu komme.«

»Sehen wir uns morgen?« Die Frage von Salewski war mehr rhetorisch, denn sie sahen sich fast immer am Wochenende.

»Weiß noch nicht«, sagte Rimbach. »Hab ziemlich viel vor. Ich muss ein paar Anschaffungen machen und ein bisschen was lesen, außerdem will ich mich mal wieder ein bisschen bewegen. Und ich würde auch ganz gern mal früher ins Bett gehen als sonst.«

Lesen, Bewegung, früh ins Bett. Sie sahen ihn besorgt an.

Rimbach beendete den Arbeitstag bereits am frühen Nachmittag, er hatte Pläne; außerdem wollte er ungestört von Kollegen am Kiosk an der Haltestelle einige für ihn untypische Zeitschriften auswählen, die er zum Theoriestudium benötigte. Es ging darum festzustellen, mit welchem Fitnessprogramm er seinen verweichlichten Körper am schnellsten in einen akzeptablen Zustand versetzen würde.

Seine bisherige sportliche Karriere war nicht reich an Erfolgserlebnissen gewesen. Nach dem Handball war es vor allem das Fußballspiel, das ihm den Spaß verleidete. Die anderen in seiner Schulklasse spielten längst in Vereinen und beherrschten Tricks und Kniffe, während er nicht mal den Ball richtig stoppen konnte, geschweige denn eine Schusstechnik vorzuweisen hatte. Wenn ein Ball nur leicht vor ihm aufsprang, traf er ihn gar nicht oder mit dem Knie, und keiner seine Pässe kam je richtig an. Wenn Mannschaften gewählt wurden, gehörte er zu den drei Leuten, die immer bis zum Schluss übrig blieben. Es war eine prägende Erfahrung.

Dabei sah er nicht mal unsportlich aus, ein bisschen mager vielleicht. Um den Schulsport drückte er sich fortan, so gut es ging, und entwickelte dafür eigene Strategien. Als die Sache mit dem Expander passierte, musste er etwa sechzehn gewesen sein. Das Training mit dem Expander sollte seinen Brustkorb und die Oberarme formen, etwas, das in dem Alter einen gewissen Stellenwert hatte. Rimbach wollte bis zur Freibadsaison in Form kommen – schwimmen konnte er immerhin – und suchte den schnellen Erfolg. Als er sich während einer besonders intensiven Einheit in Gedanken bereits mit dem jungen Sylvester Stallone verglich, rutschte ihm der Griff des voll gespannten Expanders über den schweißnassen linken Daumen, knallte gegen seine Backe und ließ ihn für einige Sekunde zu Boden gehen. Ein paar Tage lang lief er mit einer geschwollenen linken Gesichtshälfte herum, was ihm zu der Erkenntnis verhalf, dass dieses Trainingsgerät ungeeignet für ihn war.

Jahre später, mit Anfang zwanzig, nahm ihn ein Kumpel mit zum Tennis. Rimbach hatte nie vorher eine Sportart erlebt, bei der Theorie und Praxis so weit auseinanderlagen. Alles, was leicht aussah, war schwer, und die gelben Bälle schienen völlig willkürlich in selbstgewählten Winkeln vom Schläger wegzuspringen. Als Laie hatte man selbst gegen dicke und alte Spieler, sofern sie über eine halbwegs gute Technik verfügten, nicht den Hauch einer Chance. Nach einer Stunde Tennis hatte er pauschal auch mit allen anderen Ballsportarten abgeschlossen.

Er hatte vier Zeitschriften am Kiosk erworben. Auf einer war ein Mann mit nacktem Oberkörper und einem sogenannten Waschbrettbauch abgebildet. Rimbach wusste nicht, wie ein Waschbrett aussah, und kam zu der Einschätzung, dass man es eher Wellblechbauch nennen sollte, so dick waren die länglichen Muskelstränge des verkniffen lächelnden Athleten.

Auf der zweiten Zeitschrift war eine Frau mit halbnacktem Oberkörper in einem tief ausgeschnittenen und nabelfreien Sportoutfit, das ihn an alles außer an Sport denken ließ, und auf den restlichen beiden Magazinen waren ein Läufer und zwei Radler mit über und über mit Taschen bepackten Rädern abgebildet.

Rimbach widmete sich zuerst dem Wellblechmann-Heft. Auf jeder Seite kamen mehrere Male die Worte Fit, Fun, Action, Style, light, cool und Power vor. Es wimmelte von perfekten Körpern. Auch der Sexualverkehr wurde behandelt, und zwar als eine Art Special Workout, das nach genau festgelegten Vorgaben abgearbeitet werden konnte. Dass sogar der Lustfaktor der verschiedenen Praktiken in Prozentstärke aufgeführt war, machte die Übungen vollends praxistauglich.

Leider hatte Rimbach zurzeit keine feste Partnerin, und die restlichen Übungen aus dem Heft schienen ihm zu gerätelastig, damit hatte er bereits Erfahrungen. Vor einigen Jahren hatte er einen Heimtrainer erworben und alle diesbezüglichen Warnungen von Krüger ignoriert. Krüger hatte ihm damals erklärt, dass allen Heimtrainern das gleiche Schicksal bevorstand: Sie wurden, gerade gekauft, im Wohnzimmer aufgestellt (»super Idee, Fernsehen und gleichzeitig Sport«) und in der ersten Woche bis zu fünf Mal benutzt, in der zweiten Woche dann noch drei Mal. In der dritten Woche folgte eine Trainingspause (»man soll es ja nicht gleich übertreiben«), das Gerät wurde in einem Nebenraum deponiert und in den folgenden beiden Wochen noch etwa zwei Mal für jeweils zehn Minuten frequentiert. Dann wurde das Ding eine Treppe tiefer gebracht und in der ebenfalls nicht mehr benutzten Sauna endgelagert.

Da Rimbach keine Sauna hatte, stellte er das Gerät nach fünf Wochen im Keller ab, neben dem Stepper, dem Bauchmuskeltrainer und dem Kurzhantelset.

Rimbach wendete sich jetzt dem Lauf- und dem Radfahrheft zu, die beide ziemlich ernsthaft die positiven Auswirkungen auf Figur und Herz und Kreislauf herausstellten und erklärten, wie leicht der Sport zu erlernen war. Der Haken an der Sache war nur: Die Leute, die in den Heften abgebildet waren, waren fit. Die konnten den Sport schon. Und Rimbach, der mittlerweile seine dritte Tasse Kaffee trank, wusste genau, wie schwer es war, dahin zu kommen. Es war fast hoffnungslos.

An genau diesem Punkt war er schon oft angelangt und hatte resigniert, aber da hatte es noch kein Projekt gegeben und keine schriftliche Anweisung, durchzuhalten. Sein Leitfaden lag neben ihm auf dem Tisch. Er würde heute eine Entscheidung fällen, und zwar bald.

»Abnehmen – die effizientesten Methoden!« stand auf

dem Titel des Lifestyle-Magazins mit dem erotischen Sportmodel, und Rimbach schlug das Blatt auf und suchte den Bericht. Er war sich nicht sicher, ob der Inhalt des Artikels irgendeiner Überprüfung standhalten würde, doch er beschloss, jetzt das Schicksal entscheiden zu lassen. Es war eine Art Vergleichstest von etwa zehn verschiedenen Bewegungsformen, darunter Walken, Schwimmen, Wandern, Laufen, Inline-Skaten und andere. Rimbach hoffte, dass das Ergebnis des Tests ihm irgendwie die Wahl lassen würde zwischen Bowling und Golf, aber das Ergebnis war eindeutig, und Rimbach schluckte zwei Mal, als er es las.

Er würde ein Läufer werden.

Ausgerechnet ein Läufer. Das Laufen gehörte zu den Sportarten, deren Sinn sich ihm bisher nie erschlossen hatte. Läufer liefen oft allein vor sich hin, das hieß, sie hatten keinen Gegner, gegen den sie gewinnen konnten, und sie hatten keinen Ball, dem sie nachjagen konnten, und keine Mannschaft, mit der sie kommunizieren konnten, und sie konnten deshalb eigentlich auch keinen Spaß haben. Sie liefen los und kamen nach einer halben Stunde genau da wieder an, wo sie losgelaufen waren (das galt nicht für die gut trainierten Läufer, die kamen erst nach eineinhalb Stunden da wieder an, wo sie losgelaufen waren), und ihre Köpfe hatten die Farbe und die Strahlkraft reifer Hollandtomaten.

Laufen war im Grunde unnötig. Eine Bewegungsform, die nicht mehr gebraucht wurde seit der Erfindung des Verbrennungsmotors und der Einführung des öffentlichen Nahverkehrs.

Er las den Artikel noch einmal, um sich langsam an den Gedanken zu gewöhnen. Es schien immerhin so, dass man entweder Läufer sein konnte oder so aussehen konnte wie er und Krüger, beides zusammen ging langfristig nicht. Also fuhr er noch einmal in die Stadt, ging in eine Buchhandlung und kaufte als Abendlektüre »Das große Laufbuch« und das

Anfänger-Sonderheft des größten Laufmagazins der Welt in der Hoffnung, dass die Lektüre ihn schonend auf seine neue Karriere vorbereiten würde. Und so war es.

Ein Läufer braucht nicht viel Ausrüstung, las er. Er kann seine Sportart immer und überall und zu jeder Jahreszeit ausüben. Ein paar ordentliche Schuhe, und schon kann es losgehen. Das waren die Erkenntnisse, mit denen er die ersten wichtigen Studien im Rahmen des Projekts Conquest beschloss. Es war eigentlich ganz einfach gewesen. Theoretisch.

Da er nicht auf seine gewöhnliche Freitagstour gegangen war und mindestens drei bis vier Weizenbier im Rückstand lag, sah er kein Problem darin, während der »Tagesthemen« und danach ein oder zwei Gläser Wein zu trinken, das war für einen Sportler noch drin. Am nächsten Tag würde er die Schuhe kaufen.

»Grüß dich«, sagte ein Mann, den ein Namensschild als Holger auswies, zu ihm, und Rimbach wunderte sich, warum Holger ihn mit »Du« anredete, er hatte ihn jedenfalls noch nie gesehen. Es war Samstagmorgen, und er befand sich in Holgers Laufshop in der Innenstadt auf der Suche nach Orientierung und nach Laufschuhen. Der Laden war eine neue Welt für Rimbach, die Produkte waren bunt und schön geordnet in Regalen und an Kleiderhaken aufgereiht, und kreuz und quer durch das Geschäft liefen Menschen, manche traten auf der Stelle oder bewegten sich auf einem Laufband, was Rimbachs Puls schon beim Zusehen beschleunigte.

Es gab Laufschuhverkäufer in allen Größen, aber allen gemeinsam war, dass sie schlank bis unterernährt waren (Holger gehörte zur letzteren Gruppe). Es schien ein Gewichtslimit für Laufschuhverkäufer zu geben.

»Was kann ich für dich tun?«, fragte Holger.

»Laufschuhe«, sagte Rimbach. »Ich brauche Laufschuhe.«

»Wie viele Kilometer läufst du so in der Woche?«, fragte Holger.

Rimbach stutze nur unmerklich. »So fünfundzwanzig«, sagte er, denn er hatte durch seine Lektüre bereits ein gewisses Grundwissen erworben. Fünfundzwanzig war ein guter Kompromiss, nicht übertrieben, aber schon ganz achtbar. »Hab aber lange nichts mehr gemacht«, fügte er hinzu.

»Also steigst du langsam wieder ins Training ein«, sagte Holger diplomatisch, und Rimbach nickte. Das war eine gute Basis.

Als Nächstes musste er die Hosenbeine hochkrempeln und unter Holgers Aufsicht ein paar Bewegungen ausführen. Er erfuhr, dass er ein Normalfußläufer war und dass keine Überpronation vorlag; das schien etwas Gutes zu sein, etwa so wie ein niedriger Cholesterinwert oder gesunde Fingernägel oder so ähnlich, jedenfalls gab es ausreichend Schuhmodelle für ihn.

»Läufst du mehr auf Asphalt oder eher auf Naturstrecken?«, fragte Holger.

»Gemischt«, sagte Rimbach geistesgegenwärtig, und dann ging es los. Er hatte die Wahl, auf das Laufband zu gehen oder kurze Testläufe draußen vor dem Geschäft durchzuführen, und entschied sich aus Sicherheitsgründen für die zweite Möglichkeit. Dass er bei jedem Schritt in den ungewohnten Schuhen einen Zentimeter einzusinken schien, war wohl normal, und nach fünfzehn Minuten hatte er drei passende Modelle ermittelt und führte ein erstes Zwischengespräch mit Holger.

»Rein gefühlsmäßig spür ich kaum einen Unterschied. Ich würde ganz gern den nehmen, der die meiste Stabilität bietet«, sagte er zur Demonstration seines Fachwissens und in der Hoffnung, den Kauf damit zum Abschluss zu bringen, denn die Testläufe fingen bereits an, ihn anzustrengen.

Die Folge war, dass Holger umgehend drei weitere Modelle parat hatte, die er in Ruhe nacheinander durchtesten sollte. Rimbach verkürzte jetzt die Laufstrecke auf fünfzehn Meter Länge, er musste ja auch den Rückweg mit einkalkulieren, und ermittelte zwei geeignete Modelle.

»Du kannst auch alle beide nehmen. Bei deiner Kilometerleistung kann es schon sinnvoll sein, zwei verschiedene Paar im Wechsel anzuziehen, dann läufst du nicht so schnell in eine Verletzung rein«, sagte Holger. »Aber natürlich kannst du auch so lange weitertesten, bis du dich für ein Paar entschieden hast.«

»Gut«, sagte Rimbach und rang nach Luft. »Dann nehm ich beide.«

»Brauchst du sonst noch was?«, fragte Holger. Rimbach hatte mittlerweile eine Ahnung davon bekommen, wie ein kompletter Läufer auszusehen hatte, und brauchte so gesehen eigentlich noch alles.

»Ein paar Sachen schon. Bin gerade dabei, von Baumwolle auf Funktionsstoff umzusteigen«, sagte er und gab damit unbewusst zu, dass er seit mindestens fünfzehn Jahren keine Laufklamotten gekauft haben konnte. Aber es war immerhin der Startschuss für das folgende Verkaufsgespräch.

»Gut«, sagte Holger. »Also fangen wir bei der Oberbekleidung an. Hast du schon mal was vom Zwiebelprinzip gehört?« Klar, dachte Rimbach, beim Zwiebelschneiden tränen einem prinzipiell die Augen, daher Zwiebelprinzip; aber so war es natürlich nicht. Zwiebelprinzip bedeutete, dass durch mehrere übereinander getragene Kleidungsstücke aus Funktionsmaterial eine optimal funktionierende Schweiß- und Wärmeableitung bei gleichzeitigem Kälte- und Nässeschutz möglich war.

Damit das Zwiebelprinzip überhaut funktionierte, brauchte man für die kalte Jahreszeit zumindest schon mal drei Schichten. Unterhemd, Kurz- oder Langarmshirt und Laufjacke. Die Sachen sahen nicht mal schlecht aus und waren nicht richtig billig, und Rimbach hatte ziemlich schnell eine passende Kollektion gefunden. Bei den Hosen wurde es schwieriger.

»Ich empfehle dir für die Übergangszeit eine Longtight«, sagte Holger. »Die liegt angenehm am Körper an und schlottert nicht rum, das ist wie eine zweite Haut.«

Hier irrte Holger zum ersten Mal. Als Rimbach das teure Stück in der Kabine angezogen hatte, schlotterte es schon ein wenig an Waden und Oberschenkeln und formte sich nur im Bauchbereich wie eine zweite Haut zu einer Art Halbkugel. Rimbach sah sich außerstande, die Kabine zu verlassen. In einem solchen Kleidungsstück konnte er sich, wenn überhaupt, frühestens in einigen Monaten ins Freie wagen.

»Ich hab sie wieder ausgezogen, kneift ein bisschen an den Oberschenkeln«, rief er. »Habt ihr nichts anderes, ich lauf lieber in normalen Trainingshosen, da fühl ich mich nicht so eingeengt.«

»Ist klar«, sagte Holger. »Wir führen noch so ein Modell. Aber du weißt schon, dass du da nur eine eingeschränkte Funktion hast.«

»Nehm ich in Kauf«, sagte Rimbach.

Er suchte danach noch zwei Paar Laufsocken aus und wollte gerade bezahlen, als ihm noch etwas einfiel. »Was ist mit einem Pulsmesser?«, fragte er.

Holger war fasziniert. Rimbach war, um im Jargon zu bleiben, als Kunde ein Selbstläufer. Doch Holger war fair.

»Da empfehle ich dir das Grundmodell. Einstellbare Ober- und Unter-Herzfrequenz, Durchschnittsfrequenz, Stoppuhrfunktion, Kalorienverbrauch, das ist okay.«

Er brauchte einen Moment, um Rimbach zu überzeugen, dass das für ihn wirklich ausreichend war, und begann an der Kasse mit dem Eintippen.

»Sechshundertdreißig Euro«, sagte er, nachdem er alles noch einmal nachgerechnet hatte. »Ist nicht ganz billig, aber da hast du jetzt jahrelang was von, bis auf die Schuhe halten die Sachen ewig.«

Rimbach hatte mit keiner Wimper gezuckt, als er den Preis hörte. Das war es wert, und außerdem hatte Holger gratis noch ein Stirnband obendrauf gelegt. Etwas anderes beschäftigte ihn.

Da hast du jetzt jahrelang was von, hatte Holger gesagt. Rimbach wurde langsam bewusst, dass sich der Theorieteil des Projekts unaufhaltsam dem Ende zuneigte.

Er verließ Holgers Laufshop mit zwei prall gefüllten Plastiktüten und schaute besorgt zum Himmel, an dem sich dunkle Wolken ballten. Er hoffte, es noch trocken bis zum Cooper schaffen. Während er losfuhr, dachte er über die Auswirkung eines plötzlich einsetzenden Regenschauers auf einen Laufanfänger nach, der sich zwanzig Minuten von der Zivilisation entfernt in einem Wald aufhielt.

Die Jacke würde einem Regenguss standhalten, das war klar, doch sein Restkörper würde nass werden, nass und kalt, und der Boden könnte rutschig werden, und ein Sturz in Verbindung mit einer einsetzenden Unterkühlung konnte böse Folgen haben mitten in einem einsamen Waldstück. Denn dass sein erster Lauf in einem einsamen Waldstück unter Ausschluss der Öffentlichkeit stattfinden würde, stand fest.

Er dachte an seinen Leitfaden. Es war nicht nötig, die einzelnen Maßnahmen unter Punkt I seines Projekts nacheinander abzuarbeiten, sie liefen parallel und waren teilweise ineinander verzahnt, was im Klartext bedeutete, dass er aufgrund der Wetterlage den Lauftermin auf den Sonntag legen und dafür sofort mit der Wohnungsinstandsetzung beginnen sollte. Die war nicht besonders aufwendig und konnte weitgehend an diesem Wochenende erledigt werden.

Also bog er auf den Parkplatz des ans Einkaufszentrum angegliederten Baumarktes ein, kaufte Farbe, Pinsel, Lampenschirme und ein paar andere Dinge und aß in der Passage aus alter Gewohnheit noch eine Pizza auf die Hand, um zu Hause nicht mehr kochen zu müssen. Für den Sonntag kaufte er Lebensmittel ein, die diesen Namen auch tatsächlich verdienten.

Conquest wirkte bereits in sein Leben hinein. Es war Samstag, kurz vor zwölf, und normalerweise frühstückte er um diese Zeit. Stattdessen stand er in seinem Schlafzimmer und betrachtete – bereits mit einem gewissen Wohlgefallen – die erworbene Laufkollektion, die er von den Preisschildern befreit hatte und die jetzt, fein säuberlich ausgebreitet, sein Bett bedeckte. Schon der Besitz einer solchen Ausrüstung und das Gefühl, sie jederzeit benutzen zu können, unterschieden ihn von den Menschen, die gar nicht daran dachten, sich zu bewegen.

Dieser Gedanke war überaus motivierend. Als Nächstes ging er in sein Wohnzimmer und räumte Ivar aus, stapelte die CD- und DVD-Sammlung und seine acht Bücher irgendwo im Raum verteilt und stellte Farbe und Pinsel bereit. Ivar (Kiefer, unbehandelt) war das einfachste, billigste und damit praktischste Regal gewesen, das er gefunden hatte, aber ein gediegener Farbanstrich würde es aus der Masse der vielen tausend schmucklosen Ivars herausheben, zu einem Blickfang machen und in den Augen einer Frau seine Kreativität und sein handwerkliches Geschick dokumentieren.

Die Aufgabe erwies sich als komplexer, als er gedacht hatte. Weil er erst den Rahmen streichen wollte, hatte er alle Regalbretter bis auf das mittlere entfernt, wodurch Ivar an Stabilität verlor. Der Lack, den Rimbach schließlich mit einem Fünfunddreißig-Millimeter-Flachpinsel gleichmäßig verteilte, deckte nicht besonders gut ab und durfte andererseits auch nicht zu dick aufgetragen werden, damit sich keine hässlichen Nasen bildeten. Nach einer Viertelstunde hatte er den Bogen raus, kam gut voran und trat ab und zu einen Meter zurück, um die Verwandlung von Ivar zu würdigen.

Der Farbunfall ereignete sich dann gegen drei Uhr nachmittags. Rimbach war gerade dabei, Ivar ein wenig von der

Wand abzurücken, was einiges Feingefühl erforderte, als das Telefon klingelte. Um den Vorgang schnell zu Ende zu bringen, ruckte er noch einmal kräftig an dem Regal, so dass die Dose mit der Farbe, die auf dem mittleren Regalboden in etwa einem Meter Höhe stand, kippte. Danach verteilte sich etwa ein Dreiviertelliter Möbellack der Farbe *classic-grey* (seidenmatt) großflächig auf dem hellblauen Teppichboden.

Nach den unverzüglich eingeleiteten Rettungsarbeiten mit Schwammtuch und mehreren Handtüchern, die nur einen Teilerfolg brachten, brauchte Rimbach eine Pause. Mit der Kaffeetasse in der Hand saß er in seinem Lieblingssessel inmitten von Regalbrettern und verstreuten Habseligkeiten und betrachtete versonnen den etwa quadratmetergroßen grauen Farbfleck, als das Telefon erneut klingelte. Ein völlig irrationales Gefühl, eine Art Ahnung sagte ihm, dass es Julia Jenner sein könnte, und er beeilte sich, ranzugehen.

»Grüß dich, Ralf«, hörte er Salewskis Stimme. »Hab vor einer halben Stunde schon mal angerufen. Krüger und ich treffen uns um neun Uhr in den Nachthallen. Live-Musik, wie sieht's aus?«

Damit stand zumindest der Verursacher der Farbkatastrophe fest. Und Rimbachs Antwort auch.

»Geht nicht. Bin mitten im Renovieren und will unbedingt noch mit dem Streichen fertig werden, da muss ich heut mal richtig durchziehen. Bis Montag also«, sagte er.

Natürlich würde er keinen einzigen Pinselstrich mehr machen, so viel war klar. Da er schon einiges durchgestanden hatte, gab es nur noch zwei Möglichkeiten: Entweder er fing gar nichts mehr an oder etwas, was ihn aufbaute und auf Anhieb funktionierte.

Der Pulsmesser fiel ihm ein. Rimbach holte ihn und packte ihn aus, ließ sich wieder auf seinem Sessel nieder und überflog kurz die Anleitung. Hier war er in seinem Element; nach drei Minuten hatte er alle Funktionen begriffen und legte den Brustgurt an, der die Daten an die Uhr an seinem Handgelenk sendete.

Es war ein aufregender Moment, als er zum ersten Mal auf dem Display der Uhr eine Zahl aufblinken sah. Seltsam, ablesen zu können, wie oft das Herz schlug, dachte er. Man beachtete es sonst nicht, es funktionierte so vor sich hin. Jetzt aber wurde seine Tätigkeit sichtbar, jetzt wurde ihm plötzlich bewusst, dass dieser Muskel hinter seinem Brustbein nie stillstand, sondern Tag und Nacht und in jeder Sekunde Blut durch seinen Körperkreislauf pumpte, damit er, Rimbach, leben konnte.

Seine Herzfrequenz lag in diesem Moment bei achtundneunzig Schlägen pro Minute, alle fünf Sekunden wurde ein aktualisierter Wert angezeigt. Achtundneunzig Schläge waren für einen einunddreißigjährigen Menschen, der auf einem Sessel saß, nicht unbedingt wenig, das wusste er mittlerweile, doch das konnte auch an der Aufregung liegen oder an den vier Tassen Kaffee, die er getrunken hatte. Er prüfte noch die Stoppuhrfunktionen und stellte erst mal eine Pulsobergrenze von hundertdreißig ein. Falls er bei seinem ersten Lauf diese Frequenz überschreiten sollte, würde das Gerät zur Warnung einen Piepton ausstoßen.

Draußen nieselte es, und ein kurz darauf einsetzender Schauer bestätigte ihm, dass es richtig gewesen war, den Lauf auf den Sonntag zu verschieben. Rimbach beendete die Projektarbeit, lüftete das Wohnzimmer und widmete den Rest des Abends der Regeneration. Denn auch das, so hatte er es aus seiner Lektüre gelernt, war für einen Läufer sehr wichtig.

Der Sonntagmorgen erlebte ihn frisch und erholt, und nach dem Genuss eines Schälchens Müsli – die Ernährungstipps im Lauf-Anfängerheft hatten ihm eine Ersetzung der Zucker-Cornflakes-Mischung durch Müsli empfohlen – ging er wieder an die Arbeit. Der Fleck war ärgerlich, konnte ihn aber nicht aufhalten. Rimbach bedeckte den Teppichboden jetzt großflächig mit den aufgeschnittenen Plastiktüten aus Holgers Laufshop und strich das Regal zu Ende, inklusive aller Einlegeböden. Die Mittagspause dauerte länger als geplant, denn die Zubereitung einer vollwertigen und kohlenhydratreichen Mahlzeit, in diesem Fall Brokkoli-Kartoffel-Auflauf, nahm einige Zeit in Anspruch. Mit dem Ergebnis konnte man leben, Rimbach fand es weitgehend geschmacksneutral, aber nicht ungenießbar.

Seine Energie war noch nicht gebrochen. Er erkannte, dass sein zwölfteiliges Werkzeugset ausreichte, um auch noch die Lampenschirme zu montieren, und fing gleich damit an. Die Arbeit auf einem schmalen Hocker war anstrengend, und er musste zwischendurch in den Keller laufen, weil er den falschen Schraubendreher erwischt hatte. Als er auf dem Rückweg in die Wohnung zwei Stufen auf einmal nahm, fing es an seinem Handgelenk an zu piepsen.

Es war das Warnsignal seines Pulsmessers, den er zur Eingewöhnung nach der Mittagspause angelegt hatte. Das Warnsignal bedeutete, dass er den am Vorabend eingestellten Höchstpuls Puls von hundertdreißig, der eigentlich für einen Dauerlauf gelten sollte, überschritten hatte. Er dachte nur ganz kurz darüber nach, welche Rückschlüsse das auf seine körperliche Verfassung zuließ, und stellte als neuen Höchstpuls hundertsechzig ein.

Gegen sechzehn Uhr hatte er die wichtigsten Sofortmaßnahmen zur Wohnungsinstandsetzung beendet, räumte ein wenig auf und besah sich anschließend die Veränderungen.

Ivar war nicht mehr wiederzuerkennen, er wirkte richtig seriös, fast ein wenig streng, doch insgesamt durfte diese Maßnahme als gelungen gelten. Bei den Lampenschirmen war der erste Eindruck zwiespältig.

Sie sahen wirklich aus wie kleine Schirme, waren hellblau mit weißen Wolken – Rimbach hatte das beim Einkauf im Baumarkt auf Anhieb witzig gefunden – und unterschieden sich nur in der Größe. Der für den Flur passte einigermaßen dahin, es steckte ja auch ein Stück Symbolik dahinter; man kam herein zu ihm aus Dunkelheit und Regen, stand im Trocknen und fühlte sich beschirmt und geborgen. Über den Lampenschirm im Bad konnte man zumindest diskutieren oder zur Not darüber hinwegsehen, der im Wohnzimmer dagegen wirkte lächerlich.

Es gab also einen gewissen Nachbesserungsbedarf, ebenso bei dem Teppichfleck. Und um die Gardinen fürs Badfenster, die Conquest vorschrieb, hatte er sich noch gar nicht gekümmert, da fehlte ihm irgendwie der Zugang.

Rimbach schaute auf den Pulsmesser, der jetzt eine Frequenz von sechsundneunzig zeigte. Sein erster Lauf stand bevor, und er beschloss, noch eine kurze Ruhepulsermittlung durchzuführen, um einen Vergleichswert für später zu haben. Er hatte gelesen, dass ein niedriger Ruhepuls, so um die fünfzig Schläge, gemessen im Sitzen oder Liegen, ein Hinweis auf ein gut trainiertes, starkes Herz sein könne. Er rollte die grüne Gymnastikmatte aus, die hinter seinem Sessel verstaut war und gelegentlich als Sofaersatz diente, legte sich lang und schaute gespannt aufs Display, während er versuchte, seinen unregelmäßigen Atem zu stabilisieren.

Sein Puls sank tatsächlich. Von sechsundneunzig auf vierundachtzig und schließlich auf vierundsiebzig, wo er verharrte. Rimbach hatte den Ehrgeiz, wenigstens unter siebzig zu kommen, das wäre eine ganz gute Basis, er atmete ruhig und versuchte sich noch stärker zu entspannen. Eine Minute später schlief er ein.

Als er aufwachte, war es dunkel draußen und sein Lauftermin verstrichen. Der Wille war da gewesen, zweifellos, doch es warf einen Schatten auf das Wochenende, an dem er ja einiges auf den Weg gebracht hatte, und er war wütend auf sich selbst, dass er in diesem wichtigen Projektpunkt so versagt hatte.

5

Am Montagmorgen entdeckte er als Erstes die Mail von Julia Jenner. Sie war bereits am Freitagnachmittag gesendet worden, und der Inhalt war nicht spektakulär:

```
Muss spontan ein paar Tage frei nehmen, zu
viele Überstunden. Habe dich heute nicht
mehr telefonisch erreicht. Endabnahme von
AnWerb ist dann also am Donnerstag oder
Freitag, wenn es Dir passt.
Liebe Grüße, Julia.
```

Rimbach war ein wenig enttäuscht, und vor seinen Augen baute sich kurz das Bild auf, wie sie und Tommsen zusammen feierlich die Bewerbung für Dortmund im Kamin eines abgehobenen Hotelzimmers verbrannten und sich dann drei Tage lang intensiv der Versöhnung widmeten. Obwohl es fraglich war, dass ein paar verbrannte Bewerbungsunterlagen zu mehr reichten als einem kurzen Aufflackern. Immerhin könnte er sich Donnerstag, wenn sie zurück war, schon als Sportler präsentieren. Und sich bis dahin, wie es in seinem Projekt stand, in Geduld üben.

Krüger kam rein, mit einer Tasse Kaffee und Salewski im Schlepptau, und setzte sich auf seinen Platz gegenüber von Rimbach. Es ging darum, die Arbeit aufzuteilen, bei einer Reihe von Anwendern musste neue Software installiert werden, außerdem gab es Probleme mit zu langen Antwortzeiten bei Datenzugriffen übers Netzwerk.

Aber vorher mussten andere Dinge geklärt werden.

»Hast du ihn schon gefragt, warum er renoviert?«, sagte Salewski zu Krüger.

»Jeder renoviert irgendwann mal«, sagte Krüger. »Die einen fangen sofort an, wenn sie einziehen. Andere, wie Rimbach, warten ein bisschen, bevor sie anfangen. Sechs oder sieben Jahre etwa.«

»Die Wohnungen waren damals gerade frisch renoviert und bezugsfertig«, sagte Rimbach, »und jetzt könnte mal ein bisschen was gemacht werden.«

»Fällt dir früh ein«, sagte Krüger. »Das hast du also mit Bewegung am Wochenende gemeint, das hättest du auch gleich sagen können. Es klang nämlich am Freitag eher so, als würdest du dich sportlich betätigen wollen.«

»Hab ich ja auch. Ich lauf jetzt ab und zu mal eine Runde durch den Wald, ist ein ganz guter Ausgleich zu unserem Job.« Das war nicht mal komplett gelogen, das mit dem Ausgleich stimmte ja. Und da er voll ausgerüstet war, hätte er ja tatsächlich gelaufen sein können.

Jedenfalls war es ein richtiger Treffer. »Er läuft durch den Wald. Rimbach wird ein Jogger, das ist die Meldung des Tages. Was meinst du, wie lange das gutgeht, Salewski?«

»Schlecht zu sagen. Ich weiß noch, wie er vor ein paar Jahren das Mountainbike gekauft hat. Ich glaube, er war vorher bei zwölf verschiedenen Fahrradhändlern. Jedenfalls hat die Beratung etwa drei Mal so lange gedauert wie die aktive Karriere.«

»Weil es so lange gedauert hat, bis sie das Bike liefern konnten«, sagte Rimbach. »Und dann war es November, da fährt von euch auch keiner mehr mit dem Rad durch die Gegend.«

»Logisch«, sagte Krüger. »Hast du nicht danach irgendwann mit Squash angefangen? Du hattest bei der Arbeit doch überall den neuen Schläger rumgezeigt. Hast du drei oder vier Mal damit gespielt?«

»Ich musste aufhören, weil ich eine Bänderdehnung hatte

und danach erst mal vier Wochen Sportpause verordnet bekommen hatte.«

»Und aus den vier Wochen sind dann vier Jahre geworden«, sagte Krüger.

»Nein«, sagte Salewski, »ich glaube, er ist zwischendurch noch mal Inliner gefahren. Hat die Dinger letztes Jahr für fünfundzwanzig Euro an Meinert von der Buchhaltung verkauft. Ein Schnäppchen, die waren fast neu.«

»Alles klar«, sagte Krüger. »Ich kann ja gerade noch nachvollziehen, dass es Spaß machen könnte, Squash zu spielen oder Inliner zu fahren, auch wenn es bei dir nicht geklappt hat, Rimbach. Aber kannst du mir einen Grund nennen, warum du ernsthaft glaubst, du würdest mit Laufen anfangen?«

»Weil er keine Wahl mehr hat«, sagte Salewski. »Ich glaube nicht, dass es sonst noch eine Sportart gibt, die er nicht ausprobiert hat.«

Rimbach hatte sich alles in Ruhe angehört. »Seit wann stört mich das Geschwätz des Pöbels«, sagte er herablassend. »Ich sage euch, was auf euch zukommt: Zuerst werdet ihr euch wundern. Dann werdet ihr staunen. Und schließlich werdet ihr mir huldigen.«

So lief es meistens ab. Die Gespräche dienten der Auflockerung, und das Verlässliche an ihnen war, dass sich danach nie etwas änderte. Dass Rimbach diesmal ein Ziel hatte, wussten seine Kollegen nicht, und nach ihren aufmunternden Worten stand eines fest: Heute Abend würde ihn nichts von seinem Laufdebüt abhalten, kein Blizzard, kein Orkan und keine faustgroßen Hagelkörner. Vielleicht nicht einmal ein Nieselregen.

Bevor es losgehen sollte, warf Rimbach noch einen Blick in Hovet, seinen Flurspiegel. Er sah einen perfekt ausgestatteten Sportler. Ruhig blickten seine Augen unter dem grünen Stirnband hervor und signalisierten Entschlossenheit, und wenn seine Gesichtszüge in den letzten bewegungsarmen

Jahren nicht ein wenig an Kontur verloren hätten, hätte man sogar von Verwegenheit sprechen könne.

Ein rotes Langarm-Laufshirt fiel locker über den Oberkörper und betonte die leichte Rundung im Bauchbereich nur ganz schwach. Die dunkelblaue Hose war, obwohl nicht eng geschnitten, eindeutig als Laufhose zu erkennen, und die Schuhe repräsentierten das Ergebnis aus dreißig Jahren intensiver Sportartikel-Hersteller-Forschung.

Es war die Kleidung des Läufers im Vorfrühling, in der er das Haus verließ, und er trug sie mit einem gewissen Stolz. So durfte sich nicht jeder auf der Straße zeigen.

Es war Montagabend, sein Zielort war der Parkplatz am Habichtswald. Er hatte in seiner Lokalzeitung gelesen, dass dort markierte Rundwege entlangführten, die für Läufer, Walker und Wanderer gleichermaßen geeignet waren. Es standen nur noch zwei andere Autos da, als Rimbach den Cooper parkte. Die meisten Freizeitsportler waren am Wochenende unterwegs, ganz konnte man ihnen ohnehin nie entkommen.

Der Parkplatz war umgeben von Bäumen, deren noch kahle Zweige sich leise bewegten. Der Himmel war bedeckt und die Luft kühl, aber nicht schneidend. Rimbach stieg aus und fand die Temperatur ganz angenehm. Um sich auch gegen Regenfälle abzusichern, hatte er zu Hause noch die wasser- und winddichte Laufjacke übergezogen und war damit einem ungeschriebenen Gesetz gefolgt, das besagte, dass alle Laufanfänger zu warm angezogen waren.

Er ging zum Rand des Parkplatzes, wo die Infotafeln angebracht waren, und wählte die flache Drei-Kilometer-Rundstrecke. Er war vorbereitet. Sein theoretisches Wissen reichte aus, um einen Marathon zu laufen, und er hatte ein Konzept. Immer im Wechsel fünf Minuten laufen, danach drei Minuten gehen, etwa dreißig Minuten insgesamt, das würde ihn nicht überfordern und war doch schon so etwas wie Sport.

Rimbach ging ein paar Meter, startete die Stoppuhr des Pulsmessers und begann zu laufen. Er versuchte ein Tempo zu finden, das er fünf Minuten ohne Probleme durchhalten würde. Nach sechzig Sekunden, der Wald hatte ihn bereits verschluckt, korrigierte er die Geschwindigkeit ein wenig nach unten, denn obwohl er nur langsam lief, atmete er ziemlich schnell.

Eine weitere Minute später spürte er Schweißabsonderungen im Bereich des Oberkörpers und eine beginnende Ermüdung seiner Oberschenkelinnenseiten, als er einen Läufer erblickte, der mühelos und mit leichtem Laufschritt wie aus dem Lehrbuch auf ihn zulief.

Als hätte er ein Signal empfangen, erhöhte Rimbach ebenfalls deutlich das Tempo, stieß sich kraftvoll vom Waldboden ab, lief mit fast federnden Schritten dem anderen entgegen und schenkte ihm ein verzerrtes Lächeln, als sie sich begegneten.

Die Tempoverschärfung hatte Kraft gekostet und forderte eine schnelle und unkonventionelle Entscheidung. Er würde das erste Laufintervall von fünf Minuten nicht durchhalten können, das stand jetzt fest, also erhöhte er weiter das Tempo; in seinen Schläfen pochte das Blut, er keuchte und stürzte mehr durch den Wald, als er lief, bis endlich das erlösende Piepsen des Pulsmessers ertönte und ihm eine Pause verordnete.

Ihm war klar, dass er gerade alles falsch gemacht hatte, was ein Läufer falsch machen konnte. Ein Läufer soll versuchen, unter einem gewissen Höchstpuls zu bleiben, damit er weiterlaufen kann. Rimbach hatte versucht, möglichst schnell den Höchstpuls zu überschreiten, damit er nicht mehr weiterlaufen musste. Jetzt hatte er drei Minuten Gehpause und war bereits am Boden zerstört.

Er hätte dieses Spielchen noch eine halbe Stunde weiter betreiben können, hätte zwischen den Gehpausen immer wieder bis zur völligen Erschöpfung rennen können, um dann festzustellen, dass diese Sportart völlig ungeeignet für ihn sei. So machten es viele (»Laufen? Hab ich versucht, ist nichts für mich«), und so hätte er es noch vor zwei Wochen auch getan, aber da hatte es das Projekt noch nicht gegeben. Conquest kannte keine Rücksichtnahme auf vorübergehende persönliche Unpässlichkeiten.

Als erste Sofortmaßnahmen verlängerte er die Gehpausen, und wenn er danach wieder loslief, dann so langsam, dass es gerade noch als Laufen zu erkennen war. Und wenn er zwischendurch nach Luft schnappte, dann nicht, weil es zu wenig davon gab, im Gegenteil, es gab hier draußen so viel Luft, dass er fast daran erstickte, er war so etwas nicht gewöhnt.

Es kostete seine ganze Konzentration. Irgendwo hämmerte ein Specht, und ganz aus der Nähe tönte der markante Ruf des Baumpiepers, doch Rimbach hörte ihn nicht. Ein eierlikörgelbes Licht schimmerte durch die Baumkronen, und auf den Lichtungen und am Wegrand blühten bereits Leberblümchen und Schlüsselblumen, aber Rimbach bemerkte es nicht. Einen weiteren Läufer und ein paar Walker, die ihm entgegenkamen, ignorierte er völlig.

Irgendwann nach über dreißig Minuten war es überstanden, er hatte seine erste Trainingseinheit überlebt, er war jetzt ein Sportler, und er zog ein erstes Fazit: An die Gehpausen konnte man sich gewöhnen. Die Laufpassagen hatten sich endlos in die Länge gezogen. Es war hart gewesen und eintönig, und es hatte keinen Spaß gemacht. Aber immerhin: Es war genau so gewesen, wie er es sich vorgestellt hatte.

Zu Hause angekommen, war er nicht mal unzufrieden. Er war tatsächlich dabei, das Projekt zum Leben zu erwecken. Über Julia Jenner musste er sich momentan keine Gedanken machen, er kam vor Donnerstag sowieso nicht an sie ran, aber Conquest gab ihm genug Möglichkeiten, die Zeit bis dahin sinnvoll zu nutzen. Er schlief gut in dieser Nacht.

Bereits am nächsten Morgen, als er sich mit etwas Abstand in seiner Wohnung umblickte, erkannte er weiteren Handlungsbedarf, und so führte er bei der Arbeit in ein paar unbeobachteten Momenten noch ein paar Telefongespräche und vereinbarte einen wichtigen Termin für den frühen Abend bei ihm zu Hause.

Pünktlich um siebzehn Uhr klingelte es an seiner Haustür.

»Guten Tag. Mein Name ist Conny Reusch. Riecht ziemlich stark nach Farbe bei Ihnen«, sagte die Raumausstatterin vom Studio für Innendesign, als sie eintrat. Rimbach betrachtete sie, sie war etwas kleiner und jünger als er und gerade so untersetzt, dass sie nicht mehr schlank, aber in jeder Hinsicht ansehnlich war. Wenn es Conquest nicht gegeben hätte, hätte Rimbach versucht, ihr zu imponieren. So aber beschränkte er sich aufs Geschäftliche, es ging um Gardinen fürs Bad und darum, mit welchen Mitteln man einen farbverschmierten Teppich reinigen konnte.

»Ich bin nämlich gerade ein bisschen am Renovieren«, erklärte er.

Der Blick der Raumausstatterin schweifte durchs Zimmer. Sie sah amüsiert aus. Das markanteste Möbel war ein alter brauner Ledersessel ohne Armlehnen, ein Stück, von dem Rimbach sich nicht trennen konnte. Dann gab es noch einen Schwingsessel mit einem Bezug aus dunkelrotem Polyester und einen Beistelltisch in der Größe von fünfzig mal fünfzig Zentimetern, Birke-Nachbildung.

Gegenüber dem Ledersessel stand eine dunkle Kommode, bei der die oberste Schublade entfernt worden war, um Platz zu schaffen für die Musikanlage. Der Plasmafernseher, der auf der Kommode stand, war deutlich breiter als das Möbelstück selbst. Am anderen Ende des Zimmers, neben Ivar, stand der Schreibtisch mit dem PC.

»Ihre Möblierung ist ein wenig minimalistisch«, sagte Conny Reusch. »Aber nicht uncharmant. Was machen Sie eigentlich, wenn Gäste kommen?«

»Klappstühle«, sagte Rimbach. »Ich hol Klappstühle aus dem Keller. Ist praktisch.«

Ihr Blick fiel auf die zusammengerollte Gymnastikmatte, die hinter dem Sessel hervorlugte.

»Yoga?«

»So ähnlich. Tiefenentspannung«, antwortete Rimbach.

»Aha. Und was ist das da?« Sie zeigte aufs Fenster.

»Scheibengardinen«, sagte Rimbach. »Die waren schon dran, als ich eingezogen bin.«

»Interessant. Schönes Beige. Die müssen weg, da kommen richtige Gardinen hin, das bringt ein bisschen Farbe rein.«

»Gut«, sagte Rimbach. »Und was ist mit dem Fleck auf dem Teppichboden?«

»Der Fleck wertet den Teppichboden eher auf, wenn Sie mich fragen. Aber das Beste wäre es, alles rauszureißen.«

»Und dann?«

»Laminat. Sieht wohnlich aus, wie Parkett, und hält die Kosten in Grenzen, das war ja das Ziel, wenn ich Sie richtig verstanden hatte. Ich kann Ihnen auch jemanden vermitteln, der es verlegt.«

»Und der Lampenschirm?«, fragte Rimbach unruhig.

»Über den brauchen wir nicht zu reden. Da gehört eine richtige Lampe hin, aus einem Lampengeschäft.«

»Okay«, sagte Rimbach, der jetzt erkannte, dass er sie bremsen musste. Er willigte ein, was das Laminat betraf, gab Conny Reusch freie Hand bei der Auswahl von Gardinen und Lampe und ließ sich die Kosten kurz skizzieren.

»Gibt's sonst noch was Wichtiges?«, fragte Rimbach, bevor er sie zur Tür brachte.

»Ja. Das Regal. Geht so gar nicht. Müsste mal gestrichen werden.«

Als sie weg war, schaute Rimbach auf den Kostenvoranschlag. »Mit vertretbarem finanziellem Aufwand einen für J. akzeptablen Zustand schaffen« stand im Projekt. Er hatte mit etwa hundertfünfzig Euro kalkuliert, für Farbe, Pinsel und die anderen Kleinigkeiten. Auf dem Zettel stand: »1 800,– €«. Das entsprach einer Budgetüberschreitung von etwa eintausendeinhundert Prozent. Aber vielleicht musste man ja »vertretbaren finanziellen Aufwand« nur etwas anders definieren. Außerdem war er der Projektleiter. Er konnte jede Budgetüberschreitung genehmigen.

6

Am nächsten Abend stand Rimbach wieder am Parkplatz am Habichtswald, bereit, sich seiner Trainingseinheit zu stellen. Er hatte die Lektion gelernt und hielt von Anfang an den Puls niedrig, egal ob es nun schon wie richtiges Laufen aussah, ihm jemand entgegenkam oder nicht. Die fünf Minuten langen Laufpassagen schienen ihm immer noch endlos lang, und auch die Umgebung bot keine große Ablenkung, außerdem war es schon nicht mehr richtig hell draußen, und der Boden war auch nicht richtig trocken. Zusammengefasst war es eine eher unkomfortable Situation.

Ihm fiel auf, dass viele Bäume noch kahl waren, was darauf hindeutete, dass es Laubbäume waren. Die Bäume, die bereits grün waren, ordnete er dem Oberbegriff Tannen zu, und damit hatte er immerhin, ohne dass es ihm recht bewusst geworden war, eine erste Naturwahrnehmung gemacht, bevor er wieder am Parkplatz eintraf. Der Lauf war nicht aufregender gewesen als zwei Tage zuvor, wie Rimbach einigermaßen deprimiert feststellte. Er hatte stattgefunden, weil das Projekt ihn anordnete, das war der einzige Grund.

Die Abschlussbesprechung mit Julia Jenner wegen AnWerb war für Freitag angesetzt. Er hatte den Eindruck, dass sie sich wirklich freute, ihn zu sehen, doch wie immer stand sie unter Zeitdruck, und AnWerb gab nicht mehr viel her. Die Verwaltung der Anfragen funktionierte, die Lieferantenüberwachung stand, und die Auswertungen für den Pressesprecher konnten problemlos von ihr abgerufen werden, so dass es nach einer Stunde nichts mehr zu besprechen gab.

Wenigstens konnte Rimbach noch die Bemerkung unterbringen, froh zu sein, dass jetzt Freitag sei und er nach Feierabend Gelegenheit hätte, für eine Stunde zum Laufen in den Wald zu verschwinden.

»Du läufst?«, fragte sie. Es klang überrascht.

»Schon seit ein paar Wochen«, sagte Rimbach. »Dachte, es wär mal wieder Zeit, was zu machen …«

»Find ich klasse«, sagte sie. »Das tut dir ja sicher gut.«

Rimbach überlegte eine Sekunde lang, wie sie das jetzt gemeint hatte, dann sahen sie sich an und prusteten los. Sie hatte Grübchen, wenn sie lachte, und ihre dunklen Augen lachten mit.

»'tschuldigung«, sagte sie.

»Lass mal«, sage Rimbach. »Ich hab's schon kapiert, und so dezent hat es ja auch noch keiner gesagt. Es müssen ein paar Kilos weg, das sieht man ja selbst immer erst als Letzter. Aber ich pack das jetzt an.«

Um sich die Tür zu ihr weiter offenzuhalten, brachte er am Schluss noch eine Idee vor, die er zum Corporate Design des Konzerns gehabt hatte. Ihm war aufgefallen, dass viele Standardformulare und Serienbriefe, die den Anwendern zentral bereitgestellt wurden, kein komplett einheitliches Erscheinungsbild mehr hatten, was ihm bisher völlig egal gewesen war. Aber aus Konzernsicht betrachtet war das natürlich ein unhaltbarer Zustand, wie er Julia jetzt sehr überzeugend darlegte.

»Da müssten wir vielleicht mal zusammenarbeiten und alles einzeln durchgehen. Und dann würden wir uns nicht aus den Augen verlieren.«

»Gute Idee«, sagte sie. »Ich meld mich bei dir. Versprochen.«

Rimbach lief weiter. Drei Mal die Woche, zu festen Zeiten, so dass es zur Gewohnheit wurde und er nicht darüber nachzudenken brauchte. Er fand es immer noch nicht besonders aufregend, im Gegenteil, aber er musste erkennen, dass es einige Vorzüge hatte, die ihm entgegenkamen: Es gehörte kein besonderes Geschick dazu, sich laufend fortzubewegen. Er konnte es mittlerweile ganz gut, wenn auch noch nicht lange. Es gab keinen Trainer, der einen ständig vollquasselte, und man kam mal an die frische Luft.

Motivationsengpässen standen kleinere Erfolgserlebnisse gegenüber. Da er nicht mehr seine ganze Konzentration aufs Durchhalten verwenden musste, schweiften seine Gedanken manchmal ab, so war ihm zum Beispiel die Idee mit dem Corporate Design, die sein weiteres Engagement in Julias Abteilung sicherstellen sollte, beim Laufen gekommen. Und als Höhepunkt seiner noch jungen Laufkarriere hatte er in dieser Woche kurz vor Ende des Laufes zwei Walker überholt, was ein deutlicher Beweis dafür war, dass er sich in einem viel anspruchsvolleren Geschwindigkeitsbereich bewegte.

Außerdem war er, das hatten exakte Messungen ergeben, bereits neunhundert Gramm leichter unterwegs als bei seinem ersten Lauf.

Allerdings wurde der Projektpunkt »Geduld« jetzt für seine Verhältnisse überstrapaziert. Julia Jenner hatte sich seit über einer Woche nicht gemeldet. Er wusste, dass sie zu tun hatte, es gab Betriebsversammlungen in den Niederlassungen, über die sie berichten musste, außerdem arbeitete sie in einer neugeschaffenen Arbeitsgruppe mit, in der es darum ging, das Unternehmensleitbild des Konzerns auf Linie zu bringen. Das war wichtig, jedenfalls für den Konzern. Für ihn war es eher lästig, denn es behinderte die Kontaktpflege.

In seiner dritten Laufwoche probierte Rimbach etwas Neues. Er verlängerte in einer spontanen Entscheidung sein zweites Laufintervall von fünf auf acht Minuten. Es funktionierte, der Rhythmus stimmte, und die Gehpause reichte ihm zur Erholung, so dass er das nächste Intervall auf zehn Minuten ausdehnte. Es war schon fast spannend und klappte so gut, dass er auf den letzten Metern die Idee zu einer kleinen Inszenierung hatte.

Er wusste, dass sie jeden Freitag mit ein paar anderen mit dem Mountainbike unterwegs war, und wo man Mountainbike fuhr, da konnte man auch laufen. Warum sollte er ihr nicht mal zufällig beim Laufen begegnen, anstatt rumzusitzen und abzuwarten, dass nichts passierte? Treffpunkt und Abfahrtstermin legten sie meistens kurzfristig per Mail fest, er hatte also Möglichkeiten, das herauszukriegen. Aber genau das war das Problem.

Sein Job erlaubte es ihm theoretisch, von seinem Arbeitsplatz aus durch lokalen Zugriff auf die E-Mail-Server unbemerkt all ihre Mails zu lesen. Das war natürlich selbst unter Berücksichtigung seiner Ausnahmesituation höchst verwerflich, also beschloss er, sich bei seiner Nachforschung nur auf den Mountainbike-Termin zu konzentrieren und dabei außerdem ein extrem schlechtes Gewissen zu haben.

Beides gelang. Rimbach führte die Ermittlung am Freitagnachmittag durch und ignorierte alle anderen Mails, die in ihrem Posteingang lagen; die von ihrer Familie, von ihrer Freundin Kim und sogar die von Tommsen – was ihm schwerfiel. Er war nicht mehr auf dem neuesten Stand. Er öffnete nur die Mail des Kollegen Keller mit dem Betreff »Bike-Tour«.

»Wie wär's mit der Ehlener Runde? Freitag, 16 Uhr, Parkplatz am Habichtswald«, hatte Keller gemailt.

»O. K.«, hatte sie geantwortet.

Passt, hatte Rimbach gedacht.

Rimbach war bereits kurz nach halb vier am Parkplatz. Es war warm, und er hatte sein Outfit den gestiegenen Temperaturen angepasst. Er hatte die Winterjacke in den Schrank verbannt und trug zum ersten Mal seine gelbe Laufweste, aus der die Ärmel seines roten Funktionsshirts ragten. In Verbindung mit seiner blauen Laufhose ergab das eine Kombination, die ihn aus einiger Entfernung wie einen Bauarbeiter in Blaumann und Warnweste aussehen ließ, was ihm nicht bewusst war und außerdem nichts an der Praxistauglichkeit seiner Kleidung änderte.

Die Runde, die sie fahren würde, führte auf einem etwa zwei Meter breiten, unbefestigten Waldweg über einige kleine Hügel bis zu einem Nachbarort, und genau in diese Richtung lief Rimbach jetzt etwa fünfundzwanzig Minuten lang, langsam und in seinem gewohnten Rhythmus zwischen Laufen und Gehen, dann drehte er um.

Leichte Zweifel am Sinn seiner Aktion regten sich, doch er verwarf sie. Wenn sie sich nun doch für eine andere Strecke entschieden hätten oder wenn sie ihn gar nicht erkennen würde bei der Begegnung, die nicht länger als eine Sekunde dauern würde, konnte er den Lauf immer noch als ganz normale Trainingseinheit abhaken. Und es nächste Woche noch mal versuchen.

Er kämpfte gerade mit einer kleinen Anhöhe, als er ihre Stimme hörte. Sofort bemühte er sich um eine lässig-unangestrengte Körperhaltung und versuchte, seine Atmung zu beruhigen, was ihm nur bedingt gelang. Dann sah er sie in etwa fünfzig Meter Entfernung um die Kurve biegen und direkt auf ihn zufahren. Sie waren zu zweit, und obwohl sie schnell waren, erkannte Rimbach sofort, dass Tommsen bei ihr war. Möglicherweise war Keller bei der Arbeit aufgehalten worden.

Rimbach winkte zögernd und warf ihr einen langen Blick zu, Tommsen war vor ihr, zog auf die linke Spur und rauschte vorbei, und als Rimbach schon dachte, das wäre es gewesen, stieg sie so hart in die Bremse, dass der Schotter flog, und kam neben ihm zum Stehen. Tommsen hatte es mitgekriegt und hielt auch an, verharrte aber einige Meter entfernt.

»Mensch, Ralf«, sagte sie. »hab dich gar nicht gleich erkannt, du siehst irgendwie so ... anders aus in den Sachen.«

»Ja, du auch«, sagte er und sah sie an, sie trug einen dieser unglaublichen Bodys, die sich perfekt dem Körper anpassen. »So ein Zufall. Das hier ist mein Laufrevier, so dreimal die Woche bin ich hier unterwegs.« Der Body dehnte sich straff und faltenlos über ihren erfreulichen Brüsten.

»Find ich toll, dass du dabeigeblieben bist. Die meisten geben doch nach zwei oder drei Läufen wieder auf.«

»Kommt bei mir im Moment nicht in Frage. Ich habe einen Plan, und den ziehe ich jetzt auch durch.« Ihre Beine waren lang und gebräunt. Schlanke Waden, sanft geschwungen, fest. Bei Ellen war alles nur dünn gewesen.

»Dann bist du ja jetzt im Club. Ich finde, ohne die Bewegung hier draußen ist alles andere nichts, da kannst du den Rest vom Leben vergessen.«

»Ja«, sagte er und sah sie an. Ihre Augen, ganz dunkelbraun in ihrem hellen, schmal geschnittenen Gesicht, blitzten ihn an. Warm, lustig, flink. Ihre Augen übertrafen den Rest fast noch.

Tommsen blickte herüber, betont gelangweilt, wie Rimbach fand, in Wirklichkeit war er ungeduldig und drehte mit einem Fuß ständig am Pedal herum. Seine Wadenmuskeln waren gewaltig.

»Ich muss weiter«, sagte sie. »Mike glaubt, er kommt aus dem Takt, wenn er eine unvorhergesehene Pause einlegt. Ich ruf dich nächste Woche bei der Arbeit an, da können wir uns ja mal austauschen, so unter Sportlern.«

Sie sahen sich noch mindestens eine Sekunde lang an, bevor sie losfuhr, und er blickte ihr kurz nach. Auch was er von ihr sah, als sie in die Pedalen stieg und mühelos davonflog, war sehenswert. *Sport meets beauty.* Was für eine Komposition!

Die Begegnung verlieh ihm Flügel und verleitete ihn zu einer Art Endspurt kurz vor dem Parkplatz. Die letzten

Zweifel am Sinn seiner Aktion waren verflogen. Es war wieder ein kleiner Schritt nach vorn gewesen. Er war sich sicher, dass er sie beeindruckt hatte. Möglicherweise hatte sie es fast ein bisschen rührend gefunden, wie er schwer atmend in einer Bauarbeiterweste den Berg heraufgestampft kam. Perfektion sah anders aus, doch sie war manchmal langweilig.

7

Conquest war also dabei, sich als voll praxistauglich zu erweisen, so dass Rimbach den nächsten Punkt in Angriff nehmen konnte. Die Ausschreibungen für das Projekt Enterprise waren herausgekommen, und Rimbach telefonierte am Montagmorgen mit seinem Kumpel Arnd Langer von der Zentrale in Hamburg, besprach sich kurz mit Kron, seinem Chef, und erstellte dann seine Bewerbung. Rimbach sah seine Rolle als Teilprojektleiter für die einzelnen Bildungsangebote. Dieser Job brachte keine Standortveränderung mit sich, erforderte aber häufige Einsätze an den anderen Konzernniederlassungen. Die strategisch wichtigen Besprechungen würden in Hamburg stattfinden, so dass er ein paar Kontakte aufbauen und pflegen könnte.

Mittags ereignete sich dann eine Art unerhörte Begebenheit. Die bewährte Mittagstischbesetzung Krüger, Salewski und Rimbach saß nach dem Essen noch auf einen Cappuccino in der Cafeteria, als sich ganz unerwartet Julia Jenner dazusetzte.

»Hallo, Ralf, ich hab euch gerade hier sitzen sehen. Ich bin ein wenig knapp mit der Zeit, wollte aber wenigstens noch mal fragen, wie der Lauf war?«

»Gut. Der Lauf war gut. Vor allem nach der Pause. Die hat mich richtig beflügelt«, sagte er. Er war überrascht, sah im Moment nur Julia Jenner und hatte die Welt um sich herum vergessen, doch die Welt existierte noch.

»Sag nur, er läuft immer noch«, sagte Krüger, der so ziemlich jeden duzte, und schaute Julia Jenner an.

»Wieso soll er nicht laufen?«, fragte sie.

»Weil er das jetzt schon fast drei Wochen lang macht«, sagte Krüger. »Die Vergangenheit hat gezeigt, dass er für so was nur bedingt geeignet ist, und meistens hat er es von selbst eingesehen.«

»Beim Squash zum Beispiel hatte er nach drei Spielen eine Bänderdehnung«, erläuterte Salewski. »Aber seinem Gegner hat er vorher das Nasenbein gebrochen mit seinem High-Tech-Schläger. Unabsichtlich natürlich.« Das letzte war erfunden, aber darauf kam es jetzt nicht an. Mit einer Frau wie Julia Jenner am Tisch musste offensichtlich jeder sein eigenes Spiel spielen.

Krüger ergriff wieder das Wort und gab die Geschichte von der Hodenprellung beim Schulsport zum Besten (»man erzählt sich, dass er dadurch sogar zeugungsunfähig geworden ist«), und Rimbach fragte sich, warum und vor allem wann er ihnen das jemals erzählt hatte. Vermutlich nach dem fünften Bier in Joes Garage oder so.

»Was das Laufen betrifft«, schloss Krüger, »da sehe ich nur eine Chance für ihn. Er sollte sich einen Blindenhund anschaffen, der zieht ihn die Berge hoch und verhindert außerdem, dass er über Zweige und Wurzeln stolpert.«

Rimbach fand es klug, nicht zu antworten, er zuckte nur mit den Achseln. Zurückhaltend sein, bescheiden wirken, so stand es geschrieben.

»Wenn ihr meint«, sagte Julia Jenner. »Ich fand, so ungeschickt sah es gar nicht aus. Ich muss los, ich ruf dich Mittwoch an wegen der Corporate-Design-Sache, Ralf, bis dann ...«

Zum Glück war auch die Mittagspause um, und Rimbachs Genugtuung, wie gut er sich beherrscht hatte, wog schwerer als die Gewissheit, dass er die Pause mit zwei Vollidioten verbracht hatte. Wie zur Bestätigung kam gegen dreizehn Uhr noch eine Mail mit einem Kurztext von Julia Jenner:

`Wie hältst Du das eigentlich jeden Tag aus?`

Und noch etwas Unerhörtes ereignete sich an diesem Montag, etwas, von dem Rimbach nie gedacht hätte, dass er es jemals unter der Rubrik »Bemerkenswert« einordnen würde. Er hatte am Nachmittag viel zu tun gehabt, hatte den Absprung von der Arbeit nur spät geschafft und auf der Heimfahrt sorgenvoll auf die Wolken am Himmel geblickt. Es dämmerte bereits, und vermutlich hatte er es nur den Provokationen seiner Kollegen zu verdanken, dass er sich doch noch aufraffte, die Laufklamotten anzog und sich ein wenig lustlos auf den Weg machte.

Und dann geschah es: An diesem Abend schaffte er zum ersten Mal die Drei-Kilometer-Runde.

Er lief diese unglaubliche Strecke locker an einem Stück, er brauchte keine Gehpausen und quälte sich nicht einmal dabei, und als er zum Parkplatz zurückkehrte und weiter unten zwischen den Bäumen die abendlichen Lichter der Stadt aufleuchten sah, da fühlte er so etwas wie Souveränität in sich aufkeimen.

Es war kein Zufall gewesen, zwei Tage später schaffte er die Runde wieder ohne Probleme. Es war, als hätte er eine Schallmauer durchbrochen, einen Schalter umgelegt oder ein Hindernis aus dem Weg geräumt. Der Weg war frei, Rimbach war unterwegs. Lässig grüßte er die richtigen Läufer, die ihm entgegenkamen, er war jetzt einer von ihnen. Er hatte etwas Neues, Ungeahntes entdeckt, und die Langeweile beim Laufen war der Zufriedenheit gewichen.

Etwa eine Woche später, bei der Arbeit, überschlugen sich die Ereignisse. Es begann damit, dass Rimbach die Einladung zu einer Besprechung am Folgetag schreiben musste, in der es um das Download-Projekt ging, eine neue Anwendung für einen spezialisierten Anwenderkreis. Rimbach sollte in einer Präsentation in kleinem Kreis kurz die Abläufe des Verfahrens aufzeigen.

Er hatte die Mail bereits vorbereitet, Teilnehmerkreis und

Besprechungsort eingegeben und als Zeit vierzehn Uhr vermerkt; es fehlte nur noch der Eintrag in der Betreff-Zeile.

»Projekt: Conquest«, schrieb er, drückte auf »Senden« und erkannte in der gleichen Sekunde, dass er jetzt fünfundzwanzig Mitarbeitern ein Rätsel aufgegeben hatte und in kürzester Zeit in einen Erklärungsnotstand geraten würde, denn ein solches Projekt kannte niemand im Hause.

Jetzt musste es schnell gehen. Einem Impuls folgend, ging er ins Internet, rief Google auf und gab »Conquest« ein. Es gab über zwanzig Millionen Einträge, da musste irgendetwas Passendes dabei sein. Fieberhaft ging er die Einträge durch, als Krügers Kopf bereits über dem Bildschirm am Schreibtisch gegenüber auftauchte.

»Projekt Conquest!«, brüllte er. »Wo hast du das denn aufgetan? Arbeitest du nebenbei schon heimlich mit denen in Hamburg zusammen und bringst die Projektnamen durcheinander, oder hast du mittlerweile ein Privatprojekt mit der Jenner, von dem wir nichts wissen? Ihr scheint euch ja schon gar nicht mehr abzustimmen mit den eigenen Fachbereichen bei euren Planungen.«

Es war brandgefährlich. Rimbach stellte sich dumm und ließ sich, um Zeit zu gewinnen, Krügers Anfall erst einmal erklären, dann wurde er endlich fündig. Es gab eine »Internationale Software-Konferenz« mit dem Namen »Conquest«, deren Website Rimbach jetzt über einen Link öffnete.

»Ach so«, sagte er dann. »Jetzt versteh ich, was du meinst. Muss irgendwie in Gedanken gewesen sein, als ich den Betreff eingegeben hab. Ich hatte mir gerade im Internet was angeschaut, und das ist mir dann als Projektbezeichnung reingerutscht. Hier, schau's dir an.«

Krüger sah ihm über die Schulter und las: »Internationale Software-Konferenz Conquest. Interessant, was du dir nebenbei so alles reinziehst«, sagte er.

Die Erklärung war einigermaßen schlüssig und funktionierte auch bei Salewski, danach schickte Rimbach noch einen Zweizeiler an die restlichen Teilnehmer der Besprechung, in dem er den Irrtum richtigstellte. Es war noch einmal gutgegangen.

In der Mittagspause lästerten sie kaum noch über seinen Fehler und nahmen dafür seine seit einigen Wochen veränderten Essgewohnheiten aufs Korn. Selbst vor Salewski und Krüger war nicht länger verborgen geblieben, dass er jetzt mehr Gemüse oder Salat zu sich nahm (das größte Laufmagazin der Welt versorgte ihn auch mit Ernährungstipps) und ab und zu auf Fleisch verzichtete, was ihm früher nie eingefallen wäre. Rimbach behauptete, dass er sich dabei wohl fühlte, und was seinen Kollegen ganz und gar nicht gefiel, war, dass das möglicherweise sogar stimmte. Was noch schlimmer war und was sich beide noch nicht eingestehen mochten: Er schien abzunehmen.

Am Nachmittag rief Julia Jenner wegen des Corporate Design an, und er machte sich auf den langen Weg in den Riegel I E. Denselben Weg war er vor fünf Wochen gegangen in der Erwartung, einen rein dienstlichen Auftrag zu erfüllen, damals noch zweitausendsiebenhundert Gramm schwerer und ohne einen Plan, was aus seinem Leben werden sollte. Er fragte sich, ob die Veränderungen, die Conquest gebracht hatte und noch bringen würde, nicht schon so wertvoll waren, dass es ihm gar nichts mehr ausmachen würde, wenn er es nicht schaffte, Julia Jenner zu erobern. Vielleicht stimmte der Spruch, dass der Weg das Ziel war, ja doch.

Als er ihre Bürotür öffnete und Julia Jenner sah, wusste er, dass das nicht der Fall war. Sie war das Ziel und sonst gar nichts. Er beobachtete, wie sie telefonierte, und selbst dabei war sie bemerkenswert. Sie gehörte nicht zu den Leuten, die am Telefon freundlich waren und eine Sekunde nachdem sie aufgelegt hatten, Sätze sagten wie »der nervt total« oder so ähnlich. Wer sie total nervte, merkte das schon während des Gesprächs.

Weil Rimbach befürchtete, dass ihr Treffen zu schnell ins Dienstliche übergehen würde, ergriff er nach dem Telefonat die Initiative.

»Ich hab mich für Enterprise beworben«, sagte er. »Musste mal ein bisschen Bewegung reinbringen in mein Leben.« Etwas Ehrlichkeit konnte nicht schaden.

»Dann bist du ja die längste Zeit hier in Kassel gewesen«, sagte sie.

»Nein, ich hab mich vorher abgesichert. Wenn ich Teilprojektleiter werde, kann ich die meisten Aufgaben von hier aus regeln und koordinieren«, sagte er (man musste, was die Ehrlichkeit betraf, das richtige Maß finden).

Sie schien nicht überzeugt. »Hab mich sowieso gewundert, was dich überhaupt noch hier hält«, sagte sie.

»Ich hab die ganze Zeit nur auf AnWerb gewartet«, sagte Rimbach.

»AnWerb ist durch. Das sind doch Kleinigkeiten für dich.«

»Manchmal sind es die kleinen Dinge, die dem Leben eine neue Richtung geben«, sagte Rimbach.

»Quatschkopf«, sagte sie, aber es schien sie zu freuen. Rimbach hatte den Spruch am Morgen auf dem Kalender von Gerda Schuchert, einer älteren Kollegin, gelesen und zum kurzfristigen Abruf gespeichert, und jetzt holte er schon den ersten Punkt damit.

Danach ging's um Tommsen. Sie fand es beachtlich, dass er seine Abwanderungsgedanken zurückstellte, schließlich brauchte sie hier nur zu sitzen und abzuwarten, bis Klee, ihr Chef, im nächsten Jahr aufhören würde, sie hatte die besten Chancen auf den Job, und das wollte sie natürlich noch mitnehmen, danach könnte man weitersehen.

»Was ist mit deiner Familie?«, fragte Rimbach, der selbst kaum wusste, was eine Familie war. »Spielt die nicht auch eine Rolle?«

Sie lachte. »Ich komm gut mit ihnen zurecht, und wir

tauschen uns aus, wenn es was Wichtiges zu besprechen gibt. Aber das wäre fünfhundert Kilometer entfernt auch so, und das wissen die auch. Nur bei Jago denk ich manchmal, der braucht mich irgendwie noch.«

»Jago. Ein Hund?«

»Mein Bruder.«

Rimbach hatte keine Geschwister, und er ließ durchblicken, dass er auch sonst ungebunden war, das konnte ja nichts schaden im Hinblick auf die weitere Entwicklung, und als sie ihn fast darum beneidete, dass er frei war und gehen konnte, wohin er wollte, da sah er die Chance, noch mal zu punkten und sich ein bisschen von Tommsen abzusetzen.

»Ich hätte auch nichts dagegen, mich hier niederzulassen. Wenn ich Miete zahle, ist das ganze Geld weg, mit einem Haus hätte man wenigstens einen Gegenwert.« Er hatte noch nie so einen Blödsinn erzählt, und sie schien es gemerkt zu haben.

»Du und ein Haus«, sagte sie und lächelte, und Rimbach fühlte, dass in diesem Moment zum ersten Mal seine Glaubwürdigkeit ins Wanken geriet.

»Ist aber so«, sagte er. »Ist nur nicht leicht, das richtige zu finden, ein paar Sachen hab ich mir schon angesehen. Am Wochenende hab ich auch ein oder zwei Termine.« Er fand, dass das reichte. Er hatte sich weit genug aus dem Fenster gelehnt, und sie schien ihm zu glauben.

»Das find ich ja spannend«, sagte sie jetzt. »Würdest du mich zu so einer Hausbegehung mal mitnehmen?«

Auf diese Frage gab es aus verschiedensten Gründen nur eine mögliche Antwort. »Klar«, sagte er.

8

Jetzt war zum ersten Mal etwas nicht nach Plan gelaufen. Sogar ganz und gar nicht. Doch auf der Heimfahrt beruhigte er sich damit, dass es fiktive Termine waren, die er erfunden hatte, und deshalb konnten sie ganz einfach ausfallen oder verschoben werden. Das barg allerdings die Gefahr, dass er als Schwätzer oder Blender dastehen würde, was für den Versuch, eine Beziehung anzubahnen, tödlich sein könnte. Es blieb ein ungutes Gefühl.

Das Thema beschäftigte ihn noch bei seinem Pflichtlauf am Abend. Nach einem Kilometer meinte er, eine Lösung gefunden zu haben, die ihm seine Glaubwürdigkeit erhalten und außerdem einen Nachmittag mit Julia Jenner bescheren würde.

Wieder zu Hause, suchte er im Internet nach der richtigen Adresse und wurde schnell fündig: Maklerbüro Gernot Kramme in Milsen, Altstadtstraße 11.

Rimbach hatte schon für den nächsten Abend einen Termin mit dem Makler bekommen, er hatte es dringend gemacht, und Gernot Kramme schien flexibel zu sein. Treffpunkt achtzehn Uhr dreißig in seinem Büro.

Auf der Fahrt ging Rimbach noch einmal alle Punkte durch. Der Preis des Hauses musste so realistisch sein, dass er es sich theoretisch leisten könnte. Aber der ganze Rest, vor allem die Lage und der Zustand des Gebäudes mussten ihm bei genauerer Betrachtung genug Argumente geben, einen Kauf nicht im Entferntesten zu erwägen. Die Kleinstadt Milsen hatte er gewählt, weil sie fünfundzwanzig Kilometer von Kassel entfernt lag, das allein konnte eine Kaufentscheidung bereits zum Kippen bringen.

Rimbach war ein wenig früher da, er fand das Büro sofort und schaute sich zur Einstimmung schon mal ein paar Objekte im Schaufenster an, kurze Zeit später fuhr auch der Makler vor, begrüßte ihn und bat ihn hinein. Gernot Kramme war etwa zehn Jahre älter als Rimbach und ebenso groß. Auf Anhieb fiel auf, dass seine Locken nicht natürlichen Ursprungs waren und fast bis auf die Schultern fielen, diese Maßnahmen sollten wohl über sein licht werdendes Haar hinwegtäuschen und sein Gesicht schmaler wirken lassen. Außerdem hatte er einen Bauch und fuhr einen 5er Touring, für Rimbach ein untrügliches Zeichen, dass die Geschäfte gut liefen und der Mann nicht zögern würde, seine Kunden über den Tisch zu ziehen.

Das Maklerbüro war in der Innenstadt in einem sanierten Fachwerkbau untergebracht, es war ein einziger großer Raum mit freistehenden, jahrhundertealten dunklen Balken, die im Kontrast standen zu den weißgekalkten Wänden und großzügigen Glasflächen. Die Wände waren, der Fachwerkkonstruktion angepasst, nirgends wirklich gerade, sondern verliefen meist leicht gewölbt oder geneigt, was dem Raum eine gewisse Natürlichkeit und auch eine Art Unerschütterlichkeit verlieh, wenn man das, bezogen auf ein Haus, so nennen konnte.

»Maximal hunderttausend Euro, sagen Sie. Und Sie sind offen für alles, es darf auch ein bisschen ausgefallen sein?«

»Ja«, sagte Rimbach. »Ich habe Zeit, deshalb möchte ich ganz unvoreingenommen an die Sache herangehen und bei der Auswahl sichergehen, dass ich nichts übersehe.« Das mit den Hunderttausend hatte er aus dem Bauch heraus entschieden, in Wirklichkeit schockte ihn der Gedanke, sich mit einer solchen Summe zu verschulden mindestens genauso, als wenn es sich um zehn Millionen oder eine Milliarde gehandelt hätte. Aber als Spiel war es ganz witzig, fast wie Monopoly.

Rimbach studierte die Mappen mit den Fotos und Preisen, die ihm der Makler hingelegt hatte, und nickte geduldig zu den Erläuterungen, ohne jedoch richtig zuzuhören, da er seine eigenen Vorstellungen hatte. Als er sich schließlich auf zwei Objekte zur Besichtigung festlegte, war seine Auswahl auch für Gernot Kramme überraschend.

Das erste Haus lag am Stadtrand an einem Hang. Es war ein gläserner Kubus mit Flachdach, in den Siebzigern erbaut und selbst für die damalige Zeit ungewöhnlich, nüchtern und kühl; es gab nichts, woran das Auge irgendwie Gefallen finden konnte, und auch die Fotos, die aus einem möglichst günstigen Winkel aufgenommen waren und Teile des Grundstücks zeigten, konnten nicht verbergen, dass das Ganze den Eindruck jahrelanger Unbewohntheit vermittelte.

Das zweite Objekt lag sogar deutlich unter Rimbachs Preisvorstellung, es war ein Fachwerkhaus mit Nebengebäuden, das auf einem mit Brennnesseln überwucherten Grundstück stand und dessen Renovierung etwa hundert Jahre in Anspruch nehmen würde. Rimbach war überzeugt, dass auch die idyllische Lage am Waldrand, die von Gernot Kramme wortreich als Vorzug gepriesen wurde, nicht ausreichen würde, um bei Julia Jenner Begeisterung auszulösen.

Rimbach einigte sich mit dem Makler auf einen Besichtigungstermin am Samstag um sechzehn Uhr und fuhr zurück nach Kassel in seine Wohnung, die durch die von Conny Reusch vorgeschlagenen und mittlerweile umgesetzten Neuerungen erheblich gewonnen hatte. Die Kosten hatten sich noch mal leicht erhöht, aber dafür sah das Laminat wirklich gut aus und die an Drahtseilen fixierten Halogenleuchten wirkten sogar auf den Betrachter, wenn sie nicht eingeschaltet waren. Rimbach war früher auf dem Teppichboden gern ohne Strümpfe unterwegs gewesen, was ihm ein wenig fehlte, und die Leuchten blendeten ein bisschen, aber dafür konnte er sie dimmen, und das bessere

Ambiente der Wohnung wog natürlich alles andere auf. Dieser Projektpunkt war so gut wie abgehakt.

Er sah der Hausbesichtigung jetzt gelassen und sogar mit ein bisschen Vorfreude entgegen, er brauchte nichts weiter zu tun, als Gernot Kramme erzählen zu lassen. Das wäre abschreckend genug. Hauptsächlich ging es darum, Zeit mit Julia zu verbringen und ihr näherzukommen; es war der erste private Termin, den er mit ihr hatte. Und es war eine weitere Abwechslung seiner Freizeitgestaltung.

Man konnte seit Conquest nämlich davon sprechen, dass er eine Freizeitgestaltung hatte. Abgesehen vom Laufen, übte er sich gelegentlich in der Zubereitung vollwertiger Nahrung und befasste sich, wie es das Projekt vorsah, mit literarischen und kulturellen Themen. Am leichtesten fiel ihm dabei noch die Lektüre einer überregionalen Tageszeitung wie der »Zeit« oder der »Süddeutschen«, die er sich am Samstagmorgen am Kiosk besorgte. Da er samstagmorgens seit einigen Wochen meistens nüchtern und ausgeschlafen aufwachte, war das ein ganz beschaulicher und doch sinnvoller Start ins Wochenende.

Mit richtiger Literatur tat er sich schwerer. Er hatte sich ein Buch von John Irving zugelegt, da Julia den Autor positiv erwähnt hatte, einen richtigen Wälzer, vielleicht zu viel für den Anfang, denn der Autor zog an ziemlich vielen Handlungssträngen gleichzeitig, so dass Rimbach schließlich die eigentliche Handlung vernachlässigte und sich auf das Auffinden der Stellen spezialisierte, in denen es um Sex ging und die reichlich vorhanden waren.

Als Nächstes versuchte er es mit »Die Firma« von John Grisham, er hatte den Film ein paar Mal gesehen und konnte daher bei Bedarf wenigstens so tun, als hätte er das Buch gelesen, außerdem war es fünfzig Millimeter breit, was ein wichtiges Kriterium war. Es ging schließlich auch darum, Ivar ein wenig aufzufüllen, der bisher nur wenig Literatur beherbergte. Es gab den Band »Fußball-WM 2002«

und, aus Zeiten früherer sportlicher Bemühungen, die Abhandlung »Perfektes Hanteltraining« sowie ein nie genutztes Mountainbike-Reparaturhandbuch, außerdem noch das neunteilige Hörbuch »Herr der Ringe« und eine Hör-CD von Rüdiger Hoffmann.

Neu im Regal war auch ein Buch über Bildung, das die gesamte europäische Kultur in einem einzigen dicken Band abdeckte, was in Wahrheit natürlich schlicht unmöglich war. Aber der Inhalt sollte für einige bemerkenswerte Zitate ausreichen und seine kulturellen Defizite gegenüber Julia relativieren, außerdem war das Buch immerhin fünfundvierzig Millimeter breit.

Am Samstag fühlte sich Rimbach optimal vorbereitet. Er hatte sich morgens bei der Zeitungslektüre kurz über die Weltlage informiert und sich mittags mit einem Sellerieschnitzel gestärkt. Danach hatte er sich im Internet noch ein bisschen Fachwissen über Themen wie »Hauskauf« und »ökologisch sinnvolles Bauen« angeeignet und die Grundrisse der in Frage kommenden Häuser, die Kramme ihm mitgegeben hatte, noch einmal studiert, um nachher vernünftig argumentieren zu können.

Jetzt war es fünfzehn Uhr, und er schaute zur Kontrolle noch mal in den Badezimmerspiegel. Mit dem Gewichtsverlust von mittlerweile drei Kilo hatte sich auch das drohende Doppelkinn zurückgebildet, und so hatte Rimbach es am Morgen als vorteilhaft empfunden, auf eine Rasur zu verzichten. Der Freizeit-Rimbach durfte ein bisschen männlicher aussehen, außerdem passte es zu seiner Kleidung. Er hatte sich irgendwann mal eine Trekking-Kollektion zugelegt, Globetrotter-Klamotten, Kurz- und Langarmshirts, karierte Hemden mit spezieller Faserstruktur in den Farbvarianten *lightblue* bis *Mexican pepper*, hochgebirgstaugliche Jacken mit ausknöpfbarem Fleecefutter, die alle Projektanforderungen für den Freizeitbereich abdeckten.

Nur bei den Hosen machte er keine Kompromisse. Er trug nur Jeans und sonst gar nichts.

Als Julia ihm ihre Adresse gegeben hatte, hatte er es sich nicht anmerken lassen, dass er längst wusste, wo sie wohnte. Er brauchte keine fünf Minuten, fand einen Parkplatz in einer der Seitenstraßen, ging die letzten Meter zu Fuß und schaute sich ein wenig um. Die meisten der eng an eng stehenden, mehrstöckigen Häuser in den schmalen Straßen des Kasseler Westens hatten den Zweiten Weltkrieg überdauert und bildeten zusammen mit den alten Kastanien und Buchen, die an den vollgeparkten Gehsteigen standen, eine stimmige Einheit. Die Harmonie wurde nur gestört durch Tommsens schwarzen BMW, der direkt vor dem Haus Nummer 14 stand.

Rimbach blieb an dem alten, eisernen Geländer stehen und bemerkte, dass sich die Haustür öffnete. Julia Jenner nahm die zwei Treppenstufen auf einmal, ihre hellen Haare flogen durch die Luft, und dann ging sie auf ihn zu, in Jeans, einer schlichten hellen Bluse und schwarzen Zehensandalen aus Leder, denn es war ein freundlicher Mainachmittag.

»Schöne Wohngegend«, sagte Rimbach, als sie sich die Hand gaben.

»Ja, geht. Ich wohne im zweiten Stock. Aber der Ausblick ist nicht so schön, ich würde gern mal was anderes sehen als Straßenlaternen und andere Häuserfassaden, wenn ich aus dem Fenster sehe«, sagte sie. Sie gingen los.

Es waren vielleicht zweihundert Meter, nur bis um die nächste Straßenecke, doch Rimbach genoss sie, es war ein ganz ungewohntes, viel freieres Gefühl als im Konzern, hier am hellen Nachmittag neben Julia Jenner herzulaufen, gleichzeitig erschien es ihm so wenig selbstverständlich, dass er sich fragte, ob es wahr sei.

»Witziges Auto«, sagte sie, als sie in den Cooper einstieg. »Wo geht's eigentlich hin?«

»Nach Milsen«, sagte Rimbach, der sich in den Verkehr einordnete und versuchte, auf die linke Spur zu kommen.

»Dann biegst du besser rechts ab auf die Wilhelmshöher Allee, und dann Richtung Autobahn, das geht schneller.«

»Wieso weißt du, wo es langgeht?«, fragte Rimbach.

»Weil ich aus der Gegend komme und im Gegensatz zu dir die Stadt manchmal für ein paar Stunden verlasse.«

Rimbachs Befürchtung, dass während der Autofahrt kein sinnvolles Gespräch zustande kommen würde, erwies sich als grundlos. Sie interessierte sich dafür, wie er ausgerechnet auf Milsen gekommen war, und er erklärte es mit den wesentlich günstigeren Immobilienpreisen und dass es in einer Stadt wie Milsen mit ihren zwölftausend Einwohnern ja auch ausreichend Einkaufs- und Freizeitmöglichkeiten gäbe, eine Tatsache, von der er selbst nicht völlig überzeugt war.

Er war nicht einmal dazu gekommen, seine Lauffortschritte ins rechte Licht zu rücken, als sie nach fünfundzwanzig Minuten die Autobahn verließen. Es ging, wie es in dieser Gegend unvermeidlich war, noch zwei Kilometer durch einen Wald, dann erreichten sie Milsen, das in einem Flusstal lag.

Die vage Lagebeschreibung des ersten Besichtigungsobjektes reichte Julia Jenner aus, ihn durch die Altstadt und dann auf eine Landstraße zu lotsen, die stadtauswärts am Fluss entlangführte.

»Hier muss es jetzt irgendwo links hochgehen«, sagte sie, und tatsächlich sahen sie jetzt das Straßenschild mit der Bezeichnung »Am Feldrain«. Rimbach bog von der Hauptstraße ab und folgte dem Schild.

Es ging steil bergauf. Rechts und links mündeten anfangs kleinere Straßenzüge mit den typischen Stadtrand-Häuserzeilen, dann, weiter oben, knickte die Straße nach rechts ab, und die Bebauung wurde spärlicher. Die Häuser standen jetzt weit auseinander, dazwischen wucherte Strauchwerk, und an beiden Seiten der Straße standen riesige uralte Bäume, deren Zweige sich fast berührten. Es ging immer weiter leicht bergauf, und die Straße war jetzt so schmal, dass keine zwei Autos aneinander vorbeigepasst hätten, aber es fuhren hier auch keine Autos mehr. Sie waren angekommen. Krammes Wagen stand am Straßenrand, Rimbach setzte den Cooper dahinter, und sie stiegen aus.

»Da vorn muss es sein«, sagte Rimbach und sah sie an. Sie gingen noch ein paar Meter, die Straße endete jetzt in einem geschotterten Feldweg, dann sahen sie das Haus. Es war das letzte Haus in der Straße, die Stadt hörte hier auf. Rimbach hätte es fast nicht erkannt, es war nur auf der hangabwärts gewandten Seite zweistöckig, von dort mussten auch die Fotos des Maklers aufgenommen sein. Die Rückseite, vor der er jetzt mit Julia stand, wirkte schmal und niedrig durch das Flachdach und war nicht aus Glas, sondern massiv. Der im unteren Bereich abbröckelnde Putz musste einmal weiß gewesen sein. Es gab zwei kleinere Fenster links und rechts und in der Mitte eine schmucklose Eingangstür.

Kramme kam ihnen aus dem Haus entgegen, mit Locken und Drei-Tage-Bart. Er hatte sich in Schale geworfen, trug eine Kombination aus einer braunen Büffellederhose, die aufgrund seines Bauchumfangs zur Hüfthose geworden war, und blauem Sakko, darunter ein Hemd, bei dem die oberen Knöpfe offen standen, insgesamt eine stimmige Zusammenstellung.

»Wie finden Sie's?«, fragte er und machte eine ausladende Handbewegung. »Allein das Grundstück ist ein Juwel.«

Rimbach schaute sich um. Das Grundstück litt an den Folgen völliger Verwilderung, mit viel gutem Willen und Phantasie hätte man es vielleicht als verwunschen bezeichnen können, aber nur, wenn man – wie er – keinerlei Kaufinteresse hatte. Eine etwa dreißig Zentimeter hohe zerfallende Natursteinmauer markierte die Grenzen dessen, was einmal ein Garten gewesen sein mochte, man konnte kaum erkennen, wo er aufhörte und wo die freie Natur anfing.

Gehölze wie Holunder, Essigbaum und Forsythien wuchsen wild in alle Richtungen und waren ebenso wie mehrere Apfelbäume ewig nicht mehr geschnitten worden, drei Birken standen viel zu hoch und viel zu nah am Haus und hatten jahrelang ihre Blätter und Zweige auf dem Flachdach abgestreift.

Rimbach fand, was den Zustand des Anwesens betraf, seine Befürchtungen bestätigt. Das Einzige, was er dem Grundstück auf Anhieb abgewinnen konnte, war, dass man aufgrund der Hanglage garantiert nirgendwo einen Grill aufstellen konnte. Er blickte zu Julia hinüber. »Sieht ziemlich wild aus, oder?«

Sie sah entspannt aus. »Angenehm ruhig hier oben«, sagte sie, und ihm fiel auf, dass sie recht hatte. Lautlos bewegten sich die Zweige des riesigen Fächerahorns, der auf der Grundstücksgrenze stand, und außer dem Summen der Bienen und dem Zwitschern der Vögel – Julia identifizierte einen Hausrotschwanz und ein paar Buchfinken, außerdem mehrere Blaumeisen – war fast nichts zu hören. Ein Tagpfauenauge schwebte zwischen den Resten eines von Brennnesseln und Stauden, Silberwurz und Lerchensporn überwucherten Steingartens.

Rimbach sah Kramme an. »Sieht aus, als hätte hier ein halbes Jahrhundert niemand mehr gewohnt«, sagt er zu ihm.

»Ein halbes Jahr, kein halbes Jahrhundert. Die Bewohner waren schon älter und konnten in den letzten Jahren das Grundstück nicht mehr richtig pflegen. Das kriegt man mit geringem Aufwand wieder hin. Kommen Sie lieber mit rein, das wird Sie überzeugen.«

Als sie das Haus durch den schmalen Flur betraten, fiel Rimbach als Erstes auf, dass sich die Tapete an den Wänden an einigen Stellen löste. Vom Flur führte eine braune Tür nach links zur Küche.

»Die Küche ist noch voll ausgestattet, die kriegen Sie praktisch umsonst«, sagte der Makler, aber selbst Rimbach erkannte mit einem kurzen Blick auf die abgenutzten Schränke und uralten Elektrogeräte, dass es hier kein Teil gab, das auch nur einen Cent wert war.

Auf der anderen Seite des Flures lag das Schlafzimmer, ebenfalls durch eine dunkle Holztür zu erreichen. Sie warfen nur einen kurzen Blick hinein, Rimbach fand die Türen hässlich und bemerkte, dass sie am Bodenbelag schleiften. Während Julia weiterging in den Wohnraum, blieb Rimbach im Flur stehen und besah sich einen feuchten Fleck im Deckenbereich.

»Das ist normal«, sagte Kramme. »Nach so einer langen Zeit muss ein Dach mal eine Inspektion durch einen Fachmann haben, dafür ist der Kaufpreis schon entsprechend niedriger angesetzt«, sagte Kramme.

»Aha«, sagte Rimbach und folgte dem Makler, den es jetzt schnell ins Wohnzimmer zog, offenbar versprach er sich davon einen entscheidenden Schritt nach vorn. Der Wohnraum war hoch und hell, und die Front war komplett aus Glas, das bis weit in die Seitenwände des Hauses hineinreichte.

»Hier kommt die klare Gliederung des Hauses zur Geltung«, sagte Kramme. »Keine unnützen toten Ecken oder Winkel, der Wohnraum lässt Ihnen alle Einrichtungsmöglichkeiten offen, und im unteren Stockwerk finden Sie noch mal einen Raum wie diesen, mit Zugang zum Gartenbereich.«

Rimbach fuhr mit der Hand über einige Ecken, an denen das Glas nicht mehr durchsichtig wirkte, eher wie an den Innenseiten beschlagen.

»Das sind einzelne Scheiben, die kann man austauschen«, sagte Kramme. »Ich sagte ja, dass der Grundpreis sehr niedrig ist. Und es gibt keine größeren Mängel, die paar Schönheitsfehler sind behebbar. Leitungen und Ölheizung sind intakt, das Haus könnte, so wie es ist, bezogen werden.«

»Wie lange ist die Heizung schon drin?«, fragte Rimbach.

»Seit 1975«, sagte der Makler, »funktioniert einwandfrei.« Rimbach nickte und dachte sich seinen Teil.

Er stand mitten im Raum und sah an allen Ecken Vergängliches. Der Lack an den Heizkörpern war abgesplittert, die Deckenverkleidung wölbte sich leicht nach innen, das Parkett war stumpf und voller Flecken. Während Julia sich interessiert umsah und Kramme ihm die Vorzüge der Südhanglage erläuterte, beschloss Rimbach, sein geballtes Wissen aus dreißig Minuten Internetstudium einzusetzen und der Sache ein Ende zu machen.

»Also ziehen wir mal ein Fazit«, sagte er. »Das Dach ist undicht, wie bei allen Flachdächern aus den siebziger Jahren. Die Fensterflächen müssen komplett erneuert werden, das hier ist nämlich keine Wärmeschutzverglasung, die gab es 1975 noch gar nicht, das heißt, mit der uralten Heizung dürfte das Haus kaum warm zu kriegen sein. Schlechte Abgaswerte, hohe Heizkosten, das steht schon mal fest. Das Haus ist nicht voll unterkellert, es gibt keine Garage, das Grundstück ist aufgrund seiner Lage ohne Auto praktisch unerreichbar, und durch die Hanglage ist ein Großteil des Gartens nicht nutzbar.« Rimbach hatte absichtlich so laut geredet, dass Julia es hören konnte, aber die hörte gerade nicht zu.

Sie schaute hinaus. Ganz weit unten war die Straße, auf der jetzt kaum noch Autos fuhren. Ein Streifen Wiese dahinter, dann breit und ruhig der Fluss, und erst auf der nur leicht ansteigenden anderen Uferseite, über einen Kilometer entfernt, standen wieder Häuser. Gewöhnliche Häuser mit kleinen Fenstern und Walmdächern, steril gepflegten Gärten mit messerscharfen Heckenschnitten und turbo-gedüngten Rasenquadraten mit siebzehn Millimetern Halmhöhe.

Man war frei in dem Haus, in dem sie stand, frei und doch aufgehoben zwischen Licht und Luft und Glas, die Seiten geschützt durch hohes Gehölz vor den Blicken der Nachbarn, die es ohnehin nur zur Stadtseite hin gab; man konnte nackt herumlaufen und würde nicht beobachtet, zu steil lag das Haus oben am Hang, und auf der anderen Uferseite müsste man schon ein Fernglas haben, um irgendetwas zu sehen, ein Gedanke, der nicht ohne Reiz war.

»Das Haus ist phantastisch«, sagte Julia.

»Ich glaube, Ihre Freundin ist überzeugt«, sagte Kramme erfreut.

»Ich bin nicht seine Freundin«, sagte Julia, und obwohl sie es nicht schroff sagte und recht hatte, fand Rimbach die Bemerkung ein wenig hart. Er hatte es gemocht, dass es so aussah, als wären sie liiert.

»Ich bin noch nicht überzeugt«, sagte Rimbach, »lassen Sie uns mal den Rest des Hauses anschauen.«

Es gab noch ein Bad im oberen Stockwerk, wenn man zur Haustür hineinkam, gleich links, mit schreiend roten Fliesen und einem schwarzen Waschbecken, und Kramme hob jetzt tatsächlich den Originalzustand des Badezimmers hervor, so als wäre es ein Erlebnis, sich in diesem Raum aufzuhalten. Er schien Rimbach überhaupt nicht mehr für voll zu nehmen.

Außerdem verwechselte er jetzt den Auftraggeber, er sprach fast nur noch Julia an, und Rimbach fragte sich, ob es daran lag, dass sie dem Haus etwas abgewinnen konnte oder weil sie gesagt hatte, dass sie nicht seine Freundin sei.

Über eine Holztreppe mit abgenutzten Stufen ging es nach unten, wo die Tür zur Terrasse gerade klemmte und sich nur schwer öffnen ließ. Der Rahmen war ein wenig verzogen, aber das waren, wie Kramme es mittlerweile ausdrückte, »Nebensächlichkeiten«. Rimbach erkannte, dass dieses Haus voll davon war, es gab Nebensächlichkeiten, wohin man sah, gleichzeitig war er ein wenig verunsichert und wusste nicht, ob er überhaupt noch irgendetwas richtig schlecht finden durfte.

Kramme ließ sich noch über die Vorzüge des Wohnens im Grünen und direkten Zugang zum Garten aus. Als sie die Treppe wieder hinaufstiegen, richtete er es so ein, dass er direkt hinter Julia ging, und ließ sie nicht aus den Augen.

»Was sagen Sie?«, fragte er schließlich, er hatte als Ort für diese entscheidende Frage aus taktischen Gründen wieder den Wohnraum im Obergeschoss gewählt und wandte sich ausnahmsweise wieder einmal an Rimbach, »etwas Exklusiveres lässt sich für diesen Preis nur schwer finden, oder?«

»Nicht ganz schlecht«, sagte Rimbach, dem er mittlerweile auf die Nerven ging, »ich wollte ja ein bisschen weg von dem Üblichen, was sonst angeboten wird. Es ist im Grunde das erste Objekt, über das man ernsthaft nachdenken muss.«

»Denken Sie nicht zu lange nach«, sagte Kramme, als er sie zur Tür begleitete, »natürlich ist ein Hauskauf nicht vergleichbar mit dem Erwerb einer Waschmaschine oder eines Autos, andererseits werde ich so etwas wie das hier auch nicht ewig im Programm haben.«

»Ich melde mich auf jeden Fall«, sagte Rimbach, »lassen Sie mir ein paar Tage Zeit, möglicherweise muss ich nächste Woche auch noch mal mit meiner Bank sprechen, bevor ich mich entscheiden kann.«

Es war überstanden. Die zweite Besichtigung konnte aus Zeitgründen nicht mehr stattfinden, weil Julia zeitig zurück in Kassel sein musste, womit sich Rimbachs stille Hoffnung, die Begegnung auf den Abend auszudehnen und vielleicht noch irgendwo mit ihr hinzugehen, zerschlug.

»Das Haus war irre, oder? Es muss doch mindestens zweihundert Objekte hier in der Umgebung geben, und du pickst dir so was raus. Ich glaube, du hast ein Talent zum Hauskaufen. Dass ein Mann ein Händchen für so etwas hat, habe ich noch nie erlebt«, sagte sie tatsächlich.

Dermaßen gelobt und mit einer Begabung versehen, von der er bisher noch gar nichts gewusst hatte, saß Rimbach ein wenig in der Klemme. Der Eindruck, den sie von ihm gewann, passte durchaus in sein Konzept. Aber seine Taktik, dass das Haus auf Anhieb als völlig indiskutabel erkannt werden würde, war nicht aufgegangen, ganz im Gegenteil. Er wollte jetzt nicht als Spießer dastehen, der rummäkelt wegen ein paar blinder Fensterscheiben und ein paar Flecken an den Wänden, oder als einer von den Typen, die mit dreißig schon daran denken, dass sie mit siebzig vielleicht den Weg zu ihrem Haus nicht mehr zu Fuß schaffen würden.

»Ich nehm das Haus auf jeden Fall in die engere Wahl«, sagte er. »Aber es liegt preislich an der obersten Grenze, Kramme muss da noch runtergehen, ich denke, das hat er auch kapiert. Und ich möchte mir schon noch ein paar andere Objekte ansehen.«

»Ich finde, das hier war kaum zu toppen«, sagte sie, und das war ja, in einem etwas anderen Sinne, auch seine Meinung.

Dann fing sie an, von Tommsen zu reden. Er verbrachte das Wochenende bei ihr und war der Grund, warum sie zeitig zurück in Kassel sein wollte. Es gefiel Rimbach nicht, wenn sie von Tommsen redete, er vergaß gern, dass Tommsen ihr Freund war, und, so gesehen, war es sogar gut, ab und zu daran erinnert zu werden. Um die Gegebenheiten ändern zu können, musste er sie erst einmal zur Kenntnis nehmen, auch wenn sie, wie jetzt gerade, unerfreulich waren.

Denn Tommsens Einzug bei ihr schien sich anzubahnen. Es hatte, wie sie sich ausdrückte, lange genug gedauert, alle Spuren des Tommsen-Vorgängers, mit dem sie zwei Jahre in der Wohnung gelebt hatte, zu tilgen, und sie hatte aus Sicherheitsgründen über ein Jahr lang den Gedanken nicht zugelassen, wieder »mit einem Typen zusammenzuziehen«, aber mittlerweile war ihr Vertrauen so gewachsen, dass sie glaubte, es riskieren zu können.

Außerdem, das gab sie zu, war auch ein bisschen Taktik mit dabei gewesen. Sie hatte sich nach der verunglückten

Beziehung mit Jörn – so hieß der Tommsen-Vorgänger – geschworen, nie wieder die Initiative zu ergreifen, wenn es darum ging, in eine gemeinsame Wohnung zu ziehen. Der Vorschlag sollte von ihrem Partner kommen – damit sie sicher wäre, dass er es ernst meinte.

Sie hatten die Innenstadt von Kassel erreicht, Rimbach hielt vor ihrer Wohnung. »Was sagt eigentlich Tommsen dazu, dass du dir mit mir Häuser ansiehst?«, fragte er, bevor sie ausstieg.

»Er glaubt, dass ich das ab und zu brauche. Und hofft, dass mein Bedarf dann wieder mal für ein paar Monate gedeckt ist. Außerdem kennt er dich ja.«

Alles klar, dachte Rimbach. Sie hätte auch gleich sagen können: Außerdem nimmt er dich sowieso nicht für voll.

Am Abend saß er auf seinem braunen Ledersessel und dachte über den Tag nach. Es wäre übertrieben, von einem Reinfall zu sprechen, aber es war auch nichts Motivierendes passiert. Von allem, was er sich versprochen hatte, war eigentlich das Gegenteil eingetroffen. Er sah keinen Grund, den Abend allein zu verbringen und ihretwegen irgendeine selbstauferlegte Enthaltsamkeit zu üben. Genauso wenig sah er einen Grund, den neu erworbenen Roman von Håkan Nesser (fünfundvierzig Millimeter breit), den er wegen der Ankündigung »atemloser Spannung« erworben hatte, aufzuschlagen und einen neuerlichen Leseversuch zu starten.

Er brauchte Abwechslung. Sie ging zu Tommsen, also würde er mit Krüger und Salewski dagegenhalten.

Sie hatten gar nicht mit ihm gerechnet, als er gegen neun in Joes Garage aufkreuzte, und sie wunderten sich darüber, dass er mindestens sechs große Weizen trank, sich zwischendurch zwei Hamburger reinschob und hemmungslos Belangloses von sich gab, als müsse er sich irgendwie abreagieren.

9

Am nächsten Morgen um neun riss ihn der Wecker aus einem dumpfen Schlaf. Früher hatte er sich auf sein Körpergefühl verlassen, was das Aufstehen an einem Sonntagmorgen betraf, und sein Körper hätte um diese Zeit noch keine Signale gesendet. Den Wecker setzte er erst seit einigen Wochen ein, und es hatte bisher ganz gut funktioniert.

Diesmal war die Situation kritisch. Er fühlte sich körperlich nicht voll auf der Höhe und dämmerte mit halb geschlossenen Augen dahin. Gefühlsmäßig sprach nichts dafür aufzustehen, schon gar nicht die Aussicht auf einen Lauf. Liegenbleiben wäre das Einfachere gewesen, das Naheliegendste, und es wäre vermutlich auch der Anfang vom Ende des Projekts Conquest gewesen, das Ende einer großen Idee – wegen ein paar Gläsern Bier, die er am Vorabend zu viel getrunken hatte. Resignation und Stagnation für ihn, Genugtuung und Bestätigung für die anderen.

Es war zehn Uhr, und die Luft im Wald war noch kühl, als er loslief. Er begann vorsichtig, doch die Bewegung tat ihm wider Erwarten gut, und er fiel schnell in sein bewährtes Tempo. Sein Atem ging gleichmäßig, die Lungen füllten sich mit Sauerstoff, und nach fünf Minuten verschwanden die Nebelschwaden in seinem Gehirn und die Andeutung von Kopfschmerz, die er den ganzen Morgen gespürt hatte. Weitere fünf Minuten später fielen ihm die richtigen Antworten ein auf Fragen, die vielleicht von Julia gestellt werden könnten und die das Haus am Hang zum Thema hatten.

Er konnte ja ein paar zusätzliche Interessenten ins Spiel bringen, die den Preis hochtrieben, aber er würde natürlich dranbleiben, das war klar, zielstrebig und hartnäckig, doch es würde sich schließlich herausstellen, dass der hohe Renovierungsbedarf sich zeitlich schlecht vereinbaren ließ mit seinen Berufsplänen und dass die Folgekosten der Renovierung sich schlecht vereinbaren ließen mit seinem Bankkonto, es war das richtige Objekt zum falschen Zeitpunkt, schade, aber nun mal nicht zu ändern, doch er würde am Ball bleiben und weitersuchen. So könnte er argumentieren.

Und auch zu Tommsen fiel ihm noch was ein: Natürlich war es unglücklich, dass sich Julias Beziehung zu ihm gerade jetzt zu festigen schien, aber man durfte in dieser frühen Projektphase noch keine Wunder erwarten. Rimbach war im Zeitplan, Conquest lief erst seit etwa fünf Wochen, und dafür hatte er schon viel erreicht. Außerdem: Wenn Tommsen erst mit ihr zusammenlebte, würde er ihr möglicherweise mit seiner Perfektion und seiner penetranten Art dermaßen auf den Geist gehen, dass es der Beziehung mehr schadete als nützte und ihm, Rimbach, nur entgegenkäme. Das war die beste Idee, die er an diesem Morgen hatte, und danach war er wieder voll auf Kurs.

Während seiner Eingebungen war er kontinuierlich weitergelaufen, wie nebenbei hatte er drei Kilometer zurücklegt und dabei einige Bedenken zerstreuen können. Unangestrengt und gelassen weitertrabend, fing er jetzt an, seine Umgebung wahrzunehmen. Die Sonne schien durch die Zweige und blendete ein wenig, der Boden war weich, und er bemerkte, dass die Blätter der Laubbäume grün geworden waren. Ein Eichhörnchen kletterte einen Stamm hoch, keine fünf Meter von ihm entfernt, und es war für Rimbach fast ein Erlebnis, so etwas live zu erleben, er kannte das nur aus Fernsehsendungen.

Weil er sich noch gut fühlte, bog er kurz vor dem Parkplatz ab und hängte noch ein Stück Feldweg dran. Der

Wind bewegte leicht die Zweige, es schneite Apfelblüten, und Rimbach fühlte, bei Puls hundertvierzig rhythmisch atmend, zum ersten Mal so etwas wie einen Einklang mit seiner Umgebung. Und er bekam, ebenfalls zum ersten Mal, eine Ahnung davon, warum es möglich war, dass Menschen freiwillig liefen.

Ein Gefühl körperlicher und geistiger Überlegenheit stellte sich ein, er nahm es mit nach Hause und bewahrte es für den Rest des Tages. Es wurde nicht einmal geschmälert durch den Genuss eines selbstzubereiteten delikaten Zucchini-Champignon-Salates, mit dem er endgültig die Verfehlungen des Vorabends neutralisierte. Seine Euphorie war so groß, dass es später sogar noch zu zwanzig Seiten Håkan Nesser reichte.

Er fühlte jetzt bei der Arbeit manchmal das Bedürfnis, vom Laufen zu reden. Ihm war klar, dass er dafür den richtigen Moment und die richtigen Worte finden musste, denn er konnte Krüger schlecht von der Faszination des gleichmäßigen Atmens vorschwärmen oder von einer das Leben verändernden Begegnung mit einem Eichhörnchen, das einen Baum erklettert. Aber manchmal kam ihm der Zufall zu Hilfe.

»Sie sehen fast aus, als hätten Sie abgenommen«, sagte Frau Rückert eines Morgens zu ihm, als sie die Post brachte.

»Kommt vom Laufen«, erklärte Rimbach zu Krügers Unmut.

Solche Gelegenheiten gab es immer wieder. Wenn er mit Krüger zum Essen ging, verweigerte er konsequent die Fahrstuhlbenutzung mit der Begründung, dass ihm eine innere Stimme davon abriet. »Ich kann die Eingezwängtheit und die schlechte Luft nicht mehr ertragen«, erklärte er. »Kommt vom Laufen.«

Wenn sie nach dem Essen noch in der Cafeteria saßen, beobachtete er mit großer Gelassenheit, wie die anderen ihre Schokoriegel oder Eis aßen. Dass er selbst in letzter Zeit meistens darauf verzichtete, wurde von Krüger und Salewski für reine Provokation gehalten.

»Machst du jetzt nebenbei noch eine Hungerkur?«, fragte Salewski.

»Nein«, sagte Rimbach. »Mein Körper hat einfach keine Lust mehr auf das Zeug. Kommt vom Laufen.«

Er erwähnte es, weil er wusste, dass es ihnen auf den Keks ging.

Die Woche nach der Hausbesichtigung verlief unspektakulär, aber nicht ohne kleinere Fortschritte und nicht unerhebliche Veränderungen. Rimbach schaffte jetzt die Fünf-Kilometer-Runde wie selbstverständlich, seine Waage, die sieben Wochen zuvor hartnäckig bei neunzig Kilo verharrt hatte, fiel zum ersten Mal unter die Sechsundachtzig-Kilogramm-Marke, und Håkan Nesser hielt ihn mit dem dritten Mord nach hundertsechzig Seiten bei der Sache.

Die verbleibende Zeit nutzte er, um sein Mountainbike, das seit zwei Jahren im Keller vor sich hin staubte, in Gang zu bringen. Nachdem er es kurz mit einem Putzlappen bearbeitet hatte, die Kette geölt und Luft aufgepumpt hatte, sah das Gerät wie neu aus. Die Schaltung funktionierte noch, und die ersten Fahrversuche auf dem Gelände um Rimbachs Wohnung verliefen zufriedenstellend; die noch vorhandenen Abstriche bezüglich der Fahrtechnik wurden durch Begeisterung wettgemacht. Es war ein belebendes Gefühl, am Samstagmorgen die Brötchen mit dem Rad zu holen, früher wäre er nicht auf diese Idee gekommen. Es galt immerhin zwanzig Höhenmeter auf etwa einem Kilometer Strecke zu überwinden, eine Steigung, die der trainierte Rimbach gar nicht mehr spürte.

Mit Julia hatte er nur einmal dienstlich zu tun, sie hatte ein paar Anwendungsfragen zu AnWerb. Es waren nur Kleinigkeiten, doch das Bemerkenswerte war, dass sie zum ersten

Mal in sein Büro kam, spontan und unangekündigt, was für Rimbach einen Riesenunterschied machte. Ihre Fragen waren präzise und effizient wie immer, aber am Schluss erkundigte sie sich noch mal nach dem Haus.

»Es gibt Probleme. Es gibt nämlich noch mehr Interessenten, das ist natürlich schlecht für die Preisverhandlungen. Im Moment hilft nur abwarten und dranbleiben.«

»Das ist ja schade. Aber wie ich dich kenne, bleibst du hartnäckig. So wie mit dem Laufen. Wirkt sich übrigens schon positiv aus, finde ich ...« Damit verließ sie das Büro. Rimbach grinste, Krüger schnappte nach Luft wie ein Karpfen und brauchte ein paar Sekunden, um die unvermeidliche Frage zu stellen:

»Was meint sie mit dem Haus?«

»Nichts Besonderes. Ich helfe jemandem, was Geeignetes zu suchen, als Support-Mitarbeiter muss man so was schließlich draufhaben.«

Am nächsten Tag, einem Dienstag, geschah etwas, das Bewegung in Rimbachs neugeordnetes Leben brachte und Folgen haben sollte. Rimbach kam etwas später zur Arbeit, etwa gegen zehn, er hatte noch den Cooper, der in letzter Zeit immer mal wieder ins Stottern geriet, aus der Werkstatt geholt. Zu seiner Überraschung herrschte Hektik in seinem Büro, Krüger und Salewski starrten angestrengt auf Krügers Bildschirm. Krüger schwitzte, und seine Hände flogen über die Tastatur. »Wieder nichts«, sagte er schließlich und ließ sich resigniert in seinen Bürostuhl zurückfallen.

»Was ist denn hier los?«, fragte Rimbach. Sie hatten ihn gar nicht bemerkt.

Krüger rappelte sich hoch. »Ralf«, sagte er. »Du bist unsere letzte Chance.« Er sah ihn fast flehend an, ein Gesichtausdruck, den Rimbach nicht von ihm kannte.

Salewski erklärte kurz die Lage. Es waren am Morgen wieder Beschwerden wegen zu langer Antwortzeiten im

Netzwerkbereich aufgetreten, die von Krüger an die zuständige Stelle weitergeleitet worden waren. Mehr konnten sie eigentlich nicht tun, doch dann war Krüger auf die kühne Idee gekommen, ein bisschen an den Firewall-Einstellungen zu spielen, die möglicherweise mit der Problematik zu tun hatten. Es war weder seine Aufgabe, noch war er dazu befugt, aber wenn es klappte, würde es ihn zum Helden machen.

Es klappte nicht. Nachdem er zehn oder zwölf verschiedene Einstellungen geändert hatte, waren die Antwortzeiten tatsächlich besser geworden, dafür stellte Salewski fest, dass die Firewall an bestimmten Stellen plötzlich für unerlaubte Zugriffe offen war wie ein Scheunentor. Das hieß im Klartext, dass jeder halbwegs begabte Hacker jetzt problemlos auf Firmendaten zugreifen konnte.

Krüger hatte fieberhaft versucht, den alten Zustand wiederherzustellen, aber er steckte bereits zu tief drin in einer Materie, für die er nicht ausgebildet war, außerdem hatte ihn längst die Panik ergriffen, und das Szenario, das ihm vorschwebte, reichte vom Datenklau über den Zusammenbruch des gesamten Firmennetzes bis hin zur Alarmierung des Vorstandes und der Bestellung einer Spezialfirma, die den Schaden für fünfzigtausend Euro reparieren würde.

»Wir müssen Kron informieren«, sagte Krüger jetzt. »Wenn es auffällt und er es von einem Dritten erfährt, sind wir geliefert.«

»Ruhe«, sagte Rimbach, der seinen Rechner hochgefahren hatte. »Ich brauche Ruhe. Zeigt mir den aktuellen Stand, und lasst mir ein bisschen Zeit.«

Er brauchte zehn Minuten, um sich in die Sache hineinzudenken, holte sich parallel dazu in den Spezialistenforen im Internet über verschiedene Suchbegriffe die Informationen, die er benötigte, und hatte nach einer weiteren halben Stunde den alten Zustand wiederhergestellt.

Sie atmeten auf. Der Konzern war gerettet.

»Das hätte richtig einschlagen können«, sagte Krüger. »Wie hast du das so schnell wieder hingekriegt?«

»Bessere Hirndurchblutung, dadurch bessere Konzentrationswerte und bessere Ideen«, antwortete Rimbach. »Kommt vom Laufen …«

»Jetzt mal im Ernst«, sagte Krüger, »das wär teuer geworden, du kennst doch die Stundensätze von West-Consulting. Und die Blamage! Stell dir mal vor, wir hätten Mr. Perfect Tommsen holen müssen, um das Problem zu lösen, der hätte sich innerlich schlappgelacht über uns Idioten.«

»Hab gehört, Tommsen geht nach Dortmund«, sagte Salewski. »Der ist vielleicht schon gar nicht mehr hier.«

»Stimmt nicht«, sagte Krüger. »Tommsen hat den Job nicht gekriegt, das weiß ich aus erster Hand.«

Rimbach horchte auf. »Wo kriegt ihr die ganzen Informationen her?«

»Man tauscht sich halt aus. Wenn du am Wochenende ab und zu mal das Haus verlassen würdest, wärst du vielleicht auch auf einem neueren Stand«, sagte Krüger und erklärte es ihm. Krüger war am Freitag im Dubliners auf Tommsen gestoßen. Die beiden wechselten gelegentlich ein paar Worte, sie hatten vor langer Zeit im Konzern zusammen gelernt, bevor Tommsen begonnen hatte zu studieren.

»Tommsen war allein«, sagte Krüger, »ohne seine Schnecke, und er war irgendwie komisch. Ich hatte den Eindruck, er wollte sich die Lichter ausschießen. Saß da allein rum und trank Bier, das hab ich bei dem noch nie erlebt. Nach drei Bier hatte ich raus, dass es um die Bewerbung als Business-Manager ging, die er laufen hatte. Er war sich sicher gewesen, dass er die Stelle bekommen würde, die hatten ihn im Vorfeld ziemlich hochgejubelt, aber dann hat er am Freitag die Absage gekriegt.«

Interessant, dachte Rimbach.

»Ich geb dir übrigens heute das Mittagessen aus, Rimbach«, sagte Krüger, »nein, ich geb dir die ganze Woche das

Mittagessen aus. Alles, was du willst.« Er schien ziemlich erleichtert zu sein.

Rimbach genoss sein Gratismittagessen und dachte nach. Er war im Besitz von Informationen, die seine Abneigung gegen Tommsen noch verstärkten; Informationen, die um der Gerechtigkeit willen unbedingt ihren Adressaten finden mussten, die er aber unmöglich selbst überbringen konnte.

Er hatte, um es mit den Worten von Kron zu sagen, plötzlich die Chance, »ein bisschen Speed auf den Prozess zu bringen«, und er hatte als Leiter von Conquest wahrscheinlich sogar die Pflicht, in den Lauf der Dinge einzugreifen. Und er hatte was gut bei Krüger.

Um dreizehn Uhr war er wieder zurück im Büro und schaute mehrere Male angestrengt auf die Uhr.

»Mist«, sagte er.

»Was ist los?«, fragte Krüger

»Ich muss unbedingt noch ein paar Jobs für den Einkauf fertigstellen, das hab ich wegen der Hektik heute Morgen nicht mehr geschafft, ist aber dringend. Kannst du mir vielleicht einen Gefallen tun?«

»Jeden!«

»Ich schaffe meinen Termin um vierzehn Uhr bei Julia nicht, es geht nur darum, ein paar Formulare mit den Konzernstandards abzugleichen. Ist keine große Sache, aber ich hatte es fest zugesagt.«

»Dann musst du ja wirklich beschäftigt sein. Hätte gar nicht gedacht, dass eure Termine tatsächlich dienstlich sind. Ist aber kein Problem, ich gehe hin.«

»Gut. Ist mir wirklich eine große Hilfe.« Rimbach saß weiter vor seinem Bildschirm, auf dem er als Alibi eine Verfahrensbeschreibung über das Bestellwesen aufgerufen hatte, und überlegte. Er hatte Krüger so weit, dass er den Termin bei Julia übernahm, jetzt musste er ihn nur noch mit den richtigen Instruktionen versehen. Was er vorhatte, war riskant. Er war schon fast dabei, es zu verwerfen, als Krüger sich bereitmachte zu gehen und fragte: »Soll ich ihr noch irgendwas Besonderes ausrichten?«

»Nein«, sagte Rimbach. »Oder doch. Frag sie mal, wie Tommsen es verkraftet hat, dass er den Job in Dortmund doch nicht gekriegt hat. Aber lass mich dabei aus dem Spiel. Es interessiert mich nur mal, wie sie reagiert.«

Krüger sah ihn erstaunt an.

»Ist nur ein Test, sonst gar nichts. Und kein Wort von mir, ansonsten lass es lieber ganz sein. Kriegst du das hin?«

»Hältst du mich für blöd, oder was?«

Krüger machte sich auf den Weg. Rimbachs Pulsschlag hatte sich auf geschätzte hundertdreißig erhöht, ihm war heiß geworden, und ganz kurz durchzuckte ihn der Impuls, Krüger auf dem Handy anzurufen, um die Überbringung der brisanten Botschaft noch zu verhindern, er hatte bereits den Hörer in der Hand. Aber er rief nicht an. Es gab kein Zurück, das würde Krüger nur zu zusätzlichen Nachfragen inspirieren. Außerdem hatte sie es verdient, Bescheid zu wissen.

Das Warten war anstrengend. Rimbach hatte mit einer spontanen Entscheidung, deren Folgen nicht überschaubar oder planbar waren, in das Projekt eingegriffen. Doch er war sich sicher, dass die Aktion notwendig gewesen war, außerdem konnte er sie zuordnen, sie fiel unter den Oberbegriff »direkte Maßnahmen zum Beziehungsaufbau«. Zwar war bei Conquest der Projektpunkt »Tommsen verpfeifen« nicht explizit aufgeführt, die Aktion ließ sich aber unter dem Punkt »Flexibilität« sehr gut einordnen, und Rimbach wunderte sich darüber, wie vorausschauend er bei der Erstellung von Conquest gewesen war.

Trotzdem war er nervös, doch er versuchte, sich nichts anmerken zu lassen, als Krüger nach etwa einer Stunde zurückkam.

»Na, wie war's?«, fragte er.

»Ging ganz schnell. Wenn sie nicht ständig zwischendurch Gespräche hätte annehmen müssen und ihr Chef nicht dauernd angerannt gekommen wäre, wären wir in einer halben Stunde fertig gewesen.«

»Sag ich doch«, sagte Rimbach beiläufig, während er irgendetwas in seinen PC eingab, »die Frau ist professionell.«

Krüger war erstaunt. »Willst du sonst nichts wissen?«

»Was sonst?«

»Sollte ich sie nicht was fragen?«

»Ach so. Hatte ich schon wieder vergessen«, sagte Rimbach und bewunderte seine eigene Coolness. »Und?«

»So richtig die Fassung verloren hat sie nicht«, sagte Krüger. »Sie hat schon gestutzt und wollte wissen, woher ich weiß, dass Tommsen sich beworben hat. Ich musste ihr zwei Mal versichern, dass ich ihn richtig verstanden habe. Ich hab ihr gesagt, dass er vielleicht gar nicht mehr wusste, was er sagt, weil er ziemlich besoffen war. Aber das hat sie nicht so richtig geglaubt.«

»Alles klar«, sagte Rimbach. »Hat sie noch irgendwas gesagt?«

»Dass es Spaß gemacht hat mit mir. Ich glaube, ich hätte sie haben können, meine Anwesenheit hat sie körperlich ziemlich erregt. Aber weil ich ein Kumpel bin, wollte ich sie für dich aufheben …«

Krüger hatte sich offensichtlich vom Schock des Vormittages erholt, er war schon fast wieder der Alte, was für Rimbach bedeutete, dass aus seinem Kollegen nichts Vernünftiges mehr herauszuholen war. Aber er hatte seinen Auftrag erfüllt, das war das Wichtigste.

Natürlich beschäftigte Rimbach der Fall Tommsen noch am Abend, er malte sich in seiner Wohnung verschiedene Szenarien und die sich daraus ergebenden Folgen aus, und ein Blick in die Projektunterlagen bestätigte ihm, dass er nur auf seiner Linie bleiben musste, egal was passierte. Denn natürlich hoffte er, dass etwas passierte.

Danach sah es zunächst nicht aus. Der nächste Arbeitstag brachte erst einmal nichts Außergewöhnliches, und Rimbach musste sich eine gewisse Enttäuschung darüber eingestehen. Keine Mail von ihr, kein Anruf, kein Lebenszeichen, am Ende schlich sich sogar die Befürchtung ein, dass Krüger die Sache am Vortag vergeigt hatte.

In der Mittagspause richtete er es wieder so ein, dass sie etwas später gingen, was ihm die Chance eröffnete, ihr nach dem Mittagessen in der Cafeteria zu begegnen. Er trödelte noch ein bisschen herum, als die anderen zurück an ihren Arbeitsplatz gingen, spielte auf Zeit, und dann, als sie die Treppe herunterkam, ahnte er beim ersten Blickkontakt, dass etwas nicht stimmte. Sie löste sich kurz aus dem Pulk der Presseleute und ging zu ihm.

»Kannst du nachher mal kurz vorbeikommen?«, fragte sie. »Ich wollte nur mal deine Meinung zu einem Problem hören.«

»Klar«, sagte er, »ist doch selbstverständlich.« Er war sich sicher, ein ziemlich gutes Bild abzugeben, das musste er sich lassen. Aufmerksam, freundlich, verlässlich. Aufrichtig. Wo gab es so etwas noch?

Rimbach betrat ihr Büro gegen vierzehn Uhr, doch er hatte einen schlechten Zeitpunkt erwischt, sie telefonierte, schaute ihn entschuldigend an und deutete auf den Bürostuhl am Schreibtisch gegenüber. Rimbach beobachtete sie, er fand, sie sah müde aus und enttäuscht. Wenn sie Make-up tragen würde, stellte er sich vor, wäre es jetzt verschmiert.

Als er sie so vor sich sah, fühlte er sich ein wenig betroffen, und eine Sekunde lang glaubte er sich mitschuldig an ihrem Zustand, doch dann setzte augenblicklich sein Verstand wieder ein: Der Auslöser dafür, dass es ihr gerade nicht gutging, war Tommsen. Rimbach war nur derjenige, der für Gerechtigkeit sorgte. Für Julia und für sich selbst.

»Sorry«, sagte sie, als sie aufgelegt hatte, »ich weiß gar nicht so genau, wie ich anfangen soll, es ist mehr was Privates, und es nervt dich vielleicht sogar, ich wollte eigentlich nur mal deine Meinung dazu hören, es geht um Mike …«

Leider klingelte das Telefon erneut, jetzt, als es gerade spannend wurde, sie ging ran, und Rimbach nutzte die Gelegenheit, seine Sitzposition zu überprüfen, er fand, er hatte gerade ein wenig zu angespannt dagesessen, fast schon auf der Stuhlkante, lauernd, also im Großen und Ganzen zu wenig ahnungslos, was er jetzt korrigierte.

Das Telefonat dauerte länger, sie versuchte, einer Sekretärin vom Vorstand den genauen Programmablauf einer Benefizveranstaltung zu erklären, an der sich der Konzern beteiligte, danach stellte ihr Klee, ihr Chef, einen Journalisten von der Tageszeitung durch, der einen Termin haben wollte, was weitere fünf Minuten in Anspruch nahm.

Dann nahm sie noch einen Anlauf wegen Tommsen, Rimbach war jetzt ganz entspannt, er hatte Antworten für jede nur denkbare Situation auf Lager, doch bevor sie noch einen Satz aussprechen konnte, ging die Tür auf, und Klee kam herein.

»Guten Tag, Herr Rimbeck, schon wieder fleißig«, sagte er. »Ich muss Frau Jenner kurz in Beschlag nehmen, Sie kommen ja sicher allein zurecht.«

Julia stand auf. »Tut mir leid, Ralf. Vielleicht meld ich mich noch mal«, sagte sie und folgte Klee.

Sie hatte »vielleicht« gesagt. Es war nicht zu erwarten, dass es sonst niemanden gab, mit dem sie sich austauschen konnte, er dachte an Kim, ihre Freundin, mit der sie sich öfter Mails schrieb oder telefonierte, oder irgendeinen aus ihrer Mountainbike-Gruppe oder, noch schlimmer, ihre Familie. Er erinnerte sich an diesen Kodex, von dem sie mal erzählt hatte: diskutieren, kommunizieren, akzeptieren oder so ähnlich. Wenn sie erst in dieser Mühle drin war, dann würde ein Gespräch mit ihm vielleicht überflüssig. Er hatte seinen Termin gehabt, es war nichts dabei herausgekommen, und die Möglichkeit, noch irgendetwas zu beeinflussen, war dahin. Er musste was tun, und er wusste auch schon, was. Eine Mail.

»Hallo, Julia«, schrieb er, als er zurück an seinem Arbeitsplatz war, löschte sofort darauf das »Hallo« und fing noch mal neu an: »Julia!«, (das war eindringlicher), »wenn es Dir so wichtig ist, können wir doch auch außerhalb der Arbeitszeit woanders darüber reden, zum Beispiel ...«

Nein. So ging es auch nicht. Das war das übliche Rumgesülze, genau die öde Anbiederung, die sie von anderen gewöhnt war und die er auf jeden Fall vermeiden musste. Er überlegte weiter. Ihm war klar, dass der Konzern heute drauflegte, was seine Arbeitsleistung betraf, aber das hier musste man globaler sehen, hier ging es mittelfristig um Mitarbeiterzufriedenheit in zwei Fällen und im weiteren Sinne um Work-Life-Balance und damit auch um den Erhalt der Arbeitskraft. Also investierte er noch eine Stunde in einen vernünftigen Text, fügte ein, verwarf und verbesserte und las sich dann den fertigen Entwurf noch mal durch.

An: Julia Jenner
Betreff: Besprechung
Teilnehmer: Jenner, Rimbach
Uhrzeit: nach Dienstschluss, genaue Festlegung durch Teilnehmer Jenner
Ort: Parkplatz am Habichtswald (Ausgangspunkt)
Vorgehensweise: Abhandlung eines von J. Jenner vorgegebenen Themas während eines Rundgangs um die 3-km-Runde in sauerstoffreicher Luft und ohne äußere Störeinflüsse. (Keine Telefonate. Keine Anfragen. Kein Klee.)

So ging es. Das war unverfänglich genug und nicht so klebrig wie sein erster Entwurf, und weil er jetzt keine Zeit mehr verlieren wollte, schickte er die Mail los. Die Antwort ließ keine fünf Minuten auf sich warten, und Rimbach öffnete sie sofort.

```
Hallo, Ralf. Tut mir leid, dass ich Deinen
Termin nicht wahrnehmen kann, ich bin leider
bis heute Abend beschäftigt.
Neuer Terminvorschlag: 20 Uhr bei mir,
Gruß, Julia.
```

Rimbach glaubte es zuerst gar nicht. Es war mehr, als er erwarten konnte. »Akzeptiert«, mailte er zurück. Er blieb noch eine Stunde bei der Arbeit, in der er die Mail noch drei oder vier Mal durchlas. Dienstliche Mails öffnete er nicht mehr, der Konzern musste jetzt zurückstehen.

10

Zu Hause spürte er mit jeder Minute deutlicher, dass es, abgesehen von der Einhaltung der Projektvorgaben und neben der Verfolgung eines Plans, auch noch um Gefühle ging. Er würde heute die Wohnung einer Frau betreten, von der er Wochen zuvor nur geträumt hatte und die so unerreichbar gewesen war wie ein Stern im Universum oder zumindest wie ein Job in Hamburg oder ein Lauf über fünf Kilometer; einer Frau, die hundert Prozent aller Männer im Konzern – soweit sie heterosexuell waren – im Bett haben wollten und wegen der neunzig Prozent aller Männer, inklusive Krüger und Salewski, bereit waren, einen Narren aus sich zu machen, nur um ein Lächeln von ihr zu bekommen. Aber er, Rimbach, wurde von ihr ernst genommen.

Er dachte zurück an die erste Verabredung mit Ellen, seiner Ex, vor knapp vier Jahren, die er kurzfristig absagen musste, wegen einer Magen- und Darmgrippe. In Wahrheit war ihm damals eingefallen, dass an dem gleichen Abend bei Salewski die lange Grand-Prix-Nacht von Australien stattfand, das Rennen begann am frühen Morgen, was bedeutete, dass sie die Nacht durchmachten und sich bis zum Start in die richtige Stimmung brachten.

Diesmal war alles anders. Rimbach machte sich Gedanken, ihm sollten keine Fehler unterlaufen. Er hatte Zweifel, ob es angemessen war, eine Flasche Rotwein mitzubringen, es gab ja schließlich nichts zu feiern, jedenfalls nicht für Julia, und Blumen waren altmodisch, außerdem sah er es nicht als Rendezvous, genau damit hätte er sich ja verraten, hätte preisgegeben, dass er nicht der Kumpel und aufrichtige Berater war, sondern nur ihre Situation ausnutzen wollte.

Also doch Wein. Aber nicht so offensichtlich, er würde die Flasche in seinem Rucksack deponieren, und den Rucksack brauchte er wiederum, weil er eine Jacke für den Rückweg darin verstauen musste, und die brauchte er, weil er nicht den Wagen nehmen wollte, sondern die Straßenbahn, weil er ja vielleicht Wein trinken würde beziehungsweise, das war die offizielle Begründung, weil es viel stimmungsvoller war, abends mit der Straßenbahn durch die alten Stadtteile zu fahren. Und wenn sich keine gemeinsame Weintrinksituation ergab, würde die Flasche unentdeckt im Rucksack bleiben, so dass er gar nichts falsch machen konnte.

Das mit Straßenbahn hatte noch einen weiteren Vorteil, er konnte seine Wohnung etwas früher verlassen. Er war nämlich in einer dieser Situationen, in denen man Zeit überbrücken muss, aber vor Aufregung oder gespannter Erwartung nichts Nützliches oder Sinnvolles und manchmal nicht mal mehr etwas Zerstreuendes zustande bringt und deshalb einfach nur herumsitzt und wartet.

Die Straßenbahn war vielleicht zu einem Viertel besetzt. Im hinteren Teil lärmten ein paar Siebzehnjährige, vier oder fünf Jungen und zwei Mädchen, es ging darum, sich öffentlich danebenzubenehmen, um so ein Maximum an Aufmerksamkeit auf sich zu ziehen. Rimbach fand diese Zeit aus seiner jetzigen Sicht anstrengend, und wenn er die anderen Fahrgäste anschaute, von denen einige teilnahmslos aus dem Fenster sahen oder ihre Hände oder irgendeinen Punkt anstarrten, dann schien es, als wäre es nur ein kurzer, vielleicht zehn oder fünfzehn Jahre langer Weg von der Unbeschwertheit in eine lebenslängliche Erstarrtheit und Teilnahmslosigkeit.

Er selbst fühlte sich weit davon entfernt. Er genoss die Fahrt durch alte Alleen und vorbei an dem modernen Intercity-Bahnhof und freute sich über das Ruckeln der Straßenbahn, wenn sie die Richtung wechselte und so wie jetzt abbog in die schmaleren Nebenstraßen mit der enger werdenden Bebauung, und ihn störte an diesem Abend nicht einmal, dass die Straßen sich schon leerten und die Stadt bereits zur Ruhe kam.

Von der Haltestelle waren es noch zwei Minuten zum Haus Nummer 14. Als er die letzten Stufen der Holztreppe in dem geräumigen Flur nahm und fast den zweiten Stock erreicht hatte, wurde er von jemandem angerempelt, der im gleichen Moment von oben um die Ecke kam und ihn übersehen hatte. Es war ein Mann in seinem Alter, groß und schlank, fast eins neunzig. Der Typ blieb kurz stehen und musterte ihn, wie in Gedanken, und Rimbach musste zugeben, dass er unwahrscheinlich gut aussah, blond und mit feinen Gesichtszügen, denen völlig der hochmütige Ausdruck fehlte, den er immer bei Tommsen ausgemacht hatte. Der Typ sah ihn gelassen an, lächelte fast ein wenig melancholisch und ging wortlos weiter, die Treppe hinab. Irgendwie kam er Rimbach bekannt vor.

Ihre Wohnung lag am Ende des Flures gleich links, und es gab keinen Zweifel, dass der andere aus dieser Tür gekommen war, und der Gedanke, dass scheinbar schon Ersatz für Tommsen bereitstand und seine, Rimbachs Funktion, wohl doch nicht über den reinen Support hinausging, behagte ihm nicht.

Als sie ihm die Tür geöffnet hatte und er in ihrem geräumigen, hellen Flur stand, löschte sie mit ihrem Lächeln und der Offenheit, mit der sie ihn begrüßte, seine Zweifel aus. »Geh schon mal rein«, sagte sie und deutete auf eine offene Tür, »ich hol ein Glas für dich, du trinkst doch einen Schluck Wein, oder?«

»Ja«, sagte Rimbach, betrat ihr Wohnzimmer und sah sich um. Ein hohes zweiflügeliges Fenster ließ den Blick frei auf einen winzigen Balkon mit schmiedeeisernem Geländer, dahinter eine ausladende Baumkrone, die dem restlichen Tageslicht, das noch hereinfiel, ein wenig von seiner Helligkeit nahm, und dann die Jugendstilfassaden auf der gegenüberliegenden Straßenseite.

Die Wände des Zimmers waren hell gestrichen. Links, über die komplette Wandseite reichend, stand ein raumhohes Regal, Rimbach schätzte es auf drei Meter, bis obenhin vollgestopft mit Büchern. An den Wänden gegenüber hingen riesige Kunstdrucke, »The Gates« von Christo, wie Rimbach entzifferte, daneben ein Stillleben von Roy Lichtenstein, Pop-Art. Außerdem gab es Pflanzen, etwas, das in seiner Wohnung völlig fehlte.

Auf dem dunklen Holzfußboden lag ein heller Schurwollteppich. Die Möblierung bestand aus einem schlichten, imposanten schwarzen Ledersofa, dessen Anschaffungswert vermutlich die Kosten von Rimbachs gesamter Innenausstattung überstieg, in der Mitte ein niedriger Tisch, gegenüber zwei Sessel mit hohen Lehnen, die auch nicht von edlerer Herkunft waren als Ivar, wie Rimbach zufrieden feststellte. Falls die Einrichtung zusammengewürfelt wirkte, dann jedenfalls gekonnt.

Julia kam herein. Selbst in alten Jeans und einem weiten T-Shirt sah sie gut aus, aber in ihrem Gesicht erkannte er etwas wie Abgespanntheit, auch wenn sie versuchte, es sich nicht anmerken zu lassen. »Setz dich«, sagte sie, deutete auf einen der Sessel und nahm auf dem Sofa Platz. Rimbach setzte sich und deponierte seinen Rucksack neben sich. Der Sessel war bequem.

»Ich will's kurz machen«, sagte Julia. »Ich hatte dir ja mal erzählt, dass Mike die Chance hatte, sich in Dortmund zu bewerben. Und dass er mir dann zugesichert hatte, darauf zu verzichten, nachdem wir gemeinsam noch mal darüber gesprochen hatten.«

»Kann mich noch dran erinnern«, sagte Rimbach. »Wo ist das Problem?«

»Das Problem ist, dass er sich doch beworben hat und dass das scheinbar die halbe Welt weiß, und ich erfahre es so nebenbei von deinem dicken Kollegen, der ihn angeblich besoffen im Dubliners aufgegriffen hat, wo er seinen Frust darüber ertränkt hat, dass er nicht genommen wurde. Der trinkt sonst nie was, aber da soll er sich benommen haben, als hätte er den Weltuntergang erlebt. Was ist eigentlich wichtig für den?«

»Die stehen unter Druck bei West-Consulting«, sagte Rimbach. »Ich finde so einen Alleingang ja auch nicht gut, aber andererseits ist unsere Situation im Konzern momentan noch komfortabler. Bei denen geht es nur um schnelle Entscheidungen, da geht's halt Mann gegen Mann – oder Mann gegen Frau –, und manche Chance gibt's nur einmal.«

»Versteh ich ja, und ich hätte mich ja vielleicht auch noch umstimmen lassen, wenn ich gewusst hätte, wie wichtig das für ihn ist. Aber das hat er gar nicht versucht. Der hat mich ganz bewusst getäuscht, um mich ruhigzustellen und ungestört seinen eigenen Weg zu verfolgen.«

»Vielleicht fand er es einfach wichtig, zu zeigen, dass er flexibel ist, was die räumliche Veränderung betrifft«, sagte Rimbach und hielt sich an die Conquest-Vorgabe, dass er Tommsen nicht so einfach in die Pfanne hauen durfte, wenn er authentisch wirken wollte. »Vielleicht wusste er vorher schon, dass sie ihn sowieso nicht nehmen würden. Das wäre doch ein Motiv für die Bewerbung.«

»Ja«, sagte sie. »Das hätte er mir wahrscheinlich auch so verkauft. Aber er war sich hundertprozentig sicher, dass er den Job bekommt. Außerdem weißt du noch gar nicht alles. Ich habe gestern noch mit Kim gesprochen, meiner Freundin. Ihr Bruder und Tommsen sind Kumpels, und bei dem Gespräch kam raus, dass Tommsen seine Wohnung in der Neustadt auf Verdacht bereits gekündigt hatte, zum 30. Juni. Ich war also so eine Art Zwischenstation, eine billige Absteige, bevor er hier den Abflug macht.«

»Oh«, sagte Rimbach, »das ist eine unvorhergesehene Wendung, ich glaube, jetzt muss ich die Verteidigung neu aufbauen. Das grenzt ja schon ein bisschen an Unzurechnungsfähigkeit.« Tommsen wurde ihm immer sympathischer, der spielte, ohne es zu ahnen, seinen Part bei Conquest perfekt.

Julia hatte bei der Bemerkung über die Unzurechnungsfähigkeit gelacht. »Ich will dich gar nicht länger mit der Sache nerven«, sagte sie. »Ich wollte halt mal was von dir dazu hören, weil du ihn ja auch dienstlich schon länger kennst und weil ich glaube, dass ich von dir eine ehrliche Meinung kriege. Aber ich hab gestern mit Kim und heute mit Jago schon so lange über die Sache gequatscht, dass ich mir schon fast meine Meinung gebildet habe …«

»Jago?«

»Mein Bruder. Der war vorher hier, ihr müsstet euch fast noch begegnet sein.«

Der Typ auf dem Flur. Jetzt wusste Rimbach, warum ihm die Gesichtszüge bekannt vorgekommen waren. Er war ihr Bruder. Dieser Abend entwickelte sich immer besser.

»Von Jago müsstest du eigentlich schon mal was gehört haben. Spielt Fußball, in Milsen, und zwar ziemlich gut. Regionalliga.«

Da Rimbach von Conquest mehr Lesestoff verordnet bekommen hatte, als er bewältigen konnte, überging er den lokalen Sportteil ganz gern.

»Werde mal drauf achten«, sagte er. »Ist das mit dem Sport in eurer Familie erblich?«

»Ja«, lachte sie. »Erblich und anerzogen. Reto – das ist mein Großvater – hat das von Anfang an ziemlich gefördert. War Sportlehrer früher, und nordhessischer Meister im Zehnkampf. So was färbt ab.«

»Reto ist also schuld. Alles klar. Hat der auch einen richtigen Namen?«

Sie lachte wieder. »Nein«, sagte sie. »Der heißt so. Reto

Harms, ursprünglich aus Oldenburg; sein Beruf hat ihn vor über fünfzig Jahren hierher verschlagen.« Das war keine schlechte Überleitung, endlich weg von Tommsen, zu einem neuen Thema. Rimbach erfuhr, dass sie noch einen drei Jahre älteren Bruder hatte, Jo, dass die Familie in Alten-Bergen auf dem Dorf wohnte, drei Generationen unter einem Dach, und dass ihr Vater Pim hieß.

Rimbach sah sie zweifelnd an, sie hatten immerhin schon zwei Gläser Wein getrunken.

»Pim ist nicht sein richtiger Name. Für die Namensgebung bei uns ist Katrin zuständig, meine Mutter. Ich erklär's dir mal …«

Rimbach hörte zu, es war interessant im Gegensatz zu seiner eigenen Familiengeschichte, er hatte nicht viel mehr zu berichten, als dass er keine Geschwister hatte und sich der Kontakt zu seinen Eltern auf das Nötigste beschränkte.

Danach kam das Laufen an die Reihe, sie amüsierte sich über die Schilderung seiner ersten Laufversuche und war beeindruckt von seiner Konsequenz und den Leistungen, zu denen er es mittlerweile gebracht hatte.

Irgendwann war es dunkel geworden. Zwei Stehlampen beleuchteten dezent das Zimmer, und Julia hatte das Radio, das nebenbei immer leise mitlief, ausgestellt und etwas von Alanis Morissette aufgelegt. Die fast volle Flasche Wein, die auf dem Tisch gestanden hatte, war leer, ebenso wie die Flasche, die Rimbach aus dem Rucksack gezogen hatte, und Tommsen war seit über zwei Stunden kein Thema mehr gewesen.

Rimbach sah auf die Uhr, es war fast zwölf, und sie sahen sich an.

»Liebst du ihn eigentlich?«, fragte er.

»Mike? Ja«, sagte sie, »ich dachte schon. Jedenfalls war ich mir zwei Jahre lang ganz sicher. Vielleicht wollte ich auch nur dran glauben, weil er als Mann ein bisschen was hermacht, also mal rein äußerlich betrachtet. Und es ist ja auch ganz praktisch, wenn alle wissen, dass man nicht zu haben ist. Als es sich damals – in der Zeit vor Tommsen – herumgesprochen hatte, dass ich solo war, bin ich ständig von allen möglichen Typen angeschleimt worden, inklusive fünfzigjähriger Familienväter mit Bauchansatz, das hat schon ziemlich genervt …«

»Bauchansatz hab ich auch«, sagte Rimbach und fasste sich mit beiden Händen dahin, wo er noch vor einigen Wochen ziemlich füllig gewesen war.

»Ja«, sagte sie und lächelte ganz leicht, »aber du nervst nicht.«

»Und wie geht's jetzt weiter? Was willst du unternehmen?«, fragte er.

»Ich will ihn ein paar Tage nicht sehen, er soll erst mal darüber nachdenken, was er überhaupt will. Und ich muss auch erst mal einen klaren Kopf kriegen.«

»Ja, vielleicht keine schlechte Idee. Und ich mach mich jetzt los. Ich muss nämlich auch erst mal einen klaren Kopf kriegen«, sagte er mit einem Blick auf die leeren Weinflaschen.

Sie lachte wieder. »Es war schön, dass du mal vorbeigekommen bist. Hat mir gutgetan, nicht den ganzen Abend meine Gedanken an Tommsen zu verschwenden.«

»War doch selbstverständlich«, sagte er.

Er nahm den Rucksack, ging zur Tür und drehte sich zu ihr um. Sie stand vor ihm, und in dieser Sekunde erwartete wohl keiner von ihnen, dass etwas Merkwürdiges passieren würde, doch genau das geschah.

Als sie sich nämlich zum Abschied auf die Wange küssen wollten, da legte sie ihre Hand ein klein wenig zu fest in seinen Nacken und zog ihn minimal zu stark zu sich heran, und dadurch landeten seine Lippen ein bisschen zu nahe an ihren Mundwinkeln, ja sie berührten sie sogar ein wenig.

Jedenfalls gerieten ihre Lippen aneinander, das heißt, sie fingen an sich zu küssen: Julia, ebenso betörend wie gebunden, und Rimbach, seit acht Monaten ungeküsst, und so wurde es auch kein sich langsam entwickelnder Kuss, sondern ihre Lippen wühlten sich augenblicklich ineinander, in nicht einmal fünf Sekunden bekam keiner von ihnen mehr Luft, Atmen wurde zu Schnaufen, es gab kein Loskommen mehr, denn während eine Hand immer den Körper des anderen berührte und erkundete, hielt die andere Hand ihn fest, presste ihn an sich und gab ihm kaum Spielraum, so dass in keinem Moment auch nur ansatzweise die Frage aufkam, wie oder wo es enden würde.

Als sie an seinen Knöpfen zerrte, verfluchte er innerlich diese unpraktischen Funktionshemden, die vielleicht in freier Wildbahn ihren Zweck erfüllten, nicht jedoch in einer Situation wie dieser. Und als er ihr Shirt nach oben schob, wurde ihm klar, dass er nie und nimmer den BH aufkriegen würde, aber er spürte ihre festen Brüste auch so, und während sie es schaffte, in einem einzigen gut koordinierten Bewegungsablauf gleichzeitig aus Hose und Slip zu schlüpfen, brachte er nur den einbeinigen Ausstieg aus seiner Jeans zustande. Dazu blieben seine Boxershorts an den Knöcheln hängen, so dass es auch keinen geordneten Rückzug auf das Designersofa geben konnte, sondern nach zwei Stolperschritten auf dem Teppich weiterging. Rimbach bemerkte, dass sie einen festen und wunderbar leicht gewölbten Bauch hatte, wodurch die Übergänge fließend waren und seine Hand, wenn er sie nach oben gleiten ließ, nicht wie bei Ellen an den Rippenbögen hängenblieb. Danach zog er keine Vergleiche mehr, sah nur Julia, die jetzt ihre Lippen für eine einzige Sekunde löste und ihn fest ansah, dann schloss sie die Augen wieder, und als sie zusammenkamen, stöhnte sie kurz, und er keuchte einmal, und dann bewegten sie sich fast lautlos weiter, immer noch fest umklammert, unkoordiniert und angestrengt bei gepresster Nasenatmung, und als es passierte, als Rimbach kam, da glaubte er fast, bewusstlos zu werden.

Als es vorbei war, holte er Luft wie jemand, der zu lange unter Wasser gewesen war, und lag dann neben ihr, den Kopf in seiner rechten Armbeuge, den linken Arm auf ihrem Bauch, schweigend, etwa eine halbe Minute lang.

»'tschuldigung«, sagte er und sah zu ihr rüber.

»Wofür«, sagte sie und angelte mit dem Fuß nach ihrer Hose, und Rimbach zog sein Hemd nach unten und den Slip nach oben, sie zogen sich im Liegen an, umständlich, und standen erst auf, als sie alles anhatten, unordentlich, erhitzt, er mit falsch zugeknöpftem Hemd und sie mit verwuschelten, schweißnassen Haaren, und jetzt standen sie wieder in der Tür, voreinander, und versuchten einen neuen Abschied.

»Also, jetzt aber, tschüs«, sagte Rimbach und nahm seinen Rucksack.

»Ja«, sagte sie. »Tschüs«, und es gab noch eine ganz leichte Berührung, ihre Hand ganz sacht an seinem Ellenbogen, und einen kurzen Blickkontakt, bevor er losging.

Draußen, auf der Straße, zog er die Jacke an, es war bald ein Uhr, und die Nächte waren noch kühl in dieser Jahreszeit, Ende Mai. Er blickte noch einmal unsicher hoch zu ihrem Fenster, aber es war kein Schatten von ihr zu sehen, und er ging los. Die Straßenbahnhaltestelle ließ er aus, er trottete weiter und wartete darauf, dass die Bewegung und die kalte Luft, die er einatmete, ihm helfen würden zu begreifen, was eben passiert war und warum er eher irritiert und verwirrt statt euphorisch war.

Ihm war klar, dass Sex oft anders war, als Männer ihn sich vorstellen, beziehungsweise dass sich Männer oft anderen Sex ausmalten, als sie wirklich hatten. Aber in diesem Fall war es so, dass Rimbach sich den Sex mit Julia Jenner, oder jedenfalls den ersten Sex mit ihr, tatsächlich eher normal vorgestellt hatte, mehr mit Kerzenlicht und gedämpfter Musik, fast romantisch, wie Liebe gewissermaßen, und nicht überfallartig und unkontrolliert wie einen Akt der Verzweiflung, der einen fast ein wenig befangen zurückließ; und so ahnte er bei aller Aufgewühltheit, dass dies noch nicht der Durchbruch war. Was geschehen war, war in dieser Phase von Conquest nicht vorgesehen, und es war auch nicht das, was er im Projekt als die »Übernahme J. von T.« bezeichnet hatte.

Und deshalb rief er auch nicht bei ihr an, um ihr eine gute Nacht zu wünschen, als er zu Hause war, und er war sich sicher, dass auch sie nicht mehr anrufen würde, und behielt recht damit. Trotzdem schlief er gut. Der Abend war lang und mit seiner Mischung aus Anspannung, Entspannung und nicht zuletzt körperlicher Betätigung auch ein bisschen anstrengend gewesen.

Am nächsten Tag beziehungsweise am gleichen Tag, denn er war ja erst um zwei Uhr zu Bett gegangen, hatte er bei der Arbeit zum ersten Mal seit vielen Wochen nicht den Wunsch, ihr irgendwo auf dem Flur zufällig zu begegnen, trotzdem schaute er bei jedem Klingeln aufs Display, ob sie es nicht vielleicht war, und überprüfte ständig seinen Mailpostfach. Er hoffte, dass sie die Kommunikation in Gang bringen würde, damit er anhand ihrer Reaktion das Geschehene richtig einordnen konnte.

Es war vierzehn Uhr siebzehn, als die Mail einging.

`Hallo, Ralf. Dein Vorschlag von gestern mit dem Rundgang nach Dienstschluss ohne äußere Störungen war gar nicht schlecht. Möglicherweise könnten wir uns heute treffen, wie wäre es mit einer kleinen Mountainbike-Runde, Treffpunkt um 18.30 Uhr am Lac? Liebe Grüße, Julia.`

Das ließ alles offen und war doch besser als nichts. Sie war zwar nicht auf den vorherigen Abend eingegangen, aber sie hatte auch nichts Negatives geschrieben, und was sie vorschlug, konnte man ja unter »gemeinsame Freizeitgestaltung« einordnen. Und »Liebe Grüße«, das war ja auch besser als »Tschüs« oder »Bis dann« oder so was. Um etwas gelassener zu erscheinen, als er in Wirklichkeit war, ließ Rimbach diesmal eine halbe Stunde vergehen, bevor er antwortete.

`Akzeptiert, freue mich, liebe Grüße, Ralf.`

11

Um sechs Uhr stand er in seinem Schlafzimmer und schaute auf die Sachen, die er auf dem Bett ausgebreitet hatte. Er verfügte nicht, wie Tommsen, über eine dieser seltsamen hautengen Trägerhosen, die den Profibiker kennzeichnen, aber das war er ja auch nicht. Er besaß eine Trekkinghose, ungetragen, *solid green*, mit aufgesetzten Seitentaschen und abnehmbaren Beinen. Kombiniert mit einer winddichten Jacke aus der Laufkollektion, war das, wie ihm der anschließende Blick in Hovet bestätigte, ein brauchbares Outfit für eine Mountainbike-Tour. Er war erstaunt, wie locker er so etwas jetzt anging.

Er war pünktlich am Lac, der nur etwa einen Kilometer von seiner Wohnung entfernt lag, sie kam kurze Zeit später und hielt neben ihm, und weil der Weg an dieser Stelle etwas abschüssig war und sie auf die Balance achten mussten, reichte es nur zu einer neutralen Begrüßung.

»Wo geht's eigentlich hin?«, fragte Rimbach. »Denk dran, dass ich kein Profi bin.«

»Keine Angst. Die Strecke, die ich rausgesucht habe, ist für einen Läufer mit deiner Kondition kein Problem.«

Das war Kompliment und Verpflichtung zugleich. Sie kurbelten los auf dem geschotterten Pfad, und obwohl ihm auf den unbefestigten Wegen ein wenig Fahrpraxis fehlte, kam er ganz gut mit. Natürlich ging es bergauf; wenn man in diesem Bergpark irgendein Ziel erreichen wollte, ging es immer bergauf, auf verschlungenen Wegen, an denen uralte Bäume standen, über Wasserkanäle und vorbei an kleinen Teichen und Tümpeln und bizarren Felsformationen.

Sie hatten bisher kaum miteinander gesprochen, und er fragte sich, wie es nachher weitergehen sollte und an welchen Ort sie ihn führte. An einem schönen Abend und in dieser verwunschenen Gegend musste man alle Möglichkeiten in Betracht ziehen. Mit Ellen beispielsweise hatte er sich über Themen wie Sex in der freien Natur keine Gedanken, oder besser, keine Hoffnungen machen müssen, aber mit Ellen hatte er sich auch nie mit dem Mountainbike einen Pfad hochgequält.

Die Strecke erforderte es, dass er sich wieder aufs Fahren und auf das Sortieren seiner siebenundzwanzig Gänge mit den Hebeln an der rechten und linken Lenkerseite konzentrieren musste. Das erübrigte sich bald, da er nach fünf Minuten nur noch einen Gang brauchte, und zwar den kleinsten. Julia vor ihm trat leicht in die Pedale, sah sich aber ab und zu um und korrigierte ihr Tempo ein wenig nach unten.

Wenn man sich ganz hochkämpfte, erreichte man das Oktogon, wo, auf einem Sockel und weithin sichtbar, der acht Meter hohe kupferne Riese stand, der über die Stadt wachte. Rimbach war bisher nur zwei Mal dort gewesen, ein Mal mit einigen Bekannten, die ihn mit dem Auto mitgenommen hatten, aber da war es Nacht gewesen und er betrunken, weswegen er nicht viel gesehen hatte. Ein andermal war es eine Wanderung mit seiner Abteilung gewesen, und Rimbach hatte keine Ahnung gehabt, dass es so steil hochging, und musste sich, als er nach fünfundvierzig Minuten schweißgebadet und völlig außer Atem oben ankam, die Lästereien von Krüger und Salewski anhören, die mit dem Taxi vorgefahren kamen.

Ein weiterer Versuch vor zwei Jahren, als er das Mountainbike angeschafft hatte, war schon im Ansatz gescheitert, doch diesmal packte er es. Als sie den Riesen passiert hatten, schwenkte Julia in einen schmalen gewundenen Pfad ein, einen sogenannten Single Trail, wie er später erfuhr, auf den sich zu dieser Stunde kein Spaziergänger oder Wanderer mehr verirrte.

Nach einigen weiteren Minuten, in denen es bergauf ging, erreichten sie eine winzige Lichtung, die zur Stadtseite hin, wo der Weg steil abfiel, mit einem Holzgeländer gesichert war. Endlich hielt Julia an und stellte das Rad an einem Baum ab, und Rimbach tat es ihr nach. Sie gingen ein paar Schritte und lehnten sich über das Geländer, von wo aus man einen phantastischen Blick auf die Stadt hatte, die, nach allen Seiten von Wald umgeben, unten im Tal lag.

»Das ist sagenhaft«, sagte Rimbach, »so hab ich das noch nie gesehen. Du wolltest also einen Ignoranten wie mich mit einem Schlag von der Stadt und dem Park und dem Mountainbiken überzeugen. Ist dir fast gelungen.«

Sie lächelte ein wenig, als er es gesagt hatte, wurde aber gleich wieder ernst.

»Ich muss dir was sagen, Ralf«, antwortete sie und sah ihn an. »Ich will auch nicht lange drum herumreden. Versteh mich jetzt nicht falsch. Es war ein schöner Abend gestern, aber was dann am Schluss passiert ist, das hätte einfach nicht passieren dürfen. Es ...«

Rimbach wendete seinen Kopf ab und schaute starr hinunter auf die Stadt, er hörte schon nach dem dritten Satz kaum noch hin, weil er wusste, was jetzt kam: Dass es nicht so weit hätte kommen dürfen, sie war halt wütend auf Tommsen gewesen, und sie und Rimbach hatten ja auch ein bisschen was getrunken, und da passierte auch mal so eine Kurzschlusshandlung, aber sie musste Tommsen ja wenigstens noch eine Chance geben und rauskriegen, ob das gestern nicht so was wie Verzweiflung war oder eine Abstrafung, und sie fühlte sich Tommsen gegenüber jetzt auch ziemlich mies und sei ein wenig schuldbewusst und bräuchte halt Zeit ...

Deshalb also die Mountainbike-Tour. Sie wollte es ihm nicht am Telefon sagen, und sie wollte ihn auch nicht in ihrer

Wohnung haben oder in seine kommen, deshalb hatte sie die Tour gewählt, neutraler Boden, damit erst gar keine Vertraulichkeit aufkommen konnte.

Sie redete weiter in seine Richtung, und er sah weiter hinunter auf die Stadt und schnappte nur zwischendurch einige Wortfetzen auf, jetzt kam die Stelle, an der sie sagte, dass sie ehrlich zu ihm sein wollte und es für richtig hielt, das Ereignis vom Vorabend erst mal zu vergessen, auch wenn das schwer wäre, und dass sie erst mal so weitermachen sollten wie bisher, also als gute Freunde und Kollegen; jetzt fehlte eigentlich nur noch der Satz, dass sie ihn wirklich mochte, aber sich erst mal über ihre Gefühle klarwerden musste.

»Ich mag dich wirklich, Ralf«, sagte sie, »aber ich muss mir erst mal über meine Gefühle klarwerden, es ging alles so schnell …«

Sie sah ihn unsicher an, und er wusste, dass er jetzt eine Antwort geben musste. Während sie sprach, hatte er entschieden, nicht impulsiv zu antworten, und er brauchte noch ein paar Sekunden. Er wollte nicht, dass sie so etwas wie Frust und Enttäuschung in seinen Gesichtszügen ablesen konnte.

»Na ja«, sagte er schließlich, »ich hab auch Gefühle. Vielleicht bin ich in einer etwas einfacheren Lage als du. Aber ich muss mich erst mal an den Gedanken gewöhnen, so zu tun, als ob nichts passiert wäre. Versteh mich jetzt nicht falsch, aber ich glaube, das schaffe ich besser allein, also sei nicht böse, wenn ich jetzt abhaue.«

Rimbach löste sich von dem Geländer und ging zu seinem Rad.

»Du bist jetzt stinksauer, oder?«, fragte sie, und die Frage tat ihm gut und gab ihm Kraft.

»Quatsch«, sagte er und stieg auf sein Rad. »Wir machen es so, wie du's gesagt hast. Gute Freunde.« Er schaffte es, es kein bisschen ironisch klingen zu lassen, er konnte sie sogar dabei ansehen, und sie drückte fest die Hand, die er ihr hinhielt, und sah erleichtert aus.

»Meld dich zwischendurch mal«, sagte er, bevor er losfuhr, sie sagte »auf jeden Fall«, und damit war die gemeinsame Tour beendet.

Er hatte sich gut im Griff gehabt, hatte das Gefühl, alles richtig gemacht zu haben, es galt jetzt nur noch das zu bewältigen, was er vorher verdrängt hatte, und dazu konnte ein bisschen Speed nicht schaden. Rimbach trat in die Pedale, es ging leicht, denn es ging bergab. Die erste Kurve auf dem schmalen Pfad erwischte er optimal, es ging auch darum, so schnell zu sein, dass sie ihn nicht einholen konnte, falls sie zufällig den gleichen Weg nahm, und deshalb bügelte er mit fünfunddreißig Sachen die Abfahrt hinunter, das lag ihm offenbar. Die darauffolgende Kehre überraschte ihn ein wenig, er war, wie bereits erwähnt, fahrtechnisch noch nicht voll ausgereift und versuchte jetzt gleichzeitig zu bremsen und zu lenken, was fast nie funktioniert, doch er stürzte nicht und fiel auch nicht nach vorn über den Lenker, sondern fuhr lediglich ein paar Meter geradeaus in die Hagebuttensträucher.

Er hatte das Rad schon fast aus den Büschen herausgezerrt, als er sie aus dem Augenwinkel heraus sah. Sie hatte fünfzig Meter weiter oben angehalten und nestelte taktvoll am Reißverschluss ihrer Jacke, was die Möglichkeit offenließ, dass sie von dem Vorgang gar nichts mitbekommen hatte. Bis auf eine Schramme von einem Zweig an der linken Backe und einen Riss in seiner Jacke war ihm nichts passiert, und so stieg er wieder auf, fuhr los und fluchte im Stillen ein bisschen über die Stadt und den Bergpark im Allgemeinen und die Frauen im Speziellen, denn es gab eine Menge Situationen, in die man ohne sie einfach nicht kam.

Zu Hause verstaute er das Bike im Keller, zog die Klamotten aus und duschte. Dass er kurz darauf in seinem braunen Ledersessel saß und in seinem Sporttagebuch »15

Kilometer Mountainbiking, teilweise flott« notierte und als Fußnote noch »Unbedingt Helm kaufen!« vermerkte, zeigte, dass er seine Gedanken schon wieder halbwegs sortiert hatte.

Was erwartete er eigentlich, er hatte doch zu diesem Zeitpunkt schon viel mehr erreicht, als vorgesehen war. Die Beziehung Jenner–Tommsen war erschüttert, gewissermaßen schwebend unwirksam, und Julia wusste, wem sie wirklich vertrauen konnte. Und dass es am Vorabend so weit gekommen war, wie es gekommen war, ging ja schon über einen Vertrauensbeweis hinaus. Es war ein Zeichen.

Außerdem waren sie hungrig gewesen, begierig, nicht nur er, sondern auch Julia, was darauf hindeutete, dass der Sex mit Tommsen auch nicht mehr so häufig stattfand oder, was wahrscheinlicher war, nach dem Muster der Special Workouts in dem Lifestyle-Heft ablief, das er damals gekauft hatte: mit Stellungswechsel im Dreißig-Sekunden-Rhythmus und gemeinsamem Orgasmus nach Workout acht oder zwölf, je nach vorheriger Vereinbarung. Kein Grund zur Sorge also für Rimbach.

Sie wusste jetzt, dass er über seine Beratertätigkeit hinaus auch verletzbar war und Gefühle hatte. Er würde sich einen ordentlichen Mail-Text für den nächsten Tag überlegen, in dem er ihr Zeit geben würde, und dann war sie am Zuge. Er brauchte jetzt nur Geduld. Und eine schlüssige Erklärung für die Schramme an seiner Backe für Krüger und Salewski.

```
An: Julia Jenner
Betreff: Vorschlag

Ralf Rimbach löscht alle unrealistischen
Erwartungen und unterschwelligen Besitz-
ansprüche an Julia Jenner von seiner priva-
ten Festplatte. Es verbleiben: Aufrichtig-
keit und Verbundenheit.
```

Julia Jenner akzeptiert den Vorschlag. Sie verpflichtet sich, bei der Klärung ihrer persönlichen Angelegenheiten bezüglich Ralf Rimbachs keine Kompromisse einzugehen oder falsche Rücksichtnahme zu zeigen, pflegt aber weiterhin einen offenen und freundschaftlichen Umgang mit ihm.
Ein Freund

Das war großherzig, wenn man mal davon absah, was er tatsächlich unter dem Namen Conquest auf seiner privaten Festplatte gespeichert hatte (und keinesfalls zu löschen gedachte). Rimbach hatte am Vorabend etwa zwei Stunden an dem Text gebastelt, bis er ihn spontan genug fand, und schickte die Mail am Freitagmorgen gegen zehn Uhr von seinem Account bei der Arbeit auf die Reise. Ihre Antwort kam keine fünf Minuten später und bestand aus einem Wort:

Danke.

Und dann war Funkstille. Eine Woche, zwei Wochen und länger. »Wenn du erst mal zwanzig Zentimeter tief dringesteckt hast in einer Frau, dann kannst du den Schwachsinn vom Gute-Freunde-Bleiben vergessen«, hatte Krüger mal gesagt, als Salewski vor Jahren unverbindlich was mit einer Kollegin vom Einkauf angefangen hatte, und er hatte recht behalten. Der Versuch Salewskis, zurückzurudern und die Angelegenheit diskret zu beenden, endete damals in einem Getöse, das über die Flure mehrerer Fachbereiche zu hören gewesen war und Gesprächsstoff für Wochen bot.

Bei Rimbach lag der Fall natürlich anders. Es bestand eine Übereinstimmung, nach der er sich selbst verpflichtet hatte, sich im Hintergrund zu halten, und es war daher normal, dass es im Moment keine größeren Berührungspunkte gab. Dienstlich hatten beide in ihren Abteilungen genug zu tun, darüber hinaus gab es keine Mail- und Telefonkontakte. Sie gingen sich, möglicherweise unbewusst, aus dem Weg. Zwei oder drei Mal sah er sie flüchtig beim Mittagessen, ohne dass ein Gespräch zustande kam.

Es war Mitte Juni geworden, das Wetter war mild, und Rimbach hatte die Laufschuhe angezogen und war unterwegs. Mittlerweile schaffte er die fünf Kilometer in gut dreißig Minuten, ohne sich völlig dabei zu verausgaben, und weil ihm das größte Laufmagazin der Welt geraten hatte, erst einmal die Strecke zu verlängern, bevor er zu sehr am Tempo herumbastelte, wurden seine Läufe immer ausgedehnter.

Er dachte nach. Es schien so, als hätte das, was sich vor ein paar Wochen bei Julia abgespielt hatte, ihn in seinen Eroberungsplänen eher zurückgeworfen. Julias Beziehung zu Tommsen war zu diesem Zeitpunkt ja bereits gestört gewesen, und vielleicht hätte sie Schluss gemacht mit ihm, aber danach hatte sie sich schuldig gefühlt, sie hatte ihn ungerecht behandelt, betrogen sogar, so musste sie es empfunden haben, obwohl Rimbach der Meinung war, dass der Sex auf Julias hellem Schurwollteppich (Rimbach nannte es mittlerweile gedanklich ganz neutral den »Teppichvorgang«) höhere Gewalt gewesen war und keine Schuld nach sich ziehen konnte.

Dass sie sich länger nicht gemeldet hatte – seit ihrer Mail, die aus einem Wort bestanden hatte, waren drei Wochen vergangen –, deutete darauf hin, dass es sich zwischen ihr und Tommsen wieder eingerenkt hatte. Dafür gab es noch weitere Anzeichen. Rimbach war abends einige Male zufällig mit dem Cooper durch ihre Straße gefahren und hatte festgestellt, dass, statistisch gesehen, in drei von fünf Fällen Tommsens BMW vor ihrer Wohnung stand. Das, so fand er, war eindeutig zu viel.

In diesem Zusammenhang quälte ihn hin und wieder (und auch jetzt) die Frage, ob Julia alles gebeichtet hatte. Der Gedanke, dass Tommsen Bescheid wusste über den Teppichvorgang, gefiel ihm gar nicht, auch im Hinblick auf eine mögliche Begegnung zwischen ihm und Tommsen, der er mit einer gewissen Beklommenheit entgegensah.

Es waren ziemlich viele Komplikationen für einen einzigen Lauf, aber der Lauf war ja noch nicht mal zehn Minuten alt, und Rimbach, der gerade locker und mit gut dosiertem Tempo eine kleine Anhöhe überwunden hatte, stand erst am Anfang seiner Überlegungen. Er hatte mittlerweile festgestellt, dass die Konstellation von Puls hundertvierzig, frischer Luft und gleichmäßiger Bewegung ihn zu erstaunlichen gedanklichen Leistungen befähigte.

Eine Begebenheit aus dem vergangenen Jahr fiel ihm ein. Damals mussten sie im Konzern Tommsen holen wegen eines Software-Problems, das sie nicht allein lösen konnten. Tommsen hatte als Berater die Einführung der Software unterstützt, ihnen aber nie die vollständige Dokumentation zukommen lassen. So war es ihnen nicht möglich gewesen, den Fehler selbst zu beheben.

Es schien so, als hätte Tommsen nur darauf gewartet. »Meine Leute haben einen ganzen Tag vergeudet mit der Fehlersuche«, hatte Kron, Rimbachs Chef, zu ihm gesagt.

»Sie hätten eben gleich jemanden holen sollen, der etwas von der Sache versteht«, hatte Tommsen in seinem verdammten schwarzen Businessanzug und seinen schwarzen, zurückgekämmten Haaren, in die er immer eine Spur zu viel Gel klatschte, kalt lächelnd zurückgegeben. Er brauchte keine halbe Stunde, um das Problem zu lösen. Rimbach und Krüger standen daneben wie die Deppen.

Die Erinnerung an den Vorfall ließ ihn jetzt grinsen und machte es leichter, alles Weitere einzuordnen. Was wäre so schlimm daran, wenn Tommsen über den Teppichvorgang informiert wäre? Er hatte bei Julia ein falsches Spiel gespielt, warum sollte er nicht dafür mit einer kleinen Demütigung bezahlen? Und außerdem: Tommsen hatte ihn nie für voll genommen. Jetzt, wo er vermutlich alles wusste, waren sie auf Augenhöhe.

Auch die Vorstellung, dass Julia wieder mit Tommsen zusammen war und vermutlich unter einem Dach mit ihm lebte, verlor ihren Schrecken, wenn man ihren wahren Beweggrund sah: Es war Mitleid, sonst nichts, und das war nun wirklich deprimierend. Allerdings nicht für ihn, sondern für Tommsen.

Rimbachs Lauf ging zu Ende. »Es heißt, ihr lauft vor euren Problemen davon«, hatte Krüger vor kurzem festgestellt. »Für mich klingt das logisch. Wer läuft schon freiwillig. Ihr seid Verfolgte.«

Es war schwer möglich, einen Nichtläufer von solchen Gedankengängen abzubringen, denn die Wirklichkeit war ähnlich und doch ganz anders. Während eines Laufes wurde ein Problem mit zunehmender Dauer meistens kleiner, oder, besser gesagt, es wurde immer klarer, dass es gar kein Problem gab. Und dieses Gefühl hatte Rimbach auch an diesem Abend, als er nach acht Kilometern gut erholt am Parkplatz ankam.

Eine Woche später gab es die nächste Änderung in seinem Leben. Kron überbrachte ihm die Nachricht, dass Rimbach den Job als Teilprojektleiter in dem neuen Großprojekt Enterprise bekommen hatte, und leitete ihm die entsprechende Mail weiter. Ziel des Projekts war die Schaffung einer Plattform, die den Mitarbeitern aller Konzernstandorte – insgesamt über vierzehntausend – den Zugang zu Lernprogrammen, Lösungsansätzen alltäglicher Probleme und die Möglichkeit zum Informationsaustausch und noch einigem anderen mehr geben sollte.

In einem ersten Schritt ging es darum, die Anforderungen zu sammeln, wofür ihm in jeder Konzernniederlassung ein

Mitarbeiter zuarbeiten würde, dann war einiges an Überzeugungsarbeit zu leisten, um die Geschäftsführer und Personalleiter der Standorte von der Notwendigkeit der Maßnahmen zu überzeugen (denn natürlich würden auch Kosten entstehen), und danach konnte man sich detailliert mit der notwendigen Software befassen.

Das sah nach viel zusätzlicher Arbeit aus, war aber genau die Möglichkeit, sich zu profilieren, die er gesucht hatte. Es lief alles so, wie es in Conquest geplant war, und einen Moment lang genoss er seine neue Situation. Er hatte sich gegen mehrere Mitbewerber durchgesetzt, er hatte Profil. Jetzt würde sie sehen, dass man ihn ernst nehmen musste, dass er unabhängiger war als Tommsen, der Kompromisse eingehen musste wegen ihr.

»Müssen wir dich jetzt mit ›Teilprojektleiter‹ ansprechen?«, fragte Salewski einen Tag später, als es sich herumgesprochen hatte. »Wie kommt man zu solch einem exklusiven Titel?«

»Indem man sich bewirbt«, sagte Rimbach

»Dein Ruhm wirft seine Schatten schon voraus«, erklärte Krüger. »Kron war heute Morgen hier und hat wirres Zeug geredet. Irgendwelche Andeutungen, dass wir ein bisschen zusammenrücken müssen und aushelfen sollen, falls der Teilprojektleiter überlastet ist und sein Tagesgeschäft nicht auf die Reihe kriegt. Also auf Deutsch gesagt, sollen wir einen Teil deiner Arbeit mitmachen.«

»Na also«, sagte Rimbach. »Da könnt ihr ja direkt noch was lernen.«

»Schöne Aussicht«, sagte Krüger. »Hast du schon Visitenkarten drucken lassen? Textvorschlag: R. Rimbach, Teilzeit-Supportmitarbeiter. Qualifikation: drei Semester Informatik. Besonderheit: Läufer.«

»Wirst du jetzt auch so Anzüge tragen wie Tommsen?«, fragte Salewski.

Rimbach erkannte, dass es im Moment wenig Zweck hätte, weitere Antworten zu geben, aber die Reaktion von Krüger und Salewski zeigte ihm, dass er auf dem richtigen Weg war.

»Ich glaube, bei euch piept der Palm«, sagte er nur und wendete sich wieder seinem Bildschirm zu.

Es war nicht so, dass er nie an sie dachte. In einer Mail von der Zentrale in Hamburg war die Bedeutung von Enterprise allen Mitarbeitern erläutert worden, und die einzelnen Projektleiter waren kurz vorgestellt worden, darunter auch Rimbach. Sie konnte es eigentlich nicht übersehen haben, weshalb er eine Woche lang (vergeblich) seine Mails im Drei-Minuten-Takt auf eine Reaktion von ihr kontrollierte.

Der Name Jenner ließ ihn selbst in seiner Freizeit nicht los. Als er an einem Montagabend Ende Juni den lokalen Sportteil aufschlug, den er sonst ignorierte, sprang ihm die Schlagzeile auf der dritten Seite ins Auge: »Jenner reißt Milsen raus«, stand in Großbuchstaben über dem Artikel, daneben ein großformatiges Bild: Jago in voller Bewegung mit dem Ball am Fuß, nach vorn blickend, langes wehendes Blondhaar, hager, jede Muskelfaser an Armen und Beinen zeichnete sich ab, und der Blick war bei aller Dynamik, die das Foto zeigte, eher ruhig, fast gelassen wie damals, als er ihm im Flur begegnet war. Das Bild war untertitelt mit: »Jago Jenner: Lenker und Vollstrecker beim MSC«.

Der Artikel ging über die ganze Seite, auch Jo wurde erwähnt, Julias älterer Bruder, der, wie es hieß, das »Abwehrbollwerk« organisiert hatte. Sie spielten in Milsen, und sie waren offensichtlich beide eine große Nummer. Jetzt wurde ihm langsam klar, warum sie sich in der Gegend so gut auskannte, als sie das Haus besichtigt hatten.

Der Vollständigkeit halber ging er im Internet noch mal ins Sportarchiv der Lokalzeitung, gab den Namen ihres Großvaters, »Reto Harms«, ein, den sie an ihrem gemeinsamen

Abend erwähnt und den er sich gemerkt hatte, und wurde schnell fündig. »Jubiläum für Reto Harms (73): zum 10. Mal Bezirksmeister im Kugelstoßen in seiner Altersklasse«, lautete eine Meldung aus dem letzten Herbst. Das Bild zeigte einen Recken mit grauem Haar und breiter Brust in einem dieser ärmellosen Leichtathletikshirts, in denen Rimbach aufgrund seines Armumfanges wie ein Spargel-Tarzan wirken würde.

12

Es war schon seltsam, dass sie sich jetzt seit über vier Wochen nicht gemeldet hatte. Er war eisern seinem Vorsatz gefolgt, nicht den ersten Schritt zu machen und bei ihr anzurufen. Es sollte nicht so aussehen, als würde er hinter ihr herlaufen. Natürlich zog er Conquest durch wie geplant, das Projekt ging gerade erst in die zweite Phase, für die er immerhin eine Laufzeit von mehr als einem halben Jahr eingeplant hatte.

Aber er hätte mal wieder ein Zeichen von ihr gebrauchen können. Und dass Krüger sie händchenhaltend mit Tommsen im Dubliners gesehen hatte, war nicht gerade das, was er sich darunter vorstellte. Es musste irgendeinen Grund geben, Kontakt zu ihr aufzunehmen, und sei es nur, um ihre Stimme mal wieder zu hören. Er weigerte sich, es Sehnsucht zu nennen. Sie sollte einfach wahrnehmen, dass es ihn noch gab.

Es war der Zufall, der ihm half, zusammen mit der in den letzten Monaten gewonnenen Erkenntnis, dass es möglich war, mit Gewinn ein Buch zu lesen. Er hatte einen neuen Roman von Håkan Nesser angefangen, er kam ganz gut damit zurecht, es war Spannung in Verbindung mit richtiger Literatur. In dem Buch kam ein ziemlich mieser Typ vor, der einen Mörder erpresste und seine Erpresserbriefe immer mit »Ein Freund« unterschrieb. Rimbach dachte sich zuerst nichts dabei, bis ihm einfiel, dass er seine letzte Mail an Julia, vor vier Wochen, ebenfall mit »Ein Freund« unterschrieben hatte. Wenn sie das Buch kannte, dann konnte das schon missverständlich sein, denn in diesem Zusammenhang bekam die Floskel ja eine ganz andere Bedeutung.

Jedenfalls ging es als Grund durch, mal bei ihr anzurufen.

Als Krüger am nächsten Tag kurz das Büro verließ, wählte er ihre Nummer.

»Jenner.« Ihre Stimme. Allein ihre Stimme zu hören, zog ihn schon halb vom Stuhl.

»Hi, hier ist Ralf«, sagte er. »Ist mir fast ein bisschen peinlich, warum ich anrufe. Ich hab dir doch neulich eine Mail geschickt, die mit ›Ein Freund‹ unterschrieben war. Und am Wochenende hab ich ein Buch von Håkan Nesser angefangen, da schreibt jemand Briefe …«

Sie lachte (sie lachte übrigens wie keine andere). »Das Buch kenn ich. Aber ich hab, ehrlich gesagt, nicht gedacht, dass du es kennst, deshalb hab ich's auch nicht als Zweideutigkeit aufgefasst.«

»Das beruhigt mich. Wirklich. Ich wollte dich schon die ganze Zeit mal anrufen«, (das war gelogen), »aber ich krieg es im Moment zeitlich nicht auf die Reihe.«

»Ich hab's gelesen, du steigst groß ein. Und bringst den Konzern intellektuell auf Vordermann.«

»Anderes Thema bitte«, sagte Rimbach, »mit Enterprise nerven mich Krüger und Salewski schon genug. Du kennst jetzt alle Neuigkeiten von mir, also erzähl was von dir.«

»Ich will nicht lange drum herumreden«, sagte sie, als wenn sie das jemals getan hätte. »Wahrscheinlich hast du's ja schon mitgekriegt. Es hat sich halt so entwickelt, dass ich Tommsen noch mal eine Chance gegeben hab, und es funktioniert auch ganz gut. Aber ich bin richtig froh, dass du mal anrufst, ich hab nämlich gekniffen, weil ich nicht so richtig wusste, wie du reagieren würdest.«

»Kein Problem, mir geht's gut«, sagte Rimbach, »und ich find's wichtig, dass es dir gutgeht. Also noch mal – anderes Thema bitte, ich bin für alles offen: die Vorzüge der Bewegung in der freien Natur, Informationstechnik im Wandel der Zeit und sogar Literatur, wie du gemerkt hast.«

Sie schwieg ein paar Sekunden. »Ich wüsste ja was«, sagte sie. »Aber ich bin mir nicht sicher, ob ich das von dir verlangen kann. Katrins Computer spinnt in letzter Zeit immer mal rum, und sie nervt ziemlich, weil ihr keiner von uns weiterhelfen kann. Ich hab von Anfang an dich gedacht, aber mich nicht getraut …«

»Wo ist das Problem?«, fragte Rimbach.

»Das Problem ist, dass du mit zu meinen Eltern kommen müsstest, und das kostet ja deine Zeit, und man kommt manchmal auch schwer wieder weg von ihnen …«

»Wo ist das Problem?«, fragte Rimbach noch mal, der kaum glauben konnte, was er hörte. »Ich bin froh, mal rauszukommen. Also: Du rufst an, und es geht los.«

»Klasse«, sagte sie. »Ich find's wirklich toll, dass du dich gemeldet hast …«

Kurz nach dem Gespräch fand Krüger ihn zurückgelehnt in seinem Bürostuhl sitzend, die geballten Fäuste nach oben gereckt und mit euphorischem Gesichtsausdruck an die Decke starrend. Die Erklärung dafür blieb Rimbach ihm schuldig, er wollte sich noch ein bisschen von der Welle tragen lassen, die ihn gerade erfasst hatte. Er hatte sie überzeugt. Das Gespräch hatte ihr gezeigt, dass sie ganz zwanglos miteinander umgehen konnten, genauso unbeschwert wie vor dem Teppichvorgang. Sie hatte ihn erkannt, sie wusste, wer er war. Ein Freund.

Es lohnte sich manchmal, die Initiative zu ergreifen. Rimbach war wieder im Geschäft.

Ein paar Tage später, am Freitag, rief sie an. Erklärte ihm, dass es ihr eigentlich nur Samstag richtig gut passen würde und dass er sich auf keinen Fall genötigt fühlen sollte mitzukommen und ehrlich sagen sollte, wenn er schon was anderes geplant habe oder es ihm zu kurzfristig sei. Er hatte nichts anderes geplant.

»Aber diesmal fahre ich. Ich hol dich ab, gegen sechs Uhr«, sagte sie.

Die Hitze schlug ihm entgegen, als er an diesem Tag die klimatisierten Räume des Konzerns verließ. Er freute sich darauf, endlich mal unbeschwert loslaufen zu können, und stieg zu Hause sofort in seine Laufklamotten. Er würde diesmal direkt von seiner Wohnung aus starten (das größte Laufmagazin der Welt hatte ihm Abwechslung empfohlen), einen optimalen Weg zum Wald hatte er mit dem Mountainbike bereits erkundet.

Es war fünfzehn Uhr, und als er die Laufschuhe schnürte, betrug die Temperatur dreißig Grad im Schatten, wenngleich es eigentlich gar keinen Schatten gab. Doch das konnte ihn nicht bremsen. Er nahm ein paar ordentliche Schlucke Wasser und trabte, umhüllt von der Wärme des Sommertages, gemütlich los. Kurze Zeit später hatte er die Wohnanlage verlassen, jetzt ging es noch einen halben Kilometer die Hauptstraße entlang. Unten vor der Ampel überholte er Krüger, der schwer atmend in seinem Wagen saß und sich an die Stirn tippte, als er Rimbach erkannte.

Zwei Nebenstraßen weiter passierte er die Garageneinfahrt des Kollegen Kunkel aus der Personalabteilung, der ebenfalls Feierabend hatte. Kunkel war gerade dabei, die Nummernschilder seines Wagens abzuschrauben.

»Na, willst du die Karre verkaufen?«, rief Rimbach ihm im Vorbeilaufen zu.

»Nein, polieren«, rief Kunkel zurück. »Und unterm Nummernschild komm ich doch sonst nicht ran …«

Alles klar, dachte Rimbach. Es war abwechslungsreich, mal hier langzulaufen. Im nächsten Garten sah er einen dicken Mann, der mit glänzenden Augen eine Steinmauer mit einem Hochdruckreiniger bearbeitete. Wasserverschwendung, dachte er und lief weiter. Er war noch keine zehn Minuten unterwegs und hatte wieder etwas Wichtiges begriffen: Ihm war klargeworden, warum die meisten Leute keine Zeit zum Laufen hatten.

Die nächste Begegnung war erfreulicher. An der letzten

Ampel, bevor er die Stadt verließ, lächelte ihm, spärlich bekleidet, von einer Litfasssäule das unglaubliche Triumph-Model entgegen, und Rimbach lief ganz langsam auf sie zu und freute sich, dass er sie endlich einmal in aller Schärfe betrachten konnte. Aus gegebenem Anlass schweiften seine Gedanken kurz ab zu Julia Jenner, und mit diesem schönen Eindruck ließ er die Stadt, den Alltag und die Arbeitswoche hinter sich.

Das Rauschen eines Zuges verklang in der Ferne. Rimbach bog ab auf einen Feldweg, der zum Wald hochführte, lief zwischen Apfelbäumen in kniehohem Gras. Ihm fiel auf, dass es bis auf gelegentliches Rascheln im Gras oder das Singen der Vögel vollkommen still war, dass kein Motorengeräusch zu hören war, kein Lärm von Baumaschinen, nicht mal das Summen der Drähte der Hochspannungsleitungen.

Rimbach überließ sich der Hitze und Stille, er roch das Harz frisch geschlagener Fichten und lief einige Minuten nur so vor sich hin, bis er Gesellschaft bekam. Aus einem Seitenweg im Wald tauchte wie aus dem Nichts ein Läufer auf, holte ihn mühelos ein und setzte sich neben ihn. Es war Harri Decker, Bezirksmeister im Crosslauf, wie er mit einem Seitenblick erkannte. Rimbach wusste, dass er öfter hier trainierte, und er wusste auch, dass Decker die Hitze nicht besonders mochte.

»Wie wär's mit 'nem schnellen Kilometer?«, fragte Decker ihn unvermittelt.

Rimbach überlegte nicht lange, er hatte sich bis hierher geschont und war gut warmgelaufen. »Kein Problem«, sagte er, drückte die Stoppuhr, und ab ging die Post.

Decker machte das Tempo, Rimbach hielt mit, hing zäh und verbissen an seinen Fersen, und nach neunhundert Metern an einem kleinen Anstieg, sein Puls tobte mittlerweile bei hundertachtzig, schob er sich neben Decker und hängte ihn auf den letzten Metern ab.

Decker verschwand so plötzlich, wie er gekommen war,

und Rimbach schaute kurz auf die Stoppuhr. Sie hatten keine dreieinhalb Minuten für den Kilometer gebraucht, und das war, wie er inzwischen wusste, ganz schön schnell.

Rimbach dampfte. Er lief jetzt wieder gemächlich und genoss den Schutz vor der Sonne und die Ruhe, die der Wald ihm bot. Kein Hund und kein Herrchen, einzig ein Wanderer begegnete ihm noch auf den nächsten Kilometern, der ihn mit nach oben gerecktem Daumen grüßte.

Er ließ den Wald hinter sich und machte sich auf den Rückweg. Auf dem Feldweg, der zur Landstraße hinunterführte, übte ein Mensch auf einem Quad das Geländefahren. Rimbach bewunderte den Mut der Quad-Fahrer, es waren immerhin meistens Erwachsene, die sich auf ihren kleinen vierrädrigen Vehikeln in die Öffentlichkeit wagten. Eins wusste er jedenfalls genau: Wenn die sagenhafte Triumph-Frau die Wahl hätte zwischen ihm und dem Quad-Fahrer, würde sie sich für ihn, Rimbach, entscheiden.

Mit dieser beruhigenden Gewissheit verließ er den Feldweg und lief den letzten Kilometer an der Straße entlang nach Hause. Auf der Landstraße näherte sich ein Rennradfahrer, kurbelte kraftvoll und gleichmäßig sein Pensum herunter. Er sah durchtrainiert aus, muskulös und sehnig, und Rimbach wusste, dass er lange unterwegs sein würde, mindestens zwei-, dreimal so lange wie er selbst, ein Athlet in gleißender Sonne auf einem endlosen Asphaltband. Rimbach hob die Hand, als sie sich begegneten, der andere grüßte zurück.

Als Rimbach die Stadt wieder erreicht hatte, ging sein Lauf bei dreißig Grad im Schatten nach etwas über einer Stunde zu Ende, und er war kurzweilig gewesen. Okay, das Duell mit Harri Decker hatte nicht wirklich stattgefunden, Rimbach kannte niemanden, der so hieß, und er schaffte den Kilometer auch nicht in dreieinhalb Minuten, aber bei einem langsamen Lauf in großer Hitze passierte es schon mal, dass die Phantasie mit ihm durchging und ihm die eine oder andere Geschichte einfiel.

Langsam trabte er noch die letzten Meter, ließ sich kurz auf der Bank nieder, die in der Straße kurz vor seiner Wohnung stand, und streckte die Beine aus. Sein Haar triefte vor Schweiß. Tropfen rannen von seinem Kinn. Sein Funktionsshirt hatte jede Funktion aufgegeben, und seine Augen starrten ins Leere. Er war verschwitzt und erschöpft, und vermutlich stank er auch ein bisschen.

Aber er war unglaublich zufrieden.

Am nächsten Tag, dem Samstag, stand er schon vor sechs Uhr auf dem Parklatz vor seiner Wohnung und wartete, bis – mit kaum zehn Minuten Verspätung – ihr merkwürdiger Wagen die Straße heraufkam. Sie stieg aus, gab ihm die Hand und lachte. Ihr Outfit, Hüftjeans und ein leuchtend rotes Tanktop, machte es ihm schwer, seine Gefühle für sie auf Aufrichtigkeit und Verbundenheit zu beschränken.

Über ihren Wagen hatte er sich schon einmal gewundert. Er fand ihn atypisch, nicht richtig einzuordnen. Es war ein Citroën Berlingo, so eine Mischung zwischen Kombi und Mini-Van, mit seitlichen Schiebetüren und einer riesigen Heckklappe.

»Geräumiger Wagen«, sagte er. »Und man hat einen guten Überblick.«

»Sag schon, was du wirklich denkst. Ich bin ja nicht blöd – du findest, der Wagen hat die Faszination einer Keksdose.«

»Ja, stimmt. Warum fährst du ihn dann?«

»Weil er praktisch ist. Man kann zum Beispiel ohne Probleme zwei Mountainbikes reinschieben. *Form follows function*, wenn du verstehst, was ich meine. Bei deinem Wagen passen vielleicht eine Fahrradklingel und ein Päckchen Flickzeug in den Kofferraum. Ist doch logisch, ein Auto wie das hier zu fahren.«

»Logisch? Du meinst mutig«, sagte Rimbach, den es beruhigte, dass es gleich ziemlich unverkrampft losging. »Wohin fahren wir eigentlich?«

»Über Land. Nach Alten-Bergen. Lehn dich zurück, in einer halben Stunde sind wir da.«

Sie fuhr zügig auf den nur schwach befahrenen Straßen stadtauswärts, und Rimbach lehnte sich zurück. Dann fiel ihm etwas ein.

»Ich freu mich wirklich, dass ich euch bei dem Computerproblem helfen kann«, sagte er. »Aber fühlt sich Tommsen da nicht irgendwie übergangen, ich meine, der ist doch eigentlich prädestiniert für so was?«

»Ich krieg Tommsen nicht so oft nach Alten-Bergen. Der Zeitaufwand, weißt du. Er hat noch achtzig Radkilometer auf dem Programm heute Abend.«

»Na super«, sagte Rimbach.

Sie fuhren tatsächlich über Land, wie sie es gesagt hatte. Es ging eine Zeitlang am Fluss entlang, und den ersten größeren Ort, den sie durchquerten, kannte Rimbach noch, doch dann wurden die Abstände zwischen den Orten immer größer und die Orte immer kleiner, dazwischen Hügel und Wald, einzig der Fluss begleitete sie fast die ganze Strecke. Irgendwo sah er ein Schild und las »Milsen 3 km«, aber sie ließen Milsen rechts liegen und bogen bald darauf in eine schmale Landstraße ein, die sich durch ein grünes Tal schlängelte.

»Ist doch schöner, als auf der Autobahn zu fahren«, sagte sie. »Wie gefällt's dir?«

»Abwechslungsreich«, sagte er.

Dann waren sie da. »Alten-Bergen« stand auf dem Ortsschild, ein Dorf mit immerhin fast fünfhundert Einwohnern, wie Julia ihm erklärte. Es gab ein paar Höfe rechts und links der Straße, einen Dorfplatz und einen Bach. Zu jedem Haus gehörte ein kleines Grundstück, und jedes Haus hatte, sofern mehrere Generationen darin lebten, einen Anbau, bei einigen war mit der Zeit noch ein Anbau an den Anbau dazugekommen. Aber es waren auch Häuser dabei, die den Anschein erweckten leerzustehen.

»Geht's hinter Alten-Bergen noch weiter?«, fragte er mehr zum Spaß.

»Nein«, sagte sie.

»Wie nein?«

»Es geht nicht weiter. Alten-Bergen ist das letzte Dorf in diesem Tal. Das gibt's in unserer Gegend öfter. Auf der Straße, auf der du reinfährst, fährst du auch wieder raus. Kein Durchgangsverkehr. Praktisch, oder?«

»Ja«, sagte Rimbach. Es gab schließlich noch mehr solche Orte auf der Welt. Er dachte an das Kleine Walsertal in Österreich, wo er als Schüler gewesen war. Oder an Kopfbahnhöfe wie in Stuttgart und München. Oder an eine Sackgasse.

Das Jenner-Haus war das letzte in der Straße, die fünfzig Meter weiter tatsächlich endete, dahinter erhob sich einer der für die Gegend typischen Basaltkegel, ein grün bemooster und mit Buschwerk bewachsener Berg.

Das Haus schien geräumig, davor stand eine wuchernde Hecke, die, wie man durch ein altes geschmiedetes Tor erkennen konnte, den Garten zur Straße hin abschirmte. Hinter der Hecke stieg eine Rauchsäule empor.

Eine Frau kam aus dem Haus, umarmte Julia und gab ihm die Hand.

»Grüß dich, ich bin Katrin.« Ihre Mutter. »Du musst mein Retter sein. Kommt rein, wir gehen gleich runter«, sagte sie und ging ins Haus. Julia grinste und machte eine Bewegung mit dem Kopf in Richtung Haus, und Rimbach folgte ihr etwas konsterniert.

Katrin war eine Überraschung. Viel kleiner als Julia, vielleicht eins sechzig, eher dünn als schlank. Lange Haare, lockig und rabenschwarz, schwarze Jeans und ein ebenfalls schwarzes, sehr knappes Shirt – bauchfrei mit zweiundfünfzig, das musste man erst mal bringen. Er hatte ihr Alter aufgrund von Julias Informationen errechnet, und sie sah keinen Monat jünger aus, als sie war.

Ihr Schreibtisch war in einem der zahllosen Kellerräume untergebracht, Rimbach setzte sich auf den Gymnastikball – es gab auch noch ein etwa dreißig Jahre altes Sofa – und fuhr den fast zehn Jahre alten Rechner hoch, was ewig dauerte. Die Festplatte war überfüllt mit unnützen Dateien, und das Ablagesystem, wenn man es überhaupt so nennen konnte, war völlig chaotisch: Katrin hatte Hunderte von Internet-Downloads lokal gespeichert, Biografien von Rockbands aus den Siebzigern lagen in einem Ordner mit mexikanischen Kochrezepten und dem Katalog mit Fan-Artikeln von Borussia Dortmund. Rimbach ging mit ihr durch, was entbehrlich war, während sie ihn genau musterte, und hatte nach zwanzig Minuten ihr Computerproblem gelöst.

»Komm mit in den Garten, da sitzen die anderen. Du musst was mit uns essen.« Katrin zog ihn am Arm durch eine Kellertür nach draußen auf die Terrasse, wo er sich ein wenig unwohl fühlte, weil irgendwie alle mit sich selbst beschäftigt schienen.

Julia lag auf einem Liegestuhl in einer sonnigen Ecke und döste. Die Männer hatten sich in der Mitte des Gartens um einen Schwenkgrill versammelt, und Rimbach versuchte, sie den Namen zuzuordnen, die er von Julia schon kannte. Da war Reto Harms, ihr Großvater, größer als Rimbach, mit einem weißen, gepflegten Bart, der im Kontrast stand zu den vollen, in allen Himmelsrichtungen vom Kopf abstehenden Haaren. Der Nächstjüngere musste Pim sein, Julias Vater, dunkel und wuchtig wie der Typ daneben, der vermutlich Julias älterer Bruder Jo war. Und Jago, der blond und ganz anders war als der Rest, hatte er ja schon gesehen.

Sie sahen auf, als er auf sie zukam. »Hallo, Leute. Nett bei euch hier draußen«, sagte er. »Schönes Fleckchen.« Sie schauten sich vielsagend an (später würde Rimbach es verschwörerisch nennen), nickten ihm zu, dann sagte Jo: »Hock dich hinne.«

»Wo?«, fragte Rimbach.

»Wo du witt«, sagte Jago, deutete auf eine Bank, die einige Meter entfernt an einem grobgezimmerten Tisch stand, und wendete sich mit den anderen wieder dem Grill zu.

Sie zeichneten sich durch eine gewisse Wortknappheit aus, und wenn sie etwas zu ihm sagten, dann in dieser seltsamen Sprache, die er kaum verstand. Krüger sprach manchmal so ähnlich, wenn er mit seiner Frau telefonierte und sich unbeobachtet fühlte. Immerhin brachten sie ihm eine Flasche Bier.

Reto Harms war überhaupt nicht zu verstehen. Julia hatte ihm damals erzählt, dass er sich im Geschichtsverein engagierte und es als eine seiner Aufgaben betrachtete, den dorftypischen Dialekt, den nur noch die Alten benutzten, zu bewahren; da er aus Oldendorf stammte, hatte er den Dialekt kurioserweise selbst erst erlernen müssen. Verwunderlich nur, dass er darüber das Hochdeutsch vergessen zu haben schien.

Rimbach beobachtete die Szenerie eine Weile, und weil er sich aufgrund der Sprachbarriere ein wenig ausgegrenzt fühlte, war er fast froh, als Katrin ihn wieder auf die Terrasse zurückzerrte, von wo aus sie die Musikanlage bediente. Sie brauchte vermutlich einen Gesprächspartner, was den Vorteil hatte, dass er selbst nicht viel reden musste. Er saß einfach neben ihr in einem Campingstuhl und hörte zu, und nach fünfzehn Minuten und einer weiteren Flasche Bier waren ihm die Hierarchien in der Familie klarer geworden.

Reto Harms war der Patriarch, er war der Älteste, er redete ihnen nicht rein, und sie respektierten ihn. Katrin redete jedem rein und versuchte ständig zu »gestalten«. Sie war irgendwann der Meinung gewesen, es würde der Familie guttun, wenn sich alle mit Vornamen ansprachen, und nach und nach hatten sich alle daran gewöhnt. Was die Vornamen betraf, hatte sie auch noch ein bisschen gestaltet, bei Pim zum Beispiel.

»Er heißt Wilhelm«, sagte Katrin. »So wurden vor fünfundfünfzig Jahren halt die Männer genannt. Aber ich hab irgendwann rausgekriegt, dass die holländische Form von Wilhelm Pim heißt, das klingt doch viel frischer.«

Ist klar, dachte Rimbach. Wahrscheinlich hat sie es rausgekriegt, weil sie früher ständig zum Kiffen nach Holland gefahren ist, da es das Zeug dort an jeder Straßenecke fast geschenkt gab. Egal, jedenfalls hatte sie es geschafft, dass zuerst die Familie, dann der Bekanntenkreis und schließlich das ganze Dorf Wilhelm nun Pim nannte. Eigentlich ein ganz witziger Name für so einen wuchtigen, dunklen Typen.

»Du hast sie ja ganz schön im Griff«, sagte er.

»Das sieht nur so aus«, sagte sie und stieß mit ihm an – sie trank wie alle außer Reto nur aus der Flasche. »Bei uns kann jeder seine Meinung sagen, wir haben eine Regel: diskutieren, kommentieren, akzeptieren. Wenn einer von uns mit einem Problem kommt oder einen Rat will, sagen alle offen, was sie davon halten. Wir reden drüber und kommentieren es, aber wir machen keinem Vorhaltungen, wenn er sich dann anders entscheidet. Jeder macht seine eigenen Erfahrungen.

Als ich mit achtzehn schwanger war, hab ich mit vielen geredet, aber alle, die eine andere Meinung hatten, wollten sie mir aufzwingen. Eigentlich hat keiner meine Entscheidung akzeptiert. Ich glaube, ich habe Jo nur aus Trotz gekriegt, weil alle dagegen waren. Aber als er da war, war ich froh.«

Jo hieß wirklich Jo, es war nicht etwa die Abkürzung vom Johannes. Jago, das klang schon exotischer. Rimbach fragte sich, ob Katrin eigentlich Katrin hieß oder ob sie sich den Namen selbst gegeben hatte. Immerhin schien nach Jago, was die Namensgebung betraf, irgendwas schiefgegangen zu sein.

»Was ist mit Julia?«, fragte er. Warum heißt Julia Julia?«

»Wieso nicht?«

»Weil das ein ganz normaler Name ist.«

»Ach so. Ihren Namen durfte Pim aussuchen.«

»Wie großzügig«, sagte Rimbach.

»Es gab einen Grund. Pim war ein bisschen angefressen, dass ich fünf Monate nach Jagos Geburt schon wieder schwanger war. Wir wollten uns das mit dem dritten Kind eigentlich in Ruhe überlegen und uns erst mal darüber unterhalten, aber unterhalt dich mal mit einem über so was, der fünfundzwanzig und ein Mann ist – das hat überhaupt keinen Zweck.«

»Und da hast du allein entscheiden?« Rimbach sah sie entgeistert an.

»Nein, nicht wirklich. Ich wusste ja, dass er es letztendlich auch wollte, und da hab ich die Entscheidung nur ein bisschen vorgezogen. Ich hatte einfach keine Lust, das Kinderkriegen auf zehn Jahre auszudehnen. Also, das Kind war nun mal unterwegs, und Pim hat ein bisschen rumgeknurrt, und zum Trost durfte er den Namen aussuchen.«

Was für ein Trost. Sie stand auf und drehte die Musik, die Rimbach schon laut genug fand, noch etwas auf, brachte zwei Flaschen Bier mit und setzte sich wieder neben ihn. *Du hast 'nen Pulsschlag aus Stahl*, sang Grönemeyer gerade und meinte seine Lieblingsstadt. Du brauchst Nerven wie Drahtseile, dachte Rimbach und meinte sich selbst.

Am Gartenzaun erschien eine ältere Frau mit einer Schürze. Als Reto zu ihr ging, redete sie in der unverständlichen Sprache laut auf ihn ein, und Reto redete noch lauter zurück.

»Oje«, sagte Rimbach. »Die ersten Beschwerden wegen der Lautstärke.«

»Nee«, sagte Katrin. »Das ist Anna von nebenan.« Katrin deutete auf ein kleines Fachwerkhaus zwei Gärten weiter. »Sie ist sechsundachtzig und wohnt allein. Hört kaum noch was. Doch beim Grillen ist sie immer dabei, das riecht sie. Sie bringt sogar jedes Mal noch was mit, Bratwürste oder so, obwohl wir eigentlich genug haben, aber das kannst du ihr nicht mehr abgewöhnen.«

Reto hatte ihr mittlerweile die Gartentür geöffnet, und während sie sich weiter anbrüllten, schlurfte Anna mit ihrem

Korb am Arm neben ihm her und setzte sich auf einen bereitgestellten Stuhl. Sie hatte offenbar einen Stammplatz.

Julia kam mit einem Teller voll gegrilltem Fleisch für Rimbach zu ihnen herüber (Katrin war Teilzeitvegetarierin, er hatte so was geahnt) und warnte ihn: »Lass dich ja nicht von Katrin vollquatschen. Und sag Bescheid, wenn dir was fehlt oder dir langweilig wird, wir fahren dann natürlich sofort los.«

»Alles okay«, sagte Rimbach, und Katrin erzählte weiter, sie war gerade bei Jago angekommen. Rimbach erfuhr, dass er irgendwann nach der Schule eine Lehre als Großhandelskaufmann abgebrochen hatte und gelegentlich noch bei der Firma im Lager arbeitete. Er hatte einen neunjährigen Sohn, Paul, die Beziehung zur Mutter war bald danach in die Brüche gegangen.

Rimbach verfolgte, wie sich Jago etwa alle neun Minuten eine Zigarette ansteckte. Dabei erfuhr er, dass die anderen richtige Berufe hatten, Jo bei der Bank, Pim bei den Stadtwerken. Von sich selbst berichtete Katrin noch, dass sie seit etwa acht Jahren eine Ausbildung zur Heilpraktikerin machte und sich nebenbei ein bisschen um Paul kümmerte. Rimbach hatte beobachtet, dass sie sich etwa alle elf Minuten eine Zigarette ansteckte.

»Ich rauch nur bei solchen Anlässen. Jedenfalls nur dann viel«, sagte sie. »Aber ich will dich jetzt nicht weiter mit den ganzen Geschichten und Namen nerven. Ich hab, ehrlich gesagt, deinen schon wieder vergessen.«

»Ralf«, sagte Rimbach.

»Ralf – das ist natürlich nicht optimal. Ein bisschen brav. Hast du schon mal an was anderes gedacht? Reiko zum Beispiel. Oder Raul. Ich werde dich Raul nennen!« Sie sagte es und legte zur Bekräftigung ihre Hand auf seinen Oberschenkel.

»Danke, gute Idee«, sagt er. »Aber Ralf ist schon okay, das reicht mir.« Sie war verrückt, so viel war klar.

Es kam Bewegung in die Gruppe am Grill. Reto rief etwas in die Runde, Rimbach verstand nur das Wort »Fußball« (dafür schien es in ihrer Sprache keinen unverständlichen Begriff zu geben), und die anderen standen auf. Reto und Jago zählten durch, überlegten kurz und kamen dann auf ihn zu.

»Kumm mo mirre«, sagte Reto.

»Was?«, fragte Rimbach

»Komm ma midde«, sagte Jago, und Rimbach beschloss, ihnen zu folgen. An den Garten grenzte ein quadratischer Rasenplatz mit zwei Toren, Rimbach hatte es zuerst für einen Spielplatz gehalten, aber die Fläche gehörte noch zum Grundstück. Rimbach sollte mitspielen, er wurde gebraucht, damit die Mannschaften aufgingen, und sollte mit Jo und Pim, der ins Tor ging, ein Team bilden. Sie spielten gegen Jago und Paul, bei denen Reto den Torwart gab.

Die Situation war ausweglos. Er hatte das letzte Mal vor fast zwanzig Jahren gegen einen Ball getreten, und die Erinnerung daran war schlimm. Doch seine Alternative in diesem Moment hieß kneifen, und das wäre noch schlimmer gewesen.

Vielleicht trat er ja gleich beim ersten Angriff in ein Erdloch und ging schwer zu Boden, und das peitschende Geräusch seiner zerreißenden Achillessehne würde seine Mannschaftskollegen überzeugen, dass diese Partie für den Spieler Rimbach beendet war. Es war ein eher unrealistischer Gedanke, wie er zugeben musste.

Nach etwa achtzig Sekunden Spielzeit hatten seine Mitspieler erkannt, dass er weitgehend talentfrei war, und versuchten deshalb, ihn möglichst wenig anzuspielen, was freilich bei nur zwei Feldspielern pro Team nicht ganz einfach war.

Rimbach gab läuferisch sein Bestes, aber dies hier war nicht sein Terrain. Seine Ballkontakte beschränkten sich auf wenige Zehntelsekunden. Immer wenn er auf Jago zulief, kam es zu einem kurzen Körperkontakt, was jedes Mal ein bisschen schmerzhaft war, und schon war er den Ball los. Selbst an dem erst neun Jahre alten Paul kam er nicht vorbei.

Einmal ließen sie ihn durchlaufen, weil Reto im Tor Unterbeschäftigung angemeldet hatte, und als er frei vor Reto stand und gerade seine Füße zum Schuss sortieren wollte, machte der Alte plötzlich einen Schritt auf ihn zu und ließ ihn voll auflaufen. Der Brustkorb des Dreiundsiebzigjährigen schien aus Eisen zu sein. Als die Partie nach einer halben Stunde beim Stand von 14:3 für das Drei-Generationen-Team Reto, Jago und Paul wegen Dunkelheit abgebrochen werden musste, hatte Rimbach nicht das Gefühl, seine Position gestärkt zu haben.

Die anderen verließen lamentierend den Platz, Rimbach lehnte schwer atmend am Pfosten und zuckte zusammen, als Reto ihn ansprach, er hatte nicht wahrgenommen, dass er neben ihm stand.

»Gugg se dä oon«, sagte er. »Glööb jo nidd, dass die alle berfeggd sinn. Jeder vonn dänen hodd sinne eechene Magge. Awwer diss hie«, (er machte eine ausladende Bewegung auf das Haus und den Garten und die Leute, die sich darin befanden), »diss hillt se zesammen. Se wissen, wo se henne jeheeren unn wo se henne genn kunn, wann's ennen nidd guttgeht. Nidd so wie bie uch mit uchem Nomadenläben.« Er zeigte auf eine Wiese neben dem Haus. »Äss ö noch inse Länd«, sagte er. »Hibscher Bauplatz.«

Bei dem Wort Bauplatz horchte Rimbach, der so gut wie nichts verstanden hatte, auf. »Bauplatz? Für wen?«, fragte er. »Wär wees?«, sagte Harms, aber Rimbach war sich sicher, dass er Julia meinte.

Nach dem »Gespräch« landete er wieder auf der Terrasse, wo er noch eine fast volle Flasche Bier stehen hatte, die er mit einem Zug leerte. Es war noch mild draußen, und er schaute sich um. Weiter hinten am Ende des Gartens, wo das Feld begann, konnte man die Umrisse einiger Weiden erkennen, die an dem Bachlauf standen, und in den Pausen zwischen zwei Musikstücken hörte man das Zirpen der Grillen.

Er beobachtete die anderen. Sie hatten ein Feuer im Schwenkgrill entzündet. Reto und Anna von nebenan saßen am Tisch und fachsimpelten, Pim lag auf einer Liege und machte einen tiefenentspannten Eindruck. Julia stand zwischen ihren Brüdern und Paul am Feuer, hatte eine Flasche Bier in der Hand, sie schubsten sich ein bisschen herum, redeten mit Händen und Füßen und lachten. Hin und wieder hörte er ihre Stimme heraus und sah ihr Gesicht im Schein der Flammen aufleuchten, aufmerksam, lebhaft und zugleich gelöst. Versonnen leerte er die nächste Flasche.

»Hier«, sagte Katrin und gab ihm ein Glas. »Da brauchst du nicht so viel Flüssigkeit in dich reinzuschütten.« Sie hatte irgendwas zusammengemischt, Whisky und Cola mit Eis, so eine Siebziger-Jahre-Mischung, aber es schmeckte nicht schlecht, kurz und schmerzlos, das passte zu seiner Stimmung.

Er trank noch ein paar Gläser. Später kam noch Jos Frau vom Aerobic-Kurs, ebenfalls in guter Stimmung, und tanzte mit Katrin, und dann, gegen zwölf, waren alle auf der Terrasse versammelt. Es lief Musik von den Stones, mehr als laut. Rimbach war noch nicht geboren, als die Lieder geschrieben wurden, und als Katrin sich zu den Klängen von »Let's Spend The Night Together« mit zuckendem Oberkörper auf ihn zubewegte, hatte er kurz die beklemmende Vision, dass im Moment die Wahrscheinlichkeit größer war, eine Nacht mit Katrin anstatt mit Julia zu verbringen, aber er ließ dieses Gefühl nur eine Sekunde lang zu.

Er merkte, dass er nicht mehr lange durchhalten würde. Er sah noch, wie Katrin um Pims Hals fiel, wie ihre Füße vom Boden abhoben und Pim mit ihr am Hals durch die Gegend lief, als spürte er ihr Gewicht gar nicht.

Das Letzte, an das er sich erinnerte, war, dass ihm jemand ein Glas hinhielt und dass ihm schon bei dem Anblick schwindlig wurde. Angeblich hatte er noch mit den Armen gerudert und »Gutt so« gesagt, dann hatten sie ihn auf das Sofa in Katrins Arbeitszimmer verfrachtet, wo er bis in den späten Morgen schlief.

Auf der Rückfahrt saß er ein wenig zusammengesunken neben Julia und versuchte, seine Gedanken zu ordnen. Julia hatte ihn irgendwann geweckt und mit ein paar Tassen Kaffee wieder zurück ins Leben gebracht. Die anderen waren lange vor ihm aufgestanden, er hatte keinen von ihnen mehr gesehen, was er nicht allzu sehr bedauerte.

»Tut mir leid, dass du meinetwegen gestern nicht nach Hause gekommen bist«, sagte sie, »ich hab gar nicht gemerkt, wie schnell die Zeit vergangen ist, und dann wollte ich es auch nicht mehr riskieren, zu fahren.«

»Ist schon okay, ich hätte mich ja auch mal bemerkbar machen können, solange ich dazu noch in der Lage war ...«

»Hoffentlich hast du dich nicht zu Tode gelangweilt. Warum bist du nicht mal zu uns rübergekommen ans Feuer?«

»Bin gut unterhalten worden auf der Terrasse. Und ich hatte auch ein bisschen das Gefühl, dass deine Brüder nicht unbedingt auf mich gewartet haben.«

»Das täuscht. Sie fallen halt nicht gleich jedem um den Hals, aber im Grunde sind sie ganz friedlich.«

Zu dir vielleicht, dachte Rimbach. Dann fiel ihm ein, was sie mal über Jago gesagt hatte, im Büro. »Was ist mit Jago? Hast du nicht mal gesagt, er braucht dich vielleicht noch oder so ähnlich?«

»Ich weiß nicht so genau, wie ich dir das erklären soll. Jago geht ein bisschen fahrlässig mit sich um.«

»Du meinst seinen Lebenswandel?«

»Ja, auch. Er steht nicht gerade mit der Flasche in der Hand auf, also er braucht das Zeug nicht, um in Schwung zu kommen. Aber er geht auch selten zu Bett, ohne vorher was zu trinken. Es stagniert, aber es gehört dazu. Im Moment scheint er es noch wegzustecken.«

»Und du fragst dich, ob er das lange aushält oder wo es enden wird?«

»Schon. Aber das interessiert ihn nicht. Es redet ihm auch keiner rein, du kennst ja unseren Kodex, und außerdem hat er sowieso noch nie auf jemanden gehört. Vielleicht ein, zwei Mal auf mich, aber sonst auf keinen. Und Reto, auf dessen Meinung er vielleicht etwas geben würde, liebt ihn. So wie er ist.«

»Kann ich fast verstehen«, sagte Rimbach. »Noch was. Was ganz anderes. Ich will nicht wieder von neulich anfangen, ich stell auch nur eine Frage und wechsle dann sofort das Thema, versprochen. Nur eine Frage: Hast du's Tommsen eigentlich gesagt?«

»Was meinst du?« Sie wusste genau, was er meinte, er glaubte sogar ein feines Lächeln auf ihren Lippen zu erkennen. Sie quälte ihn.

»Du weißt schon. Unseren Ausrutscher. Das, was eigentlich nicht passiert ist. Oder nicht passieren durfte.«

»Ja. Hab ich«, sagte sie. »Ich hab mir überlegt, dass ich von ihm das Gleiche verlangen würde. Findest du das jetzt problematisch?«

»Nein«, sagte er. »Ich hab damit kein Problem, im Gegenteil: Man soll ja so was nicht unter den Teppich kehren.« Der war jetzt wirklich nicht schlecht. Noch besser war, dass sie beide drüber lachen konnten.

»Ich hab auch noch was«, sagte sie. »Ich hab Mike nicht gesagt, dass du mit in Alten-Bergen warst, er hätte das vielleicht falsch verstanden. Nur falls ihr euch mal zufällig trefft und Männergespräche führt.«

»War doch rein dienstlich. Also von mir erfährt er nichts«, sagte Rimbach. Er war mittlerweile wieder so weit, einfachere Zusammenhänge zu begreifen. Offensichtlich musste sie nicht befürchten, dass Tommsen von ihrer Familie erfahren konnte, dass er, Rimbach, mit ihr in Alten-Bergen gewesen war, was darauf schließen ließ, dass die Verbindung zwischen Tommsen und ihren Leuten nicht von großer Innigkeit geprägt war. Und das konnte ihm nur recht sein.

Die wichtige Erkenntnis für ihn war, dass er und Julia sich ganz normal unterhalten konnten, wie Freunde. Und jetzt hatten sie sogar ein kleines Geheimnis vor Tommsen. Nicht schlecht.

Am Schluss fragte sie noch mal nach dem Haus am Hang in Milsen. Er hatte geglaubt oder gehofft, dass das Thema sie inzwischen gar nicht mehr beschäftigte, und war auf die Frage nicht richtig vorbereitet. Immerhin schien es lächerlich, weiter nur vage Auskünfte zu geben oder nach Ausflüchten zu suchen, deshalb sagte er: »Es geht in die Endrunde. Ich hab ein bisschen gepokert und Kramme meine endgültige Preisvorstellung mitgeteilt, jetzt ist er am Zug. Er ruft nächste Woche zurück, dann fällt die Entscheidung.« Das war eine verbindliche Aussage, und er hoffte, dass sie einigermaßen glaubhaft rübergekommen war.

»Dann drücke ich dir die Daumen«, sagte sie und hielt an. Es war Sonntagmittag, sie waren vor Rimbachs Wohnung angekommen und verabschiedeten sich mit der Andeutung einer Umarmung. »Danke noch mal«, sagte sie. Dann stieg er aus, und sie wendete, winkte ihm noch mal zu und fuhr weiter.

Was für ein Besuch. Ein Projektpunkt, so fiel ihm jetzt ein, lautete, dass er beim Zusammentreffen mit Julias Familienmitgliedern Offenheit zeigen und »ihre Sprache sprechen« wollte. Na ja.

13

Am Montag bei der Arbeit rief sie ihn noch mal an und fragte, ob ihm der Besuch auch wirklich nichts ausgemacht habe. Der Aufenthalt in Alten-Bergen ging Rimbach in den nächsten Tagen immer wieder mal durch den Kopf, er konnte ihn nicht so richtig einordnen. Wenn man davon absah, dass sie ohne ihn die Mannschaften nicht vollgekriegt hätten, hatte ihn da eigentlich keiner gebraucht. Dass er ein wenig enttäuscht war, weil Julia nicht mehr auf ihn eingegangen war an dem Abend, schob er auf die übersteigerten Erwartungen, die er gehabt hatte.

Dienstag oder Mittwoch hatte sie ihm in der Kantine kurz zugewinkt. Donnerstag hatte er den *Kick-Off*-Termin für Enterprise erfahren (er fragte sich, warum sie es nicht einfach Auftaktveranstaltung nannten), jedenfalls würde es im September in Hamburg stattfinden. Am Freitag dann ein Hoffnungsstrahl:

Sie rief ihn an, wollte ihm ein schönes Wochenende wünschen und erzählte ihm, dass ihr Terminkalender am Wochenende randvoll sei. Und dann fiel der Satz, der Folgen haben sollte: »Vielleicht kann ich Montagabend noch mal deinen Beistand gebrauchen. Katrin hat sich jetzt doch entschieden, einen Laptop anzuschaffen, ich soll mich drum kümmern. Ich könnte einen Einkaufsberater gebrauchen, und Mike wird wahrscheinlich wieder ewig lange im Büro hängen. Ich ruf dich an, wenn was draus wird, eventuell muss ich vorher noch nach Alten-Bergen. Es kann also später werden, aber bei Gigant haben sie ja bis zehn Uhr abends auf.«

Das war alles ziemlich vage, und natürlich hatte er ihr seine Hilfe zugesagt, aber er hätte sich daran erinnern müssen, dass sie »vielleicht« gesagt hatte. Doch die Aussicht, Zeit mit ihr zu verbringen, private Zeit, war zu verlockend, und das machte den Termin in seinen Augen verbindlich und unumstößlich. Als sie bis Montagmittag nicht angerufen hatte, vertröstete er sich auf den Nachmittag, und dann auf den frühen Abend.

Um sechs wurde er unruhig und war sich gar nicht mehr so sicher, ob sie nicht ausgemacht hatten, dass er bei ihr anrufen sollte. Um sieben Uhr wählte er ihre Nummer. Es ging keiner ran, auch um halb acht und um acht nicht. Um halb neun ließ er sich nach kurzer Überlegung dazu hinreißen, in Alten-Bergen anzurufen, doch das kurze Gespräch mit Jo Jenner (»Was iss dann? Iss nidd da. Weiß nidd.«) war unergiebig und brachte ihn nicht weiter.

Irgendwann nach neun startete er den Cooper und fuhr los. Es war kühl draußen und nass, die Scheibenwischer schafften es kaum, für klare Sicht zu sorgen. Im Schritttempo fuhr er durch die Straße, in der sie wohnte. Ihr Wagen stand vor dem Haus Nummer 14, so viel konnte er zumindest erkennen, und in ihrer Wohnung brannte kein Licht. Er fuhr weiter Richtung Innenstadt, an Joes Garage und am Dubliners vorbei, doch die Partymeile war wie ausgestorben, kaum ein Mensch auf der Straße bei dem Wetter. Und dann, als er schon umkehren wollte, sah er Tommsens schwarzen BMW.

Der Wagen stand vor dem Restaurant La Provence, einem sündhaft teuren Fresstempel, den Rimbach nur von außen kannte. Er stellte den Cooper kurz im Halteverbot ab, stieg aus, tastete sich von der Seite an die Fensterfront heran, die den Blick nach innen freigab, und sah hinein.

Sie saßen an einem dieser wackligen Tische mit kunstvoll gedrechselten Beinen, auf ebenso verschnörkelten Stühlen. Weingläser auf dem Tisch, Tommsen in seinem verdammten Anzug, auch sie noch in ihrer Konzernaufmachung, in einer

Speisekarte blätternd. Kerzenschein, gepflegte Unterhaltung, großes Menü.

Es war ernüchternd. Dafür hatte er sich den Abend um die Ohren geschlagen, und nicht nur das. Er hatte Opfer gebracht in den letzten Monaten, hatte sein Leben geändert, und es hatte ihn vorangebracht. Dachte er jedenfalls. Er hatte gekämpft, war kraftvoller und dynamischer und zielstrebiger geworden, und jetzt sah er durch die Fensterscheiben eines Lokals, dessen Preise er nicht bezahlen konnte, die Frau seines Lebens in angeregter Unterhaltung mit ihrem unsäglichen Typen, während er mitten in der Nacht im Kasseler Regen stand wie ein armes Schwein.

Die Sachbeschädigung, die er an Tommsens Wagen vornahm, als er zurück zum Cooper ging, war nur halbherzig, er klappte ihm im Vorbeigehen mit einem Faustschlag den Seitenspiegel nach innen; das war nicht mal ein echter Schaden und änderte nichts an seiner Stimmung.

Julia meldete sich auch am nächsten Tag nicht (später erfuhr er, dass sie den Rest der Woche auf Dienstreise war), und Rimbach rettete seine Verstimmung ohne weiteres über den Tag. Immerhin brachte ihm der Vorfall bei seinem Lauf am frühen Abend einen neuen Rekord ein. Sein Körper verweigerte ihm den langen und gemütlichen Lauf, der geplant war, es ging von Anfang flott zur Sache auf der Fünf-Kilometer-Runde, er hielt das Tempo hoch, lief auch die kleineren Steigungen konzentriert und unerbittlich und sah nach einem langen Schlussspurt gespannt auf die Stoppuhr. Zum ersten Mal unter dreißig Minuten für die Runde – das war ein Erfolg, auf dem man aufbauen konnte. Schwer atmend stand er auf dem Parkplatz.

Ihm war klargeworden, dass er was ändern musste. Er fragte sich, was ihn gestern dazu gebracht hatte, wie ein Frühpubertierender, der die Hoffnungslosigkeit seiner Bemühungen nicht erkennt, durch die Stadt zu irren und dabei nichts zu gewinnen außer einer drohenden Erkältung. Es war sinnlos gewesen, Zeitverschwendung, die ihn nicht weiterbrachte.

Er würde es ihnen zeigen. Jago, Reto und der ganzen Bagage, die ihn nicht für voll nahm. Und ihr auch. Sie sollte sehen, was sie verpasst hatte. Wenn sie Tommsen wollte, sollte sie ihm halt sonst wohin folgen oder, wenn das nichts brachte, in ihrem Kaff noch einen Anbau an den Anbau des Hauses setzen.

Rimbach war an einem Punkt, wo er sich nicht länger auf der Nase herumtanzen lassen durfte. Conquest hatte bisher funktioniert, aber es musste den Gegebenheiten angepasst und aktualisiert werden. Er war nicht der nützliche Idiot, der auf Abruf bereitstand, dazu war schon zu viel passiert. Schluss mit neckischen Mails und kleinen Gefälligkeiten; er musste agieren, ein Zeichen setzen, sich von Tommsen abgrenzen, seinen Weg gehen. Wenn sie was von ihm wollte, sollte sie hinter ihm herlaufen anstatt er hinter ihr.

Zu Hause wählte er die Nummer des Maklers. Kramme war noch im Büro. Und das Haus war noch zu haben.

»Meinen Sie, das Haus behält seinen Wert?«, fragte Rimbach. »Verliere ich nicht ein Vermögen, wenn ich es jetzt kaufe und bewohnbar halte und in ein, zwei Jahren wieder abstoße?«

»Das Haus wird im Wert steigen«, sagte Kramme. »Sie stehen ja ganz vorn auf der Liste, aber ich hab für Mittwoch schon wieder zwei Besichtigungstermine. Bei der Lage gibt es mittlerweile Interessenten, die sich so was als Zweitsitz suchen, zum Ausspannen. Wie ich schon sagte, es ist ein unentdecktes Juwel. Viele lassen sich täuschen von dem verwilderten Grundstück. Wenn rundherum ein bisschen aufgeräumt ist, wird man den wahren Wert des Objekts auf einen Blick erkennen. Das ist eine echte Kapitalanlage, im Gegensatz zu den fünfhundert bis tausend Euro Miete, die Sie monatlich aus dem Fenster werfen. Klären Sie alles in Ruhe mit Ihrer Bank, besorgen Sie die nötigen Unterlagen, und wenn Sie wollen, mache ich für Donnerstag einen Termin beim Notar.«

Kapitalanlage, das war der Durchbruch. Er könnte das Haus bewohnen und würde keine Miete mehr zahlen. Rundherum ein bisschen aufräumen, ganz nebenbei, solange Enterprise noch nicht richtig in Schwung gekommen war, und sich alles Weitere in Ruhe entwickeln lassen.

»Machen Sie den Termin«, sagte Rimbach.

Bereits unter der Dusche wurde ihm mulmig. Er fragte sich, ob schon mal jemand ein Haus im Affekt gekauft hatte. Andererseits erforderte es die Situation manchmal, aktiv zu werden, wenn man nicht auf der Stelle treten wollte. Das war ja der Sinn des Projektes.

Er trocknete sich ab und zog sich an und startete seinen PC. Während der Rechner hochfuhr, ging er in die Küche und beschloss, die Rekordrunde mit ein paar ordentlich belegten Salamibrötchen zu würdigen. Er hatte mittlerweile gemerkt, dass die regelmäßige Lauferei ihm ein völlig normales Essverhalten erlaubte und ihm aufwendige und zermürbende Diätmaßnahmen, die gewöhnlich in einen Rückfall mündeten, ersparte.

Zurück an seinem Computer, rief er Conquest auf, legte eine Kopie der bisherigen Version in dem Ordner »Projektentwicklung« ab und befasste sich dann mit der Aktualisierung. Er stellte fest, dass die erste Projektphase »Konzeption und Detailfestlegung« bis auf ein paar Kleinigkeiten voll gegriffen hatte. Selbst den Punkt »konsequente Zurückhaltung bezügl. körperlicher Annäherungen« konnte man so stehen lassen, wenn man den Teppichvorgang als höhere Gewalt definierte. Also brauchte Rimbach nur den Punkt »geplanten Hauserwerb vortäuschen« ändern in »Hauserwerb planen«, dann konnte man von einem gelungenen Abschluss der Phase I sprechen.

Damit befand er sich jetzt bereits im zweiten Teil des Projekts: »Übergangsphase zum neuen System«, und musste hier mit seiner Aktualisierung ansetzen. Er strich das Vorhaben, Julia zu einem Theaterevent in Hamburg zu bewegen, ebenso wie den rührseligen Passus, »Gefühle für J. deutlicher artikulieren« – sie musste sich mittlerweile über seine Gefühle im Klaren sein.

Stattdessen fügte er einen weiteren Unterpunkt ein und passte die Projektzwischenziele an:

II.2 Maßnahmenpaket zur weiteren Profilierung:

→ Kontinuität bzw. Intensivierung der körperlichen Instandsetzung durch Laufen: Gewichtsreduzierung um weitere 5 kg

→ Auftritt als Teilprojektleiter

→ Erwerb eines Hauses als Operationsbasis für alle weiteren Maßnahmen, Kostenkontrolle durch Beschränkung der Renovierungsmaßnahmen auf das Nötigste

- ▶ bei Komplikationen bzw. anhaltender Zurückhaltung von J.: J. vor die ultimative Entscheidung stellen: R. oder T.
- ▶ bei normalem Ablauf: ÜBERNAHME J. VON T.!

Das passte. Damit war die Projektphase II, die immerhin bis zum Frühjahr des Folgejahres konzipiert war, den Erfordernissen angepasst. Für die Projektphase III tauschte er noch die Bezeichnung »Wohnung R.« durch »Haus R.« aus, und dann war Conquest auf dem neusten Stand.

Die Verhandlungen mit der Bank am darauffolgenden Tag liefen gut, Rimbach hatte seit Jahren regelmäßige Einkünfte und sogar ein paar Ersparnisse, so dass die Bank ihm die Kreditsumme problemlos bewilligte. Dann ging alles ganz schnell. Am Donnerstag war der Termin mit Kramme, und als sie das Büro des Notars verließen, war Rimbach Eigentümer eines Hauses mit außergewöhnlicher Optik und unverbaubarem Fernblick bei nur leichtem Renovierungsbedarf.

Am Abend in seiner Wohnung versuchte er sich an den neuen Zustand als Hausbesitzer zu gewöhnen, und weil es nun ohnehin egal war, rechnete er kurz aus, wie sich Conquests Budget entwickelte. Aus etwa sieben Euro Benzinkosten, die für die Besichtigungstour im Mai angefallen waren (und mit der der Projektpunkt ursprünglich abgehakt werden sollte), waren über hunderttausend Euro geworden, das entsprach einer Budgetüberschreitung von knapp 1,5 Millionen Prozent. Rimbach beschloss, diese Größe nicht in den Projektunterlagen festzuhalten.

Er dachte an den heutigen Nachmittag, als er im Anschluss an den Termin zum ersten Mal allein zu dem Haus hinaufgefahren war und mit dem Schlüssel, den Kramme ihm feierlich überreicht hatte (»Sie werden es nicht bereuen«), die Tür geöffnet hatte. In dem Haus war alles unverändert, aber ihm kam alles anders vor als bei der Besichtigung, der Flur dunkler, das Wohnzimmer leerer und größer und der Garten draußen weiter und wilder.

Man hätte es beunruhigend nennen können, wenn es Conquest nicht gegeben hätte, denn darin stand schwarz auf weiß: »Erwerb eines Hauses als Operationsbasis«. Und das war nicht aus einer Laune heraus geboren, sondern ein notwendiger und folgerichtiger Projektpunkt, der seinen Zweck erfüllen würde.

14

Der Versuch, den Hauskauf bei der Arbeit eher beiläufig zu erwähnen und zur Tagesordnung überzugehen, misslang natürlich. Die Aktion war – ausgerechnet zu diesem Zeitpunkt – für jemanden ohne Hintergrundwissen nicht plausibel, und Rimbachs Standardformulierungen »günstige Gelegenheit« und »Kapitalanlage« verhinderten nicht, dass Krüger und Salewski ihn jetzt als nur noch bedingt zurechnungsfähig einstuften.

Seinem Vorsatz, sich nicht bei Julia zu melden, blieb er treu. Er ließ es darauf ankommen, dass sie es irgendwie erfahren würde, und wartete, und weil er ziemlich abgelenkt war, fiel ihm das Warten leichter. Es dauerte keine Woche, bis sie ihn an seinem Arbeitsplatz anrief, sie hatte es von Krüger erfahren, der sie bei jeder Gelegenheit anquatschte. Sie freute sich für ihn, und er musste sich im Verlauf des Gesprächs schon sehr beherrschen, um sie nicht sofort zu einer Besichtigung einzuladen.

»Dann hast du ja jetzt jede Menge zu tun«, sagte sie.

»Ja, schon. Im Moment hat sich noch nichts verändert, du weißt ja, wie das Haus aussieht. Aber wenn ich mal Land sehe, musst du unbedingt rauskommen und dir alles anschauen.«

»Ja, ich bin jetzt schon ganz gespannt. Sag mir Bescheid, wenn es dir passt.«

So verblieben sie.

Der Abschied von seinem alten Zuhause kam eher, als er gedacht hatte. Ein Kollege aus dem IT-Bereich, der einen Tipp von Salewski bekommen hatte, war an Rimbachs Wohnung interessiert, die Lage war begehrt wegen der Nähe zum Konzern und der erschwinglichen Mietpreise. Damit war der Weg frei, Rimbach würde bereits am 1. September in das Haus am Hang einziehen.

Ein paar Tage vorher saß er in seiner übersichtlichen Wohnung, deren Renovierung nicht viel mehr als ein Vierteljahr zurücklag, und versuchte sich vergeblich auf den Text von »Friedhof der Kuscheltiere« (das Buch war fünf Zentimeter breit) zu konzentrieren. Ihm wurde langsam bewusst, dass ein nicht aufzuhaltender Prozess in Gang gesetzt worden war. »Groß« oder »umfangreich« war vielleicht nicht der richtige Ausdruck für das, was vor ihm lag. Es war eher gewaltig.

Es galt auch, von seinem Laufrevier Abschied zu nehmen, von seiner guten alten Strecke, auf der er die deprimierenden ersten Schritte gemacht hatte und nach und nach zum souveränen Läufer gereift war. Sicher würde er gelegentlich hierher zurückkehren, doch ihm war klar, dass es auf Dauer zu umständlich sein würde. Um gar nicht erst Sentimentalitäten aufkommen zu lassen, ging Rimbach es schonungslos an und verabschiedete sich mit einem neuen Rekord von siebenundzwanzig Minuten von der Fünf-Kilometer-Runde.

Dann konnte es losgehen. Krüger und Salewski halfen beim Umzug, wohl auch aus Neugier, denn für den Transport von Rimbachs gesamtem Hausstand reichte eine einzige Fahrt mit einem geliehenen Kleintransporter. Krüger, der auf dem Beifahrersitz saß, verfolgte aufmerksam, wie Rimbach in Milsen in die Straße »Am Feldrain« einbog, die nach einigen Windungen immer schmaler wurde und hoch über der Stadt in einen Feldweg überging.

»Rimbach hat vor, ein Einsiedlerleben zu führen«, erklärte er Salewski, als sie oben angekommen waren. »Es hat sich ja schon angedeutet in den letzten Monaten. Laufen, karge Kost, Meditation statt Gesellschaft. Und jetzt, als logische Folge, der völlige Rückzug aus der Öffentlichkeit.«

Während Salewski das Haus »ganz cool« fand, konzentrierte sich Krüger beim Einräumen der wenigen Möbelstücke (die Küche in seiner alten Wohnung hatte Rimbach dem Nachmieter überlassen) auf das Entdecken von Baumängeln und wurde reichlich fündig. Parkett, Türen, Wände, Decken – es gab überall was auszusetzen. Krüger selbst wohnte, ganz solide, in einem Anbau bei seinen Schwiegereltern in einem Haus, in dem Nachlässigkeit und Improvisation keine Chance hatten.

Nach zwei Stunden war alles eingeräumt. »Ich finde deinen Glaskasten jetzt schon super möbliert«, sagte Krüger mit Blick auf die zwei Sessel, den Schreibtisch und Ivar, die sich im Wohnraum verteilten. »Und das Spartanische hat auch seine Vorteile: Wenn die Decke einkracht, kann nicht so viel kaputtgehen.«

Als die beiden weg waren, stand Rimbach in seinem Wohnzimmer, das den Blick nach drei Seiten freigab, und schaute zum ersten Mal in aller Ruhe hinaus. Rechts, in einiger Entfernung, wuchsen drei bis vier Meter hohe Büsche und Sträucher, dahinter, nur zu erahnen, stand das Nachbarhaus. Links sah er ein paar höhere Bäume, drei Birken und Schwarzerlen, helles Grün überall, erst weiter hinten, jenseits der Grundstücksgrenze, wurde der Baumbestand dichter.

Der Blick nach vorn war unverstellt, und es kostete ihn ein bisschen Überwindung, ganz nah an die Scheibe zu treten und hinauszublicken, er hatte das Gefühl, aus dem Wohnzimmer auf die etwa drei Meter unter ihm liegende Terrasse aus alten Betonplatten zu fallen. Das Grundstück endete dreißig Meter weiter hangabwärts; über einige kleinere Apfelbäume und Ginster- und Holundersträucher hinweg konnte er bis weit über den Fluss hinaus sehen. Es war der Blick, der Julia damals so beeindruckt hatte. »Das Haus ist phantastisch«, hatte sie gesagt. Es gehörte ihm.

Dass er morgens jetzt statt fünf Minuten knapp dreißig brauchte, um zur Arbeit zu kommen, war gewöhnungsbedürftig, aber im Zeitalter der flexiblen Arbeitszeit zu verschmerzen. Und auf der Heimfahrt spürte er schon gewisse emotionale Regungen bei dem Gedanken, dass er in einigen Minuten mit der größten Selbstverständlichkeit die Schlüssel in das Türschloss stecken und sein eigenes Haus betreten würde.

Er unternahm die notwendigen Schritte, um sein weiteres Überleben zu sichern: Erst einmal brachte er seinen PC ans Netz und baute die Musikanlage auf (es war still in seinem Haus, deshalb empfahl es sich, das Radio immer leise laufen lassen), lud sich danach einen Stadtplan und die Stadtumgebungskarte von Milsen herunter und begann mit der Suche nach einem neuen Laufrevier.

Es sah nicht schlecht aus. Wenn er dem Feldweg, der an seinem Haus vorbeiführte und sich zwischen Bäumen weiter nach oben schlängelte, folgte, erreichte er nach etwa einem Kilometer den Parkplatz am Steinwald, der Ausgangspunkt für ein vielversprechendes Netz aus Wanderwegen und Rundstrecken war. Rimbach erkundete das Terrain erst einmal ausgiebig mit dem Mountainbike und nahm einige Streckenmessungen vor. Es war abwechslungsreich, und neben leichten und flachen Streckenabschnitten gab es auch welche mit einem anspruchsvollen Höhenprofil (wie er Steigungen mittlerweile nannte). Der Parkplatz war auch mit dem Auto über die Landstraße zu erreichen, so dass man sich den ersten Anstieg ersparen konnte.

Die Rahmenbedingungen waren also akzeptabel, doch nach einigen kälteren Tagen merkte er, dass sein neues Zuhause auch ein bisschen Aufmerksamkeit forderte. Ihm fiel auf, dass das Haus, vor allem das Wohnzimmer, über Nacht stark auskühlte. Das traf ihn nicht unerwartet, ihm war bei der Besichtigung schon aufgefallen, dass einiges nicht stimmte.

Er war vielleicht etwas naiv an den Hauskauf herangegangen, oder, besser gesagt, vielleicht war die Anschaffung des Hauses nicht unbedingt aus Vernunftgründen erfolgt, doch er hatte natürlich einen Notfallplan. »Beschränkung der Renovierungsarbeiten auf das Nötigste« forderte Conquest, und das hieß zunächst einmal, dass er Fenster und Heizungsanlage einer Inspektion durch den Fachmann unterziehen lassen würde; zu gegebener Zeit sollte dann das Dach an die Reihe kommen.

Nur das Nötigste also, als einzigen »Luxus« hatte er die Erneuerung des »Original-Siebziger-Jahre-Bades« eingeplant, weil alle Armaturen schwergängig waren und knirschten und er außerdem fürchtete, durch den allmorgendlichen Anblick der rotgefliesten Wände zu erblinden. Aber das waren alles Maßnahmen, die vom Fachmann durchgeführt werden mussten und kein Einschreiten seinerseits erforderten.

Und das war auch gut so. Dass Rimbach auch im Handwerklichen nie geglänzt hatte, hatte er immer mit seinen Defiziten im sportlichen Bereich in Verbindung gebracht, beides schien irgendwie miteinander in Beziehung zu stehen. Einer seiner frühen Versuche, auf diesem Gebiet zu bestehen, war immerhin zu einer gewissen Berühmtheit gelangt:

Im Werkunterricht ging es seinerzeit ums Löten, und die Aufgabe war es, ein Namensschild herzustellen. In ein längliches Quadrat aus zwei Millimeter starkem Kupferdraht sollten Buchstaben aus dem gleichem Draht, in Blockschrift, eingefügt werden. Die Buchstaben mussten vorher mit einer Zange zugeschnitten werden, bestanden also aus mehreren Teilen und wurden dann unter der Verwendung von Lötzinn und einem Lötkolben eingefügt. Für jeden einzelnen Buchstaben mussten mehrere Lötpunkte gesetzt werden.

Das Ganze schien Rimbach ziemlich aufwendig, außerdem fiel es ihm ausgesprochen schwer. Nach zwei Werkstunden, als einige schon zur Hälfte fertig waren und er immer noch mit dem ersten Buchstaben kämpfte, änderte er seine Taktik. Als Erstes beschloss er, dass »Ralf R« ausreichen müsse. Dann stellte er fest, dass er, wenn er die Schreibschrift benutzte, mit genügend Draht »Ralf« und auch das »R« in einem einzigen Zug biegen konnte. Die ganze Konstruktion ließ sich mit drei Lötpunkten, die er gerade noch zustande brachte, in dem Rahmen befestigen.

Note Vier minus, handwerkliche Ausführung zwar am Thema vorbei, aber eine gewisse Originalität konnte dem Produkt nicht abgesprochen werden. Es wurde noch Jahre später immer wieder auf Ausstellungen, wie beispielsweise zum Schuljubiläum, gezeigt – als Beispiel eines besonders skurrilen Werkstücks.

Der Glaser war gekommen und inspizierte die großflächige Verglasung des Wohnzimmers.

»Das sind alte Kunststofffenster«, sagte er zu Rimbach. »Die Rahmen sind noch erstaunlich gut erhalten. Aber die Scheiben sind an vielen Stellen von innen beschlagen, das heißt, sie sind an den Rändern nicht mehr dicht. Typischer Alterungsprozess. Und diese Art der Verglasung ist alles andere als zeitgemäß.«

»Und was macht man da?«, fragte Rimbach, obwohl er die Antwort ahnte.

»Austauschen«, sagte der Glaser. »Das Nötigste, wie Sie es nennen, ist ein kompletter Austausch der alten Scheiben gegen Wärmeschutzverglasung, die Rahmen könnten erhalten bleiben.«

»Wie viel?«

»Siebentausend Euro, und Sie haben es mollig warm. Vorausgesetzt, die Heizung funktioniert …«, sagte der Glaser.

Rimbach willigte ein, er hatte so etwas befürchtet und eingeplant, und er hatte sogar noch Glück gehabt: Bei dem

Raum im Erdgeschoss, der genau unter dem Wohnzimmer lag und genauso großflächig verglast war, waren die Scheiben bereits vor einigen Jahren ausgetauscht worden.

Allerdings machte die Heizung Probleme: Einige Heizkörper blieben im Probebetrieb kalt, andere wurden heiß und gingen nicht mehr aus, und die Abgaswerte waren, wie eine Messung des Schornsteinfegers ergab, so katastrophal, dass Rimbach für die kommende Woche einen Termin mit dem Installateur machte.

Rimbach fand es jetzt an der Zeit, sich einzubringen, das war auch psychologisch wichtig, um sich selbst zu zeigen, dass er die Sache im Griff hatte und nicht nur auf teure Fachkräfte angewiesen war. Die Tapete im Flur musste runter, die braunen Türen, die wenig einladend waren, mussten abgeschliffen und gestrichen werden, und auch Decke und Wände im Schlafzimmer konnten etwas Farbe gebrauchen. Damit würde er beginnen, der Raum sollte schließlich einladend wirken (man konnte ja nie wissen).

Am Freitag nach der Arbeit fuhr er zum Baumarkt und belud den Cooper mit einem Eimer hochdeckender Dispersions-Wohnraumfarbe der Spitzenklasse, einem fünfteiligen Renovierset, einem Lammflor-Teleskop-Roller und anderen wichtigen Utensilien. Nach einem abendlichen Entspannungslauf fühlte er sich für alle Heimarbeiten gewappnet und ging am nächsten Morgen unverzüglich ans Werk.

Gegen zehn Uhr wurde er durch ein Klopfen an der Tür gestört. »Ich bin Günter Hattich«, sagte der Klopfer, ein Mann Mitte fünfzig, der sich als sein Nachbar vorstellte. Hattich hatte beobachtet, dass das Haus wieder bewohnt war, und wollte sich kurz bekannt machen. Der Anblick des über und über mit Farbe bedeckten Rimbach beruhigte ihn offensichtlich, man konnte deutlich sehen, dass sich jetzt endlich was tat. »Wird ja auch Zeit, dass hier wieder mal ein bisschen Ordnung geschaffen wird«, verabschiedete er sich.

Rimbach konnte die Streicharbeiten im Schlafzimmer am Wochenende fast abschließen und war mit dem Ergebnis zufrieden. In der Folgewoche wurde sein Eifer erst einmal gebremst, die *Kick-Off*-Veranstaltung für das Enterprise-Projekt in der Konzernzentrale stand an und erforderte einen zweitägigen Aufenthalt in Hamburg. Es lief nicht schlecht, Rimbach hatte keine Mühe, den Beiträgen zu folgen, und sah seinen zukünftigen Aufgaben ziemlich entspannt entgegen. Doch es gab Nachbesserungsbedarf bei der Kleidungsfrage:

Rimbach hatte am Morgen vor der Abreise seine übliche Arbeitskleidung – eine schwarze Jeans und irgendein Hemd, das gerade sauber war – mit dem einzigen Sakko kombiniert, das er im Schrank gefunden hatte (es stammte aus der Zeit, als er sich beim Konzern beworben hatte), und hielt sich für ziemlich herausgeputzt und angemessen gekleidet. Doch auf der Veranstaltung wimmelte es nur so von schwarzen Anzügen, und Rimbach wurde das Gefühl nicht los, von deren Trägern nicht für voll genommen zu werden.

Die abschließende Diskussion der Projektabläufe nervte ihn ein wenig, jeder versuchte sich zu profilieren und dozierte in Standardphrasen über *Win-Win*-Situationen, *Commitments* und den »sehr sportlichen Zeitplan« des Projekts. Immerhin schien er sich als Einziger ein paar ernsthafte Gedanken gemacht zu haben und legte auf die eher provokative Frage, ob denn Kassel auch etwas Produktives beizutragen habe, einen ziemlich ausgefeilten Projektplan vor. So konnte er den Eindruck mangelnder Professionalität zwar zerstreuen, doch auf der Heimfahrt im ICE wurde ihm klar, dass für Gelegenheiten wie diese ein Tommsen-Anzug hermusste.

Apropos Tommsen. Rimbach hatte länger nichts von Julia gehört und blieb seinem Vorsatz treu, sich nicht bei ihr zu melden, so schwer es ihm auch fiel. Aber er hatte, wenn er ehrlich war, auch gar keine Zeit dazu.

15

Der Installateur kam wegen der Heizung, machte einen vertrauenswürdigen Eindruck und wies ihn fairerweise sogar darauf hin, dass die alten Heizkörper drinbleiben konnten.

»Der Rest ist vorsintflutlich«, sagte er. »Nichts mehr zu retten. Hier gehört eine Gasheizung rein, die ist umweltfreundlicher und spart Energie.«

Rimbach war überzeugt, und die Verhandlungen waren kurz und schmerzlos, bis auf den Preis – achttausend Euro. Aber da er nicht vorhatte, auf den Luxus einer Heizung zu verzichten, willigte er ein. Immerhin war es bereits Herbst.

Die geplante Renovierung des Siebziger-Jahre-Bades wurde noch kurz angesprochen und auf die Zeit nach der Heizungserneuerung verschoben. Rimbach meinte, erste Anzeichen einer drohenden Kostenexplosion zu erkennen, und entschied auch hier selbst Hand anzulegen. Er schaffte es mittlerweile, sechzig Minuten am Stück zu laufen, da konnte eine Badrenovierung doch keine unlösbare Aufgabe sein. Also beschloss er, die Streicharbeiten zu unterbrechen und mit dem Entfernen der Fliesen zu beginnen. Die Arbeiten im Außenbereich, denen er sich zwischendurch gewidmet hatte und die eher entspannend gewesen waren, mussten warten, und so stellte er das Standardwerk »Baum- und Gehölzschnitt, leicht gemacht«, das ihm als Anleitung gedient hatte, erst einmal ins Regal zu seiner anderen Literatur.

Stattdessen brauchte er neues Werkzeug. Es würde Bauschutt geben. Eine Schubkarre musste her. Schippe, Meißel, Fäustel. Vermutlich würde gebohrt werden müssen. Und geschraubt. Also auch noch Bohrmaschine mit Zubehör, nicht zu vergessen ein Akkuschrauber und ein »Universal Aluminium Werkzeugkoffer«. Es war eine gewisse Herausforderung, die Schubkarre und die Flachschippe im Cooper zu transportieren.

Auch seine Rolle als Teilprojektleiter erwies sich nicht als reine Fleißarbeit, sondern brachte erste Probleme. Es gab gleich in zwei Konzernstandorten Schwierigkeiten, Köln und Stuttgart, wo die Personalleiter nur schwer von der Notwendigkeit einer Weiterbildungsplattform, wie Rimbach sie in seinem Konzept geplant hatte, zu überzeugen waren. Sie hatten abweichende und weniger komplexe Vorstellungen; Rimbach musste erkennen, dass es kaum noch um die Sache ging, sondern in erster Linie ein Gerangel um Kompetenzen und ums Budget war, und es nervte ihn zunehmend, dass dieses Platzhirschgehabe jede vernünftige Argumentation im Keim erstickte.

»Der Herr Rimbach mal wieder im Büro«, sagte Frau Rückert, die die Post brachte und ihn länger nicht gesehen hatte. »Wie der das alles schafft. Das Haus, die vielen Dienstreisen. Und wie gut er dabei aussieht. Da nehmen Sie sich mal ein Beispiel, Herr Krüger.« Krüger tippte sich an die Stirn, als sie den Raum verlassen hatte.

Rimbach dachte daran, als er abends in seinem braunen Ledersessel saß. Er saß übrigens nur noch selten dort. Es war Mitte Oktober geworden, sechs Wochen waren vergangen wie im Flug, die neuen Fenster eingebaut, aber die Arbeiten an der Heizung noch längst nicht abgeschlossen, weshalb es recht kühl wurde, sobald man eine Zeitlang still saß. Aber das war ja kein Problem, da es immer etwas zu tun gab: Der Flur sah noch dunkel und wenig einladend aus wie am ersten Tag, das Bad lag halb in Schutt und Asche, und die blauen Flecke an Handgelenk und Daumen, die ihm die Arbeit mit Hammer und Meißel anfangs beschert hatte, verheilten nur langsam.

Allein das Laufen hielt ihn hoch. In einer Zeit, in der sich die Probleme um ihn herum häuften und sich bei ihm der Eindruck verstärkte, dass jederzeit neue auftreten könnten, war es das einzig Konstante. Es fiel ihm mittlerweile leicht, größere Strecken zurückzulegen, und weil das größte Laufmagazin der Welt ihm geraten hatte, die Lauftermine bis aufs Messer zu verteidigen, achtete er darauf, trotz aller Verpflichtungen mindestens drei Mal die Woche zu laufen, um nie mehr bei null anfangen zu müssen. Er war in Hamburg an der Alster gelaufen, in Stuttgart auf dem Waldsportpfad und natürlich in seinem neuen Revier am Steinwald.

Es waren milde Herbsttage, er kam sonst kaum noch raus, und es tat ihm gut, unterwegs zu sein. Das machte den Kopf frei und brachte Ablenkung. Und Gesellschaft. Vor etwas über einer Stunde war er ganz entspannt auf seiner Runde im Steinwald unterwegs gewesen und gerade auf Betriebstemperatur gekommen, als er hinter sich Schritte hörte. Er blickte sich um und sah einen riesigen Typen, der langsam näher kam.

»Hallo«, sagte der Riese und schob sich neben ihn, »hab dich neulich schon mal gesehen, läufst du öfter hier?«

»Eigentlich jeden Dienstag«, entgegnete er. »Und du?«

Sie kamen ins Gespräch. Der Lange erzählte, dass er beim Nordhessencup mitlief, einer knochenharten Serie von Zehn-Kilometer-Wettkämpfen, die von Frühjahr bis Herbst stattfand, und er die kalte Jahreszeit für lange, langsame Läufe nutzte, als Grundlage für die neue Saison.

Rimbach erzählte, dass er im Frühjahr eher durch Zufall mit dem Laufen begonnen hatte, dadurch erleuchtet worden und seitdem ein ganz anderer Mensch war. Dabei lernte er wieder etwas Neues: Man konnte sich beim Laufen hervorragend unterhalten.

Der andere hatte einiges erlebt. War schon mal ein halbes Jahr in den Staaten gewesen, hatte sich mit Gelegenheitsjobs durchgeschlagen. Jetzt arbeitete er in einem Planungsbüro in Milsen. Und er war verdammt fit, schaffte die zehntausend Meter unter vierzig Minuten, was Rimbach ziemlich beeindruckte. Aber hauptsächlich lief er aus Spaß, schon seit über zehn Jahren.

»Ich wohn seit einem Vierteljahr hier ganz in der Nähe«, sagte er. »Hab den Braach-Hof gekauft.«

»Du hast den Braach-Hof gekauft?« Es war kaum zu fassen. Rimbach kannte den Braach-Hof, es war das uralte Objekt am Wald mit dem brennnesselüberwucherten Grundstück, das Kramme ihm damals ebenfalls angeboten hatte.

»Der Hof war so gut wie geschenkt«, sagte der Lange.

Der Hof war so gut wie verfallen, dachte Rimbach, und der Lange erzählte, dass er nach der Scheidung von seiner Frau ein Haus gesucht hatte, das nicht so teuer war, da er, wie er es nannte, noch ein paar Altlasten hatte.

Während sie nebeneinander hertrabten, fiel Rimbach auf, dass ihre Schrittfrequenz ziemlich unterschiedlich war. Sie waren überhaupt ein ungleiches Paar: Der eine an die zwei Meter groß, kräftig und etwas ungelenk, der andere war zwanzig Zentimeter kleiner und mittlerweile fast schlank zu nennen. Wenn Rimbach in seinem Wohlfühltempo lief, schlurfte der Lange neben ihm her und brauchte die Beine kaum anzuheben.

Aber sie verstanden sich gut. Es wurde bereits dunkel, die Zweige der Bäume wedelten leicht im Abendwind, und die Stimmen der beiden tönten weit auf dem einsamen Waldweg. Es wurden noch verschiedene Themen angesprochen. Rimbachs Schuldenstand wurde kurz erörtert, ein Gehaltsvergleich ergab, dass der Lange fast zweihundert Euro weniger im Monat verdiente als Rimbach. Und auch er hatte gute Erfahrungen mit dem Laufen gemacht, hatte ebenfalls abgenommen, war belastbarer geworden, selbstbewusster und, wie er meinte, auf jeden Fall besser im Bett – größere Ausdauer, kürzere Regenerationszeiten –, ein Phänomen, das Rimbach sicherheitshalber bestätigte, obwohl er es für sich noch nicht abschließend beurteilen konnte.

»Wie heißt du eigentlich?«, fragte Rimbach, als sie am Parkplatz ankamen.

»Kalle«, sagte Kalle.

»Ralf«, sagte Rimbach. »Laufen wir nächsten Dienstag wieder zusammen?«

»Klar«, sagte Kalle. »Siebzehn Uhr, am Parkplatz.«

Am nächsten Morgen begegnete er ihr. An der Ecke zur Cafeteria standen er und Julia plötzlich voreinander und wären fast zusammengestoßen, weshalb sie in einem Reflex kurz ihre Hand auf seinen Arm legte. Sie sahen sich in die Augen, und in diesem Moment fiel ihm zum ersten Mal auf, dass sie exakt gleich groß waren.

»Mensch, Ralf«, sagte sie, »du hast dich vielleicht verändert«, und auch das kam wie im Reflex, hatte erstaunt geklungen, überrascht, aber es blieb keine Zeit mehr weiterzureden, denn sie hatte noch zwei Kollegen im Schlepptau und war unterwegs zu einem Pressetermin. »Ein andermal«, rief sie ihm hinterher, und er fragte sich, wann das sein sollte.

Auf die lockere Art mal eben einen dienstlichen Termin mit ihr zu machen, der manchmal ein bisschen an den Haaren herbeigezogen war, so wie es im vergangenen Frühjahr noch möglich gewesen war, ging aus Zeitgründen nicht mehr. Aber ein Blick in die Projektunterlagen zeigte ihm, dass alles in Ordnung war, er war auf seinem Weg und hatte im Moment keine andere Wahl, als weiterzumachen, auch wenn das Zwischenmenschliche gerade ein wenig auf der Strecke blieb.

Für das Zwischenmenschliche war jetzt Hattich, sein Nachbar, zuständig. Er kam am nächsten Abend, als Rimbach gerade eine Schubkarre voller Beton- und Fliesenreste nach draußen brachte, wieder zufällig vorbei und wies ihn darauf hin, dass die Hecke nach über fünf Jahren mal wieder geschnitten werden könnte.

»Welche Hecke?«, fragte Rimbach, und Hattich deutete auf die etwa zwanzig Meter lange und bis zu vier Meter hohe grüne Barriere aus Buschwerk und mittelhohen Bäumen, die sein Grundstück von dem Rimbachs trennte. Es war eine Art Naturhecke, Rimbach hatte es für ein natürlich gewachsenes Gebilde gehalten, vor allem aber war es ein Hattich-Schutzwall, und genau das sollte es nach seinen Vorstellungen auch bleiben.

Am Samstag passierte etwas, womit er nicht gerechnet hatte: Er war immer noch mit dem Bad beschäftigt, die Fliesen schienen einbetoniert zu sein, keine einzige löste sich vollständig, sie zersprangen oder brachen auseinander, wenn er sie mit dem Meißel bearbeitete. Er unterbrach seine Tätigkeit, als er hörte, wie jemand an die Haustür klopfte.

Rimbach öffnete und war überrascht. Vor ihm stand Jago Jenner.

»Tag«, sagte der und kam einfach rein. »Wollte mal reinschauen, ich hab gehört, dass du die Hütte hier übernommen hast.«

»Ja, hab ich. Hat sich also rumgesprochen. Wieso kann ich dich eigentlich verstehen?«

»Hä?«

»Na deine Sprache. Als ich neulich bei euch war, im August oder so, da hab ich kaum ein Wort von eurem Slang verstanden. Aber wahrscheinlich wolltet ihr nur ein bisschen Flagge zeigen, von wegen Kultur, Brauchtum und so.«

»Nicht ganz«, sagte Jago. »Wir wollten dich verarschen.«

»Aha. Und wie kam ich zu der Ehre?«

»Du hast den falschen Begrüßungsspruch gebracht: ›Hallo,

Leute. Nett bei euch hier draußen.‹ Das war der Originalton von Tommsen bei seinem ersten Besuch.«

»Und mittlerweile habt ihr euch überzeugt, dass ich nicht so blöd wie Tommsen bin?«

»Du bist anders. Ob du nicht so blöd bist, wissen wir noch nicht.«

Er lief im Haus herum, als würde es ihm und nicht Rimbach gehören. Sah in alle Zimmer und alle Ecken, öffnete alle Türen, ging sogar die abgenutzten Treppenstufen zum Erdgeschoss hinunter. Es war offensichtlich so, dass das Haus noch eher den Charakter einer öffentlich zugänglichen Baustelle als den eines privaten Wohnsitzes vermittelte.

»Julia hat erwähnt, dass du das Haus gekauft hast«, sagte er, als er wieder oben war. »Ich war schon mal hier. Es hat früher Siebert gehört, der war Oberstudienrat und Biolehrer bei uns. Ganz netter Typ, hat unsere Klasse mal hierher eingeladen, ist aber bestimmt fünfzehn Jahre her. Muss kurz vor seiner Pensionierung gewesen sein.«

»Und, was meinst du?«

»Sieht so aus, als wäre seitdem nichts mehr gemacht worden an dem Haus. Aber dafür bist du ja jetzt zuständig.« Er war schon wieder an der Haustür und hob kurz die Hand. »Ich muss wieder los. Viel Spaß noch hier.«

Weg war er. Rimbach wunderte sich. Es gab also einen Grund, warum er hier gewesen war. Siebert, sein Biolehrer. Möglich, aber eher unwahrscheinlich. Vielleicht hatte er einen Vorwand gebraucht, um bei ihm rumzuschnüffeln. Oder war als Späher geschickt worden, von Reto oder Katrin oder – Julia.

Das hier war schließlich nicht Hamburg. Das war nicht einmal Kassel. Hier musste man mit allem rechnen.

Es regnete ziemlich stark, so dass Rimbach den eingeplanten Lauf am Nachmittag ausfallen ließ. Noch am Abend, als er sich eine Stunde Ruhe bei einem Glas Wein gönnte, beschäftigte ihn der seltsame Besuch. Er beschloss, Jagos Auftauchen als gutes Zeichen zu werten. Auf der Feier damals hatten sie ihn, Rimbach, ignoriert, aber jetzt hatten sie ihn bemerkt, hatten ihn wahrgenommen hier in Milsen, in seinem eigenen Haus. Und dann Jagos Ausdrucksweise, diese gespielte Beiläufigkeit: »Julia hat erwähnt, dass du das Haus gekauft hast.« Er war also im Gespräch, und das war gut so.

Rimbach ging an diesem Abend zufrieden und zeitig zu Bett, lauschte noch eine Weile dem Prasseln des Regens, der immer stärker geworden war (es war viel angenehmer, als vor dem Fernseher einzuschlafen), und fiel in einen tiefen Schlaf.

Gegen Morgen erwachte er, weil er fror, er fühlte die Kälte auf seinem Bettlaken, und als er mit der Hand danach tastete, bemerkte er, dass es Nässe war. Es dauerte einige Zeit, bis er begriff, dass ganz offensichtlich etwas nicht stimmte, und das Licht einschaltete.

Es tropfte von der Decke, ganz langsam nur, aber stetig, und das war nicht weniger als alarmierend. Die eigentlich schlimme Erkenntnis war, dass er rein gar nichts tun konnte, um diesen Zustand abzustellen, es war Sonntag früh um fünf, und kein Notdienst dieser Welt würde jetzt zu ihm kommen, um sein Problem zu beseitigen.

Zur Schadensbegrenzung schob er sein Bett aus der Tropflinie und stellte einen Eimer auf den Fußboden, um das Wasser aufzufangen. Dann entdeckte er, dass es im Flur ebenfalls von der Decke tropfte, und zwar im gleichen Rhythmus.

Damit war die Nacht vorbei für Rimbach, er rannte abwechselnd durch alle Räume des Obergeschosses, stellte Gefäße unter die undichten Stellen – es gab insgesamt vier – und kontrollierte ständig die Füllstände. Im Wohnzimmer schien die Tropfintensität etwas geringer zu sein, das hieß, es vergingen fast fünf Sekunden mehr als im Flur, bis der jeweils nächste Tropfen fiel.

Um neun Uhr ließ der Regen nach, und gegen Mittag hörte es nach und nach überall auf zu tropfen. Es waren die bisher stärksten Regenfälle gewesen, seit Rimbach das Haus am Hang bewohnte, und es war der deutliche Hinweis darauf, dass die Arbeiten am Dach nicht weiter aufgeschoben werden konnten, sondern von nun an absolute Priorität hatten.

Den Sonntag verbrachte er damit, das Schlafzimmer abzubauen und im Untergeschoss wieder aufzustellen, in dem großen Raum unter dem Wohnzimmer, von dem aus man, wenn man die klemmende Tür aufbekam, direkt in den Garten gehen konnte. Zur Sicherheit brachte er auch seinen PC, den Schreibtisch und den roten Schwingsessel nach unten. Platz war reichlich vorhanden, er brauchte nicht mal das Mountainbike woanders hinzustellen. Irgendein Gefühl sagte ihm, dass dieser Raum in den nächsten Wochen sein Hauptzufluchtsort sein würde. Im Untergeschoss gab es neben dem Heizungskeller noch einen kleinen Kellerraum und ein winziges Bad mit Dusche, WC und einem kleinen Waschbecken.

Es war Dienstagabend, und der Dachdecker, der bezeichnenderweise Ziegler hieß, lief seit fünfzehn Minuten auf dem Flachdach herum, kratzte hier und da etwas Kies weg und murmelte zwischendurch etwas Unverständliches, dann wandte er sich an Rimbach und erklärte ihm, dass es mit ein paar Ausbesserungsarbeiten nicht getan sei, dazu war das Dach zu alt und zu marode.

»Und was heißt das?«, fragt Rimbach.

»Alles muss runner«, sagte Ziegler.

»Wie, alles muss runner?«, fragte Rimbach, und der Dachdecker erklärte es: erst der Kies, der obendrauf lag, dann die vier Lagen Dachpappe und schließlich die Holzverschalung, die teilweise faul war. Dann konnte das Dach vernünftig und dauerhaft wieder aufgebaut werden.

»Zehntausend Euro, grob geschätzt. Aber dafür kann ich in einer Woche schon anfangen.«

»In einer Woche? Bis dahin bin ich abgesoffen.«

»Eine Woche ist kein Problem. Richtig durchregnen tut es nur bei Sturzregen so wie am Sonntag, und das gibt's nicht alle Tage.«

Wie beruhigend. Der Preis, den Ziegler genannt hatte, war möglicherweise gerechtfertigt, aber Rimbach hatte ohnehin keine Zeit, andere Angebote einzuholen. Es war bald November, und Ziegler konnte in einer Woche anfangen. Das war das Entscheidende.

Jetzt begann er – in finanzieller Hinsicht – fast ein bisschen um sein Überleben zu kämpfen. Ein weiterer Gang zur Bank war unvermeidlich, die vereinbarte Kreditsumme würde nicht ausreichen – kurz, Rimbach sah ein, dass er nachfinanzieren musste. Jetzt sei aber fast das Äußerste erreicht, sagten sie ihm, und natürlich erhöhten sie seine monatliche Rate. Er fragte sich, wo die monatliche Einsparung durch den Wegfall der Miete eigentlich geblieben sei, sie erwies sich als völlig unwirksam. Das Haus war gierig, es fraß alles auf.

Ein Schraubenzieher lag auf dem Beifahrersitz, noch vom letzten Einkauf. Auf der Heimfahrt von der Bank zog Rimbach zum ersten Mal ernsthaft in Betracht, bei Krammes Büro vorbeizufahren und ihm im Schutz der Dunkelheit die Reifen seines Wagens zu zerstechen.

Und noch etwas anderes, Gefährliches hatte sich eingeschlichen. Er war seit über einer Woche nicht gelaufen. Am vergangenen Wochenende hatte er es auf die Hektik am Bau geschoben, Dienstag auf den Besuch von Ziegler, Freitag hatte er Kalle wegen dringender Aufräumarbeiten abgesagt. Aber es spielte noch etwas anderes mit. Es war ungemütlich geworden draußen, kühl, dunkel, ab und zu Wind und Regen, November eben. Er war noch nie unter solchen Bedingungen gelaufen, hatte sich das Wetter fast immer aussuchen können und hin und wieder einen Lauf mal um eine Stunde oder einen Tag verschoben, um ihn dann nachzuholen. Das war jetzt schwierig geworden.

Er hatte sich ein letztes Ultimatum für den Sonntagmorgen gesetzt. Heftige Böen schüttelten die Bäume, rissen die letzten Blätter von den Zweigen und ließen den Regen gegen die Fensterscheiben klatschen, als Rimbachs Wecker klingelte.

Er kam nur schwer aus dem Bett und bummelte nach dem Aufstehen herum. Starrte lange auf den geöffneten Schrank mit den Laufklamotten, zögerte und war versucht, sich wieder hinzulegen, als ihm eine Idee kam. In der hintersten Schrankecke lag ein Kleidungsstück, das er noch nie benutzt hatte und das er jetzt hervorzog. Es war die Longtight, mit der er sich in Holgers Laufshop nicht aus der Umkleidekabine getraut hatte, weil er aussah wie eine gestopfte Leberwurst. Er hatte sie damals natürlich trotzdem gekauft, auf Verdacht gewissermaßen und auch, um sich keine Blöße zu geben.

Er zog sich an und betrachtete sich in Hovet. Es war unglaublich. Locker fiel das Laufshirt über seinen Oberkörper, die Rundung im Bauchbereich, die ein wesentlicher Grund für den Beginn seiner Laufkarriere gewesen war, ließ sich kaum noch erahnen. Und die Hose passte. Kniff nicht am Bauch, lag eng an, betonte sanft die Konturen seiner kräftiger gewordenen Beine, den bogenförmigen Muskel am Oberschenkel, die vor einem halben Jahr nicht vorhandene Wölbung der hinteren Wadenmuskulatur. So sah ein Läufer aus.

Sicher konnte man auch in jeder anderen Hose laufen, es hatte ja bisher auch geklappt, aber jetzt wurde ihm der Nutzen dieses Kleidungsstückes klar: Es war ein Erkennungszeichen. Es trennte den Insider vom Zuschauer, den Aktiven vom Passiven, den Wettkämpfer vom Weichei. Und diejenigen, die am meisten darüber lästerten, waren am weitesten davon entfernt, es tragen zu können.

Das musste als Existenzberechtigung für ein solches Kleidungsstück genügen. Und bei den meisten Frauen, die solche Tights trugen, sah es übrigens auch noch ziemlich gut aus.

Er zog die Windstopperjacke an, legte ein Stirnband an, überprüfte oben noch kurz, ob der Regen bereits Tropfstärke erreicht hatte und Gefäße aufgestellt werden mussten, dann war er bereit. Als er die Haustür öffnete, schlug ihm herbstkalte Luft entgegen. Er lief sofort los, zuerst die Straße hinab und hinunter zum Fluss, über die Fußgängerbrücke und dann auf der anderen Uferseite stadtauswärts auf einen Feldweg, der von der Stadt wegführte. Der Wind meinte es gut mit ihm, packte ihn gelegentlich und schob ihn an, vorbei an den verwaisten Tennisplätzen, dunklen Äckern und nassglänzenden Wiesen.

Rimbach ließ sich treiben. Es war halb neun Uhr morgens, die Menschen saßen in ihren Häusern und folgten der inneren Botschaft, die Körper und Geist auf den bevorstehenden Winterschlaf einstimmte. Aber Rimbach war hellwach. Sah die vorbeifliegenden Wolken, atmete die klare Luft und spürte unter seinen Füßen die Unebenheiten des Pfades, der sich jetzt zwischen ein paar Baggerteichen hindurchwand.

Dann ging es leicht bergauf, vorbei an den Mauern einer alten Ruine, die auf einer Anhöhe lag, zerklüftet und verlassen. Birken säumten den Pfad, die Zweige hingen tief, berührten ihn und streiften Regentropfen an ihm ab, die kühl und frisch über sein Gesicht rannen.

Auf dem Rückweg kamen Wind und Regen von vorn, wollten ihm den Weg versperren. »Du hältst mich nicht auf«, brüllte er den Wind an, »du schaffst es nicht«, und dann stemmte er sich dagegen und lief mit kurzen, harten Schritten weiter, konzentriert, nass, unaufhaltsam.

Irgendwann erreichte er wieder den Ortsrand und ging gelassen die lange Steigung an, die ihn nach Hause führte. Sein Nachbar Hattich öffnet gerade das Fenster und sah fassungslos zu, wie Rimbach die letzten Schritte machte und triumphierend die Arme hochriss, als er sein Haus erreicht hatte.

Zurück in seinem kombinierten Wohn-Schlaf-Büro-Raum, erlebte er einen Moment völliger Zufriedenheit. Das Zimmer war warm – bei den immer noch andauernden Arbeiten an seiner Heizungsanlage nicht selbstverständlich – und die anschließende heiße Dusche ein Genuss. Rimbach war bescheiden geworden.

Am Montag kam endlich Ziegler und fing mit dem Dach an, doch Rimbachs Hoffnungen auf schnelle Fortschritte zerschlugen sich, als Ziegler ihn nachmittags bei der Arbeit anrief und ihm mitteilte, dass sie erst einmal abziehen mussten. Es hatte sich nach dem Entfernen der Holzverschalung gezeigt, dass einige Deckenbalken der Flachdachkonstruktion durch Feuchtigkeitseinwirkung morsch waren und erneuert werden mussten, ein Fall für den Zimmermann.

»Wir machen das jetzt erst mal mit ein paar Planen dicht und kommen wieder, wenn der Zimmermann fertig ist. Ich empfehle Ihnen Wennekamp, der ist zuverlässig.«

Immerhin schaffte es Rimbach, bereits am Abend einen Termin mit Wennekamp zu vereinbaren. Der hob kurz die Planen an und nannte als erste Einschätzung einen Preis von etwa zweitausend Euro, für Rimbach mittlerweile fast ein Sonderangebot. Und Wennekamp würde schon am nächsten Tag beginnen.

»Tun Sie, was getan werden muss«, sagte Rimbach, dem eine innere Stimme sagte, dass ein Ende seiner Leidenszeit noch nicht abzusehen war.

So war es, und zwar aus mehreren Gründen. Am nächsten Tag bei der Arbeit hatte er bei Julia im Büro angerufen – er hielt es nicht mehr richtig aus, es gab ja genug zu erzählen, allein der »zufällige« Besuch von Jago reichte als Grund. Doch Julia war nicht da gewesen, ihre Kollegin hatte ihm erzählt, dass sie Urlaub auf den Seychellen machte, spontan, eine Idee von ihrem Freund, als Überraschung.

Für Tommsen konnte sie also eben mal zwei Wochen Urlaub machen, ging ihm auf der Heimfahrt durch den Kopf, und für einen Moment kam vieles, was er in den letzten Wochen verdrängt und unter Bauschutt vergraben hatte, wieder hoch. Allerdings hielt dieser Zustand nicht lange an, denn keine fünfzehn Minuten später widerfuhr ihm etwas, das ihn alle Grübeleien vergessen ließ: Als er zu Hause ankam, sein Wohnzimmer betrat und den Blick nach oben richtete, stellte er zu seiner großen Verwunderung fest, dass er den Himmel sehen konnte.

Der Himmel sah nicht gut aus. Im Radio hatten sie es »bedeckter Himmel mit Hochnebel und Stratuswolken« genannt, das bedeutete übersetzt, dass alles grau in grau war. Und genauso war seine Stimmung. Es war die Stimmung eines Mannes, der zwar ein eigenes Haus, aber trotzdem kein Dach über dem Kopf hatte.

Von oben blickte ihm Wennekamp durch das Loch in der Decke entgegen. »Ich hab mir alles noch mal genau angeschaut«, rief er zu ihm herunter. »Die Wärmedämmung ist fast überall marode und außerdem zu schwach, das entspricht nicht mehr der Energiesparverordnung. Außerdem ist die Dampfsperre an den meisten Stellen löchrig.«

»Was heißt das?«, fragte Rimbach, der das Wort Dampfsperre noch nie gehört hatte.

»Dass die oberste Geschossdecke neu gedämmt werden muss, und zwar komplett. Gipskartonplatten ab, Dampfsperre entfernen, die alte Dämmung raus und dann das Ganze vernünftig machen. Da würden dann noch mal zweitausend Euro dazukommen …«

Rimbach rief bei der Arbeit an und informierte Krüger, der noch da war, schon mal vorab, dass er für den Rest der Woche und möglicherweise auch noch die nächste Woche Urlaub nehmen würde.

»Willst du irgendwohin?«, fragte Krüger.

»Ja klar«, sagte Rimbach, »auf die Seychellen« und legte auf. Dann bestellte er einen Sondermüllcontainer für den maroden Dämmstoff und die defekten Gipskartonplatten, die in den nächsten Tagen entsorgt werden mussten. Und fragte sich, warum er eigentlich die Schlafzimmerdecke, die er morgen rausreißen würde, gestrichen hatte.

Rimbach hatte in seinen ersten Wochen im Haus am Hang ständig das Radio laufen lassen, um die Stille zu übertönen. Das erübrigte sich jetzt, denn es gab keine Stille mehr. Nirgends. Im Keller, wo der Installateur die letzten Teile der neuen Heizungsanlage einbaute, wurde gebohrt und geflext, und vom Dach ertönten schwere Hammerschläge, gelegentlich unterbrochen vom Jaulen der Kettensägen, die das Haus in seinen Grundfesten erschütterten.

Als die Heizung fertig war, der Zimmermann und schließlich auch Ziegler ihre Arbeit beendet hatten, benötigte Rimbach ein volles Wochenende, um den Schmutz und die zentimeterdicke Staubschicht, die im ganzen Haus und besonders auf den Scheiben verteilt war, zu entfernen. Danach brachte ein Lastwagen vom Baumarkt die bestellte Ladung Dämmkeile und Gipskartonplatten, die Rimbach im ganzen Obergeschoss verteilte. Die Dämmung der Wohnzimmerdecke erledigte er zusammen mit einem Fachmann, den ihm Wennekamp empfohlen hatte (»der ist günstig und schreibt keine Rechnung …«) und von dem er einiges lernte, die anderen Räume wollte er selbst in Angriff nehmen, was ihn für das Restjahr beschäftigen würde. Das entsprach nicht exakt seinen Vorstellungen von Freizeitgestaltung. Er fand es nicht witzig, aber ihm blieb keine Wahl.

16

Rimbach öffnete die Haustür und ging hinaus. Zu seiner Linken lag ein Berg Schutt aus dem Bad, rechts türmten sich morsche Holzbalken vom Dach, und noch weiter rechts lagerte eine Ansammlung von Buschwerk und Laub aus dem Garten. Rimbach hatte alle Haufen selbst zusammengetragen, sie waren mit der Zeit gewachsen und fielen ihm gar nicht mehr auf. In der Mitte hatte er einen schmalen Weg freigelassen.

Auf diesem Weg kam er jetzt in Laufklamotten auf die Straße. Hattich, der wieder einmal mehr oder weniger zufällig vorbeiging, traute seinen Augen nicht. Er hatte schon mehrmals beobachtet, dass Rimbach einfach loslief, anstatt sich dem Chaos rund ums Haus zu widmen, aber diesmal hielt er es nicht mehr aus.

»Haben Sie eigentlich nichts Besseres zu tun, als zu laufen?«, fragte er.

»Nein«, sagte Rimbach, ließ ihn stehen und lief los. Er hatte keinen Grund, sich vor Hattich zu rechtfertigen, und keine Zeit, es ihm zu erklären. Und außerdem hätte der es ohnehin nicht begriffen

Oben am Parkplatz am Steinwald wartete Kalle. Es erwies sich jetzt als Glücksfall, dass Rimbach einen Laufpartner gefunden hatte. Es half ihm, seine Lauftermine einzuhalten, und erweiterte nebenbei sein Wissen über Einzelheiten aus Flora und Fauna, die er bisher nie beachtet hatte.

Er hatte zwar den Aufenthalt in der freien Natur zu schätzen gelernt, doch er war nie so ins Detail gegangen. Kalle dagegen war ein Fachmann. Er konnte Kiefern von

Fichten unterscheiden, mehrere Arten von Farnen bestimmen und Baumpieper und Zeisig am Klang der Stimmen erkennen, so dass Rimbach jedes Mal etwas dazulernte. Und auch darüber hinaus gab es reichlich Gesprächsstoff.

»Ich weiß gar nicht, weshalb du dich aufregst«, sagte Kalle, als sie unterwegs waren. »Das Haus fängt doch langsam an, zu funktionieren.«

»Das Haus sieht immer noch aus wie eine Baustelle, und ich bin so gut wie pleite«, sagte Rimbach.

»Na also. Dann kannst du die Sache doch jetzt ganz in Ruhe angehen und alles nach und nach fertigmachen. So wie ich.«

»Ich hatte eigentlich nicht vor, für den Rest meines Lebens an dem Haus rumzubauen.«

Rimbach hatte sich den Braach-Hof letzte Woche mal angeschaut und bei dessen Anblick fast so etwas wie Trost gefunden. Kalle machte alles selbst, und er würde alt werden dabei. Im Moment war nur die Küche bewohnbar, die freilich so groß war wie Rimbachs gesamte Kasseler Wohnung. Was Kalle bisher geleistet hatte, ließ ahnen, dass es einmal gut aussehen würde. In dreißig Jahren.

»Es liegt an den Altlasten, dass ich nicht schneller vorankomme. Bin finanziell nicht so flexibel«, sagte Kalle. »Ist aber nicht meine Schuld.«

»Und wer ist schuld?«

»Ein Funkmast.«

»Ein Funkmast. Ist klar«, sagte Rimbach.

Kalle holte tief Luft und erklärte es ihm. Er hatte früher in Battenheim gewohnt, ungefähr dreißig Kilometer entfernt von Milsen. Vor etwa einem Jahr war die Bevölkerung des Ortes unterrichtet worden, dass ein Funkmast am Ortsrand aufgestellt werden sollte, woraufhin Kalle sich einer Bürgerinitiative angeschlossen hatte, die das verhindern wollte. Er wusste zu diesem Zeitpunkt noch nicht, dass Funkmaste trotz aller Gegeninitiativen immer gebaut wurden, und zwar immer genau da, wo der Betreiber es wollte. Als das klarwurde, spaltete sich eine radikale, vier Mann starke Gruppierung, darunter Kalle, von der Bürgerinitiative ab und agierte verdeckt weiter unter dem Geheimnamen ToFu (Tod dem Funkmast).

Der Plan der Gruppe war aberwitzig: Der Funkmast sollte abgesägt werden, und da er laut ihren Berechnungen auf eine zur Tatzeit (zwei Uhr nachts) noch gelegentlich befahrene Straße fallen würde, sperrten sie die Straße weiträumig mit Barrieren ab, die sie vorher auf dem städtischen Bauhof »geliehen« hatten.

Das Umsägen des Mastes (eine Stahlgitterkonstruktion) ging zügig vonstatten, der Mast landete allerdings nicht, wie geplant, auf der Straße, sondern fiel in die andere Richtung – auf eine Trafostation, was nicht unbemerkt blieb. Jedenfalls flog die Sache noch in derselben Nacht auf.

»Es sind ein paar Kosten entstanden dadurch. Leider gibt's noch keine Versicherung gegen das Umsägen von Funkmasten«, sagte Kalle. »Und es lief dann auch privat nicht mehr so gut, Maren hat's mir irgendwie übelgenommen, vielleicht war die Geschichte mit dem Mast auch nur der Auslöser dafür, sich scheiden zu lassen. Ich bin dann hier gelandet, und hier gefällt's mir gut.«

Er hatte auch schon wieder ein neues Projekt. Zum Braach-Hof gehörten ein paar naturbelassene Tümpel, in denen es vor Kleinlebewesen nur so wimmelte. Mit einem Kumpel aus der ToFu-Truppe wollte er versuchen, dort Kammmolche zu züchten.

»Kammmolche. Und die willst du dann an Zoogeschäfte verkaufen.«

»Nein. Die sind geschützt. Wenn man sie gezielt an den richtigen Stellen aussetzt und ansiedelt, kann man damit den Neubau von Autobahnen verhindern …«

Das war nicht schlecht. So eine Geschichte wie Kalle hatte nicht jeder zu erzählen. Rimbachs letzte Auflehnung gegen die Konsumgesellschaft lag über fünfzehn Jahre zurück, damals hatten er und ein Kumpel nachts im Licht von Taschenlampen den Spruch *Punk is not dead!* an die Fassade einer Turnhalle gesprüht, die immerhin an einer vielbefahrenen Durchgangsstraße stand. Der Spruch war nach einigen Tagen entfernt worden und hatte den Lauf der Dinge in seinem Wohnort nicht nachhaltig verändert.

Der Rest an Anarchismus, den er sich bewahrt hatte, äußerte sich darin, dass er manchmal, wenn er sich unbeobachtet fühlte und die Straße zwischen Kassel und dem Nachbarort frei war, mit dem Cooper in einer langgezogenen Kurve über die durchgezogene Mittellinie fuhr.

Das Einzige, was er zu bieten hatte, war Conquest, und nach etwa sieben Kilometern langsamen Dauerlaufs war er so weit, Kalle in die Geheimnisse seines Projektes einzuweihen. Es war gleichzeitig die ersehnte Gelegenheit, ausgiebig von Julia zu sprechen und Tommsen in die Pfanne zu hauen. Und außerdem hatte er langsam das Gefühl, eine zweite Meinung einholen zu müssen.

»Dich muss es ja ganz schön erwischt haben, wenn du mit einem so hohen Einsatz spielst. Aber der Plan ist gut. Ziemlich perfekt. Also, wo ist das Problem?«

»Ich fürchte, dass ich sie verlieren könnte, wenn ich den Kontakt weiter so schleifen lasse.«

»Quatsch. So steht es doch im Projekt. Und wenn sie mit so einem Irren zusammen ist, wird es langfristig sowieso nicht gutgehen. Diese Typen tun nichts aus dem Bauch raus oder einfach so nach Gefühl. Das sind doch nur Taktiker. Was genau unterscheidet dich eigentlich von so einem?«

»Meine Taktik ist besser. Und ich natürlich auch. Und außerdem hab ich ein Haus!«

»Na also«, sagte Kalle.

Die Läufe luden seinen Akku immer wieder auf. Mittlerweile stand fest, dass man bei jedem Wetter laufen konnte, egal ob der Schlamm unter den Füßen spritzte, der Schnee knirschte oder der Wind heulte, es galt nur, sich aufzuraffen und das Startproblem zu überwinden. Wenn man erst einmal unterwegs war, wurde einem spätestens nach fünf Minuten klar, dass man alles richtig gemacht hatte.

Es schien so, als gehörte er zu einer elitären Gruppe. Die Spaziergänger ließen sich nicht blicken bei dem Wetter. Die Motorradfahrer hatten ihre Kisten eingemottet und legten die Füße hoch, selbst die Typen auf den Rennrädern und Mountainbikes waren verschwunden und würden erst im Frühjahr wieder auftauchen. Rimbach aber war Läufer. Und ein Läufer war man immer.

Er war mittlerweile überzeugt, dass er – bei objektiver Betrachtungsweise – durch das Laufen mehr Zeit gewann als verlor. Die Bewegung bei jedem Wetter kostete ihn zwar ein paar Stunden pro Woche, doch sie härtete ihn ab. Während Krüger schon die dritte Erkältung des Jahres auskurierte, hatten die Viren bei Rimbach keine Chance.

In der folgenden Woche kam eine verspätete Urlaubskarte von Julia bei ihm an. »Hallo, Ralf. Wir sind für zwei Wochen der Kälte entflohen. Es ist abwechslungsreich ... Lass dir die Stimmung vom Wetter nicht verderben, es gibt Schlimmeres! Viele Grüße, Julia.«

Er las die Karte mehrmals und fand sie nicht schlecht. Es war keine dieser bemühten Standardkarten, die den Neid des Adressaten wecken sollten und in denen der Schreiber übertrieben begeistert versicherte, wie gut es ihm gerade ging. Es war bei aller Kargheit eine persönliche Botschaft.

Die Karte hatte wie ein Blitz in sein von Entbehrung geprägtes Leben eingeschlagen, unerwartet, hell und ausgesprochen motivierend. Seine Stimmung besserte sich tatsächlich. Außerdem war seit sieben Tagen nichts Unvorhergesehenes mit dem Haus passiert, das war ein vorläufiger Rekord. Er hatte die Dielen im Wohnzimmer abgeschliffen und neu versiegelt, es sah nicht schlecht aus. Und er konnte erste Erfolge bei der Wärmedämmung von Küche und Obergeschoss verzeichnen und kam beim Anbringen der Lattung für die Gipskartonplatten in einen regelrechten Akkuschrauber-Rausch.

Am Samstag hatte er eine Idee. Der Milsener SC spielte am Nachmittag gegen den FSV Clembach, es ging um den Anschluss an die Tabellenspitze. Julia hatte mal erzählt, dass sie bei den wichtigen Heimspielen gelegentlich zuschaute und ihre Brüder anfeuerte. Das Spiel war ein guter Vorwand und eine Chance, sie rein zufällig zu treffen.

Rimbach brauchte knapp fünfzehn Minuten zu Fuß bis zum Stadion, das dreitausend Zuschauer fasste und etwa zur Hälfte gefüllt war. Obwohl er zeitig da war, konnte er sie nirgends entdecken. Der Rest der Jenner-Truppe war ihm früh aufgefallen, sie saßen einige Ränge unter ihm, nah am Spielfeld, es war offenbar ihr Stammplatz.

Rimbach kontrollierte auch nach Spielbeginn in regelmäßigen Abständen, ob Julia nicht doch zu ihnen gestoßen war. Reto stand ein wenig abseits und verfolgte das Spiel mit unbewegter Miene. Pim, Julias Vater, aß eine Bratwurst pro Halbzeit, und Katrin schrie über neunzig Minuten fast ohne Unterbrechung. Als ein Spieler der gegnerischen Mannschaft nach einem heftigen Zusammenstoß mit Jo Jenner liegenblieb, forderte sie ihn mit den Worten »Steh auf, du Weichei!« auf weiterzuspielen; Rimbach konnte es noch über sechs Zuschauerreihen hinweg hören.

Das Spiel war nicht etwa langweilig, es drehte sich jedoch in erster Linie um den blonden Spieler im offensiven Mittelfeld des Milsener SC: Jago Jenner bestand nur aus Muskeln und Sehnen, und trotz seiner Größe von fast einem Meter neunzig war er unglaublich agil und wendig. Er forderte immer wieder den Ball, grätschte und rannte, war unfair, schrie seine Spieler an und riss sie mit; er ging dahin, wo es weh tat, und wenn er, was häufig vorkam, gefoult wurde, stand er auf und steckte es weg. Die gelbe Karte, die er in der zweiten Halbzeit bekam, war wohl obligatorisch, zwei Mal stand er kurz vor dem Platzverweis, und sieben Minuten vor Schluss schoss er das 2:1 für seine Mannschaft.

Rimbach musste sich nach dem Spiel eingestehen, dass er nicht schlecht unterhalten worden war. Ein wenig durchgefroren vom Stehen in der Kälte, machte er sich auf den Heimweg. Er haderte nicht weiter damit, dass er Julia nicht getroffen hatte, ihm war klargeworden, dass solch überzogene Erwartungen ein Rückfall in die Zeit waren, als er auf der Suche nach ihr nachts durch Kassel geirrt war.

Zu Hause wärmte er sich in seinem provisorischen Wohn-Schlaf-Raum ein wenig auf. Er hatte sein Bett im linken Bereich des Zimmers aufgebaut, dahinter stand sein Kleiderschrank. Im Rest des großen Raumes verloren sich sein Schreibtisch, Ivar und sein brauner Ledersessel, auf dem er gerade saß, rechts lehnte das Mountainbike an der Wand. Fernseher und Soundsystem standen noch mit Planen abgedeckt im darüberliegenden Wohnzimmer, das er bald wieder beziehen würde.

Es war sieben Uhr, und er würde kein Werkzeug mehr in die Hand nehmen. Die Zeiten, in denen er wie jetzt einfach herumsaß und nachdachte, waren selten geworden. Er hatte keine Lust mehr, etwas zu lesen oder sich in seiner Küche etwas zu essen zuzubereiten. Das Licht der kleinen Stehleuchte reichte nur bis in die Hälfte des Zimmers, und die Dunkelheit drückte schwer von außen gegen die Scheiben.

Er musste noch mal raus, irgendwohin, was anderes sehen. Kalle war an diesem Wochenende nicht zu Hause, das wusste er, es hatte keinen Zweck zu versuchen, mit ihm Kontakt aufzunehmen. Also zog er sich die Jacke an, verließ das Haus und ging hinunter in Richtung Stadt. In seiner Straße, Am Feldrain, war bereits Ruhe eingekehrt, nur ab und zu fiel ein schwacher Lichtschein aus einem erleuchteten Fenster auf den Asphalt.

Als er die Innenstadt erreicht hatte, war er froh über die Beleuchtung in den alten gepflasterten Gassen, in denen Fachwerkhäuser dicht an dicht standen, immerhin waren hier noch Menschen unterwegs. Er brauchte das jetzt als Beweis, dass es bei aller Beschaulichkeit in der Stadt auch so etwas wie Leben gab.

Als er die Tür zum Geier öffnete und eintrat, schlugen ihm Stimmengewirr und laute Musik entgegen. Das Lokal war gut gefüllt, Rimbach musste sich einen Weg an der Theke vorbei bahnen und fand einen Platz an einem kleinen Tisch im hinteren Bereich des Gastraumes. Der Geier war kein typisches Speiselokal, aber die wenigen Gerichte, die sich auf der Speisekarte fanden, schienen genießbar, und Rimbach war hungrig.

Nachdem er bestellt hatte und auf das Essen wartete, sah er sich um. Die gesamte Mannschaft des Milsener SC war an einem langen Tisch versammelt und feierte lautstark ihren Sieg. Rimbach fand es passend, sein Bier zügig auszutrinken und noch eins nachzubestellen, der Durst der anderen war ansteckend.

Seine Augen wanderten durch das Lokal, er suchte Jago Jenner, den er bei seinen Mannschaftskollegen nicht entdeckt hatte. Er sah ihn schließlich etwas abseits an der Theke sitzen, er war offensichtlich wieder zu dieser speziellen Whisky-Cola-Mischung übergegangen, mit der Rimbach in Alten-Bergen schon Bekanntschaft gemacht hatte. Als die anderen mit dem Singen der Vereinshymnen begannen, sang er nicht mit, und wenn ihm jemand auf die Schultern klopfte, was alle zwei Minuten geschah, ließ er die Beweihräucherungen geduldig über sich ergehen.

Genau das wollte Rimbach vermeiden, hingehen und sich einkratzen, deswegen gab er sich nicht zu erkennen, blieb am Tisch sitzen und verspeiste in Ruhe, wenn man von

Ruhe reden konnte, sein Steak, trank noch ein Bier dazu und schaute gelegentlich hinaus auf den Marktplatz.

»Hallo, Hausbesitzer«, sagte Jago. Rimbach war überrascht, als er plötzlich vor seinem Tisch stand, einen Stuhl heranzog und sich hinsetzte.

»Du warst im Stadion heute, oder?«

»Woher weißt du das?«

»Es ist nicht gerade das Olympiastadion. Hier ist alles ziemlich übersichtlich. Erstaunlich übrigens, dass du dich für Fußball interessierst. Wie geht's voran mit dem Haus?«

»Schleppend«, sagte Rimbach. »Hab's mir leichter vorgestellt, ehrlich gesagt.«

»Warum hast du dir das angetan? Du bist doch der typische Stadtmensch.«

»Vielleicht kennst du mich nicht gut genug, um so eine Diagnose zu stellen. Das Haus war eine super Gelegenheit. Hat jedenfalls Kramme vom Maklerbüro gesagt.«

»Es war eine super Gelegenheit für Kramme, wenn ich das richtig sehe. Bei dir gibt's ja noch einiges zu tun.«

»Das Wichtigste hab ich erledigt. Und den Rest krieg ich auch noch hin, ich hab Zeit.« Rimbach fand es in Ordnung, ein wenig zu bluffen. »Ihr wohnt ja schließlich auch schon fünfhundert Jahre in eurem Dorf. Und wahrscheinlich auch noch die nächsten tausend ...«

»Ich hab nicht immer da gewohnt, erst wieder seit meiner Trennung. Es ist besser für Paul, der fühlt sich dort wohl. Trinkst du einen mit?«, fragte er und bestellte noch ein Bier und eine Spezialmischung.

Rimbach beschloss, eine direkte Frage zu riskieren. »Was habt ihr eigentlich gegen Tommsen?«

»Tommsen. Der hat sich ein, zwei Mal bei uns blicken lassen, seit Julia ihn kennt. Hat Jo ausgehorcht und sich von ihm zu Finanzanlagen ausgiebig beraten lassen«, (Jo war bei einer Bank angestellt, wie Rimbach sich erinnerte), »später hat er sich von uns beim Umzug helfen lassen, damals, als er in die

Neustadt gezogen ist, und danach ist er nie mehr bei uns aufgetaucht. Das Wichtigste für Tommsen ist Tommsen.«

»Alles klar«, sagte Rimbach. »Warum merken Frauen nicht, wenn sie mit einem Vollidioten zusammen sind?«

»Weiß nicht. Vielleicht hat sie ihn noch nicht richtig durchschaut. Vielleicht fühlt sie sich ihm auch irgendwie verpflichtet«, sagte er und sah ihm in die Augen. Rimbach hielt dem Blick stand, doch innerlich zuckte er zusammen.

»Ja, vielleicht«, sagte er und fragte sich, was dieser Typ alles wusste.

»Vielleicht kann er auch einfach irgendwas ganz besonders gut«, sagte Jago und grinste, und Rimbach schauderte es. Er bestellte noch zwei Bier.

»Im Ernst«, sagte Jago, »sie kann ziemlich hartnäckig sein. Vielleicht sieht sie es sportlich und will sich beweisen, dass man etwas nicht so schnell aufgibt oder so. Apropos Sport – Julia hat mal erzählt, dass du läufst …«

Sie schien einiges erzählt zu haben. Rimbach hatte genug gehört, und das mit dem Laufen war ein gutes Stichwort, nun wurde es tatsächlich ein richtiges Gespräch. Jago war der Meinung, dass Laufen für sich noch kein richtiger Sport war, man brauchte es, um die meisten Sportarten auszuüben, es war für ihn nicht mehr als ein Mittel zum Zweck.

»Wenn du super laufen kannst, kannst du trotzdem ein mieser Fußballer sein«, sagte er, was möglicherweise eine Anspielung auf Rimbachs Auftritt in Alten-Bergen war.

»Mancher miese Fußballer wäre besser, wenn er besser laufen könnte«, antwortete Rimbach. Darauf sah er ihn zum ersten Mal lachen.

Kurz vor zwölf, nach einer ganzen Reihe weiterer Runden, hatten sie genug.

»Wie kommst du jetzt eigentlich nach Hause?«, fragte Rimbach, der gerade bezahlt hatte.

»Egal. Ergibt sich irgendwie.«

»Wenn du willst, kannst du bei mir pennen. Ist nur ein

Angebot.« Rimbach hatte nicht geglaubt, dass Jago es annehmen würde, doch der nickte.

»Okay«, sagte er »dann mal los, Hausbesitzer«, stand auf, griff seine Jacke und warf dem Mann hinter der Theke im Hinausgehen seinen Deckel zu.

Rimbach folgte ihm. »Ich heiße übrigens Ralf«, sagte er, als sie draußen waren.

Während sie die Straßen der Altstadt hinter sich ließen, erklärte er Rimbach die Vorzüge des Alleinlebens. »Du kannst dir alles rausnehmen, solange du nicht damit herumprahlst«, sagte er. »Am wichtigsten ist die Diskretion. Es gab mal einen, der mich ständig damit aufgezogen hat, dass ich seit meiner Trennung vor vier Jahren keinen Sex mehr gehabt hätte. Aber seine Frau wusste das besser …«

»Du mieses Schwein«, sagte Rimbach, der ahnte, dass er die Wahrheit sagte, und lachte. Jago brauchte zwei Zigaretten bis zum Feldrain und wurde langsamer, als sie fast oben waren.

»Geht's eigentlich noch lange bergauf?«, fragte er.

»Da siehst du, was du für eine beschissene Kondition hast«, sagte Rimbach und schob ihn die letzten Meter.

Im Haus am Hang angekommen, holte Rimbach ihm einen Schlafsack und legte ihm die bewährte Gymnastikmatte zurecht.

»Trinken wir noch was?«, fragte er.

»Danke. Reicht. Ich hau mich aufs Ohr«, antwortete Jago und rollte sich ein. »Weißt du, dass sie manchmal von dir spricht? Irgendwie kommst du immer vor. Ich glaube, sie merkt es gar nicht …«, sagte er noch. Eine Minute später schnarchte er bereits.

Als Rimbach am nächsten Morgen aufwachte, war sein Gast verschwunden. »Schulde dir ein Bier«, hatte er als Abschiedsgruß mit dem Finger in den Staub des Flurfensters geschrieben. Rimbach hätte nicht geglaubt, dass Jago ihm mal den Abend retten würde, aber so war es nun also. Die

Sache war nur die: Er wollte nicht Jago Jenner von sich überzeugen, sondern Julia Jenner.
Am Montag sprang der Cooper nicht an. Rimbach musste kurzfristig auf den Zug ausweichen, das hieß: bei Dunkelheit und Kälte zum Bahnhof laufen, dann ein kurzer Kampf mit dem Fahrkartenautomaten, den Rimbach gewann, dann dreißig Minuten Zugfahrt, in Kassel umsteigen in die Straßenbahn. Es dauerte doppelt so lange wie mit dem Auto. Abends das Gleiche. Sein Versuch, den Cooper wiederzubeleben, schlug fehl, das Aufladen der Batterie brachte nichts, vermutlich lag es an einem Fehler in der Elektrik. Rimbach blieb nichts anderes übrig, als den Cooper von seiner Werkstatt abholen zu lassen, was bedeutete, dass er den Rest der Woche Zug fahren würde.

Ausgerechnet jetzt, wo er ohnehin keine Zeit hatte. Das Enterprise-Projekt lief auf Hochtouren, Gespräche in den Standorten Köln und Stuttgart standen an, wo die Verantwortlichen sich immer noch querlegten und auf die entstehenden Kosten für Systemumstellungen, Schulungen und anderes mehr verwiesen, obwohl es doch bereits ein funktionierendes System gab. Es waren die üblichen Bedenken, wenn etwas Neues eingeführt werden sollte, und sie drohten Rimbachs Plan zu zerschlagen, das gesamte Weiterbildungsprogramm mit einem einzigen Portal abzudecken.

Rimbach hatte dem Personalleiter in Stuttgart signalisiert, dass er die Anwesenheit der Geschäftsführung bei den Besprechungen wünschte, um eine Entscheidung herbeizuführen und nicht noch mehr Zeit mit endlosem Geplänkel zu verlieren. Er wusste, dass der Geschäftsführer demnächst nach Hamburg wechseln würde, und ließ durchblicken, dass das Projekt vom dortigen Vorstand protegiert wurde und man sehr an einer einheitlichen Umsetzung interessiert sei.

Am Ende des Gesprächs hatte er die Zusage, dass seine Vorschläge weitgehend unverändert auf der im Februar stattfindenden Sitzung des Projektsteuerungsgremiums diskutiert werden sollten. Es war ein Teilerfolg, der dem Teilprojektleiter auch die Verhandlungen am Standort Köln erleichtern würde.

Das Haus hielt die letzte Überraschung des Jahres bereit. Der Installateur, der eigentlich nur kurz die nötigen Umbaumaßnahmen fürs Badezimmer hatte skizzieren sollen, entdeckte, dass die Wasserleitungen extrem verkalkt waren.

»Das Nötigste wäre, die Leitungen zu Bad und Küche zu erneuern. Am besten alle«, sagte er. »Kostet Sie vielleicht noch mal dreitausend Euro, natürlich zuzüglich der zehntausend für die Badrenovierung.«

Damit war Rimbach im Grunde erledigt.

17

Schwer und kalt drang die Luft in Rimbachs Lungen. Die Fichten zu beiden Seiten des Weges wirkten dunkel, fast schwarz. Ihre Zweige berührten sich und bildeten einen tausend Meter langen Tunnel, und selbst das Licht am Ende des Tunnels war grau. Rimbach ließ die Stimmung auf sich wirken, wurde von tiefer Schwermut befallen und fragte sich, ob es der Sinn seines Lebens sein konnte, bei solch tristem Wetter vor sich hin zu laufen.

»Guter Lauf heute, oder? Rüttelt einen so richtig auf«, meinte Kalle, der neben ihm trabte. Rimbach hatte ihn fast vergessen.

»Jaja«, antwortete er und versank wieder in seine Gedanken. Der Artikel vom Vortag aus der Lokalzeitung, in dem sich wieder einmal ein Experte übers Laufen ausgelassen hatte, spukte in seinem Kopf herum. Laufen als Sportart für Bürohengste, als eine Art Zwangshandlung, um das schlechte Gewissen zu beruhigen und nachts besser schlafen zu können. Überlastungsschäden, falscher Ehrgeiz, das volle Programm. Es war genau das, was Rimbach in diesem traurigen Winter noch gefehlt hatte.

»Wir laufen und laufen. Mindestens zwei, drei Mal die Woche. Du seit elf Jahren, ich seit über einem halben.«

»Ja, und? Was ist das Problem?«

»Soll das jetzt immer so weitergehen? Ich werd zweiunddreißig. Das heißt, es liegen möglicherweise noch mal zweiunddreißig Jahre Laufen vor mir. Ist das nicht irgendwie ein bisschen wie lebenslänglich? Immer das Gleiche?«

»Wie bist du denn drauf heute? Lieber lebenslänglich laufen als mit sechzig am Stock gehen. Außerdem ist es nie das Gleiche. Alles verändert sich. Wetter, Tempo, Jahreszeit. Du selbst. Was würdest du zum Beispiel im Moment lieber machen als Laufen? Etwa im Bett liegen oder auf dem Sofa oder an irgendeinem verfluchten Pool in einem Land, in dem es keinen Winter gibt?«

Rimbach dachte nach. Es war Sonntagmorgen. Langsam kroch die Müdigkeit aus seinem Körper, und die Bewegung tat ihm gut. Eigentlich war er ganz froh, dass er jetzt hier war. Im Moment jedenfalls. Aber ihm fiel noch was ein. »Und was hat die ganze Lauferei für einen Sinn, wenn wir nächste Woche gegen einen Baum fahren und hinüber sind?«

»Dann sind wir diese Woche wenigstens noch mal gelaufen. Das ist das Unwägbare. Laufen ist die Konstante.«

»Du meinst, solange wir laufen, leben wir?«

»Wenn du so willst, ja«, seufzte der Lange. »Solange wir laufen, leben wir. Mann, bist du anstrengend heute.«

Rimbach lief und schwieg. Sie hatten den Wald verlassen. Hinaus aus dem Tunnel, hinein in eine nebelverhangene Welt, in der man nichts sah außer ein paar kahlen Bäumen und nichts hörte außer dem Krächzen der Raben auf den umliegenden Äckern. Kein Klima für gute Ideen.

»Aber wer sagt denn, dass unser Körper das noch ewig aushält?«, fiel Rimbach jetzt ein. »Gestern stand es wieder in der Zeitung. Dass Läufer bei jedem Schritt das Vielfache ihres Körpergewichts auffangen müssen und so. Das geht ja auch auf die Knochen und die Gelenke. Und das noch dreißig Jahre lang.«

Kalle rang nach Fassung. »Dein Körper macht höchstens schlapp, wenn du nicht läufst. Was willst du denn sonst dein Leben lang machen? Willst du dreißig Jahre lang ins Fitnessstudio fahren und dicke Luft atmen? Oder der Aufwand bei den Walkern – erst hatten sie Manschetten mit Gewichten an Armen und Beinen. Jetzt hat man ihnen Stöcke verordnet. Ist ja okay, den meisten macht's ja Spaß. Aber als Nächstes findet vielleicht ein Experte heraus, dass es noch viel gesünder ist, an einem Geschirr ein Gewicht auf einem Schlitten hinter sich herzuziehen. Was dann? Willst du dir so 'n Stress machen, bloß weil irgendein Irrer, der selbst noch keinen Meter gelaufen ist, schreibt, dass es deinen Kreislauf oder deine Knie oder deine Gelenke belastet? Ich weiß gar nicht, was du heute hast. Das Laufen ist doch fest in deinem Projekt verankert, ohne es würdest du immer noch auf der Stelle treten.«

»Das ist es ja gerade«, sagte Rimbach. »Ich habe gestern Abend ein bisschen nachgedacht. Vielleicht wäre ich ohne die Lauferei überhaupt nicht in die Situation gekommen, in der ich jetzt bin«, meinte er.

»In welche Situation?«

»Dass ich pleite bin und kein Auto hab und allein in einem Haus sitze, das der Bank gehört und jede Woche eine neue Katastrophe für mich bereithält. Und dass ich trotz des ganzen Aufwands noch keinen Zentimeter näher an Julia rangekommen bin.«

»Das ist eine Momentaufnahme«, sagte Kalle. »Du bist auf dem Weg.«

»Aber ohne das Laufen wär ich den Weg gar nicht gegangen und hätte die ganzen Probleme nicht am Hals.«

»Stimmt. Ohne das Laufen wärst du genau das, was du vor einem Jahr warst.«

»Und was war ich da?«

»Da warst du tot«, sagte Kalle. »Du hast gar kein Problem mit dem Laufen. Du bist ein bisschen frustriert und hast die Nase voll vom Winter. Du brauchst Abwechslung.«

»Du glaubst gar nicht, wie viel Abwechslung ich habe.«

»Ich meine was Positives. Was Neues, was du mit einem guten Trainingsplan in Angriff nehmen kannst. Halbmarathon oder so ...«

Rimbach überlegte. Halbmarathon, daran hatte er noch nie gedacht. 21 097,50 Meter. Das war eine magische Zahl, der Ritterschlag für den Freizeitläufer, eine unglaubliche Leistung für die meisten und besonders für einen Menschen, der im Frühjahr nach einer Strecke von dreihundert Metern am Boden zerstört gewesen war.

Jetzt war er fit, er konnte es schaffen. Es war Zeit, mal wieder einen Meilenstein zu setzen. Kalle hatte einen Vorschlag gemacht, mit dem er sich auf Anhieb anfreunden konnte.

»Und es hätte einen Riesenvorteil«, schob Kalle noch nach. »Wir könnten ein bisschen zusammen trainieren, und ich müsste nicht jedes Mal tiefsinnige Fragen beantworten.«

»Gute Idee«, meinte Rimbach und lachte. »Was meinst du übrigens mit tiefsinnigen Fragen?«

Die Idee war so gut, dass sie beschlossen, möglichst schnell einen Termin festzulegen. Zehn bis zwölf Wochen spezielles Training waren nötig, also konnte es im Frühjahr losgehen. Nach einem Blick in den Marathonplaner des größten Laufmagazins der Welt und einer kurzen telefonischen Absprache mit Kalle wurde der Lauf in Leipzig favorisiert. Nicht zu stark frequentiert, flacher Stadtkurs, schnell, das war genau das Richtige für den Anfang. Am 2. Mai würden sie starten.

In der Werkstatt hatten sie den Fehler in der Elektrik des Cooper gefunden, es war nur eine Kleinigkeit, wie sie ihm telefonisch mitteilten, und zu seiner Erleichterung war die Reparatur nicht teuer. Aber sie machten ihn auf ein paar andere Probleme aufmerksam: Der Cooper rostete unter der Frontscheibe, an der Stoßstange und unter den Scheinwerfern, und das Hinterhältige war, dass sich der Rost von innen nach außen durcharbeitete.

»Und was heißt das?«, fragte Rimbach.

»Dass er an diesen Stellen schon durchgerostet ist«, sagte der Monteur. Er wies Rimbach auch noch darauf hin, dass der Motor zu viel Öl verlor, der TÜV fällig war und dass Rimbach mit den Reifen, die seit sechs Jahren aufgezogen waren, keine Chance haben würde.

Dann fragte er, ob sie irgendwas gegen die Mängel unternehmen sollten, und nannte die ungefähren Kosten.

»Lassen Sie's so«, sagte Rimbach.

Das Jahr ging zu Ende, und die Kräfte verließen ihn. Er saß in seinem Wohnzimmer – seinen alten Sessel und den Schreibtisch hatte er wieder nach oben geschafft – und überlegte zum ersten Mal, ob er das Haus nicht besser verkaufen sollte. Er hatte viel Positives erlebt durch Conquest. Seine äußere Verwandlung gefiel ihm, das Laufen war gut, selbst mit dem Enterprise-Projekt kam er gut zurecht. Der Halbmarathon, auf den er sich mit Kalle vorbereiten würde, war ein richtiges Erlebnis, das ahnte er schon jetzt. Er könnte es genießen, wenn nicht ständig etwas mit dem Haus dazwischenkäme.

Es war ein Fass ohne Boden geworden. Das Bad lag in Trümmern, ebenso fehlten ihm jegliche Mittel, um die abgenutzte Küche zu renovieren oder, besser gesagt, komplett zu entsorgen, denn zu retten war da nichts mehr.

Die Decken und Wände mussten noch gestrichen werden, ebenso die Türen im Flur, die er vorher abschleifen musste. Doch all das würde sowieso nicht gelingen, weil sich zwischendurch immer wieder neue Katastrophen ereigneten. Sein finanzieller Spielraum war gleich null, und Julia schien weiter entfernt denn je.

Vergangene Nacht hatte er von ihr geträumt. Er war Teilnehmer bei einem Triathlon, sie schwammen in einem Fluss, und Rimbach war schnell – er wunderte sich selbst darüber, dass er so schnell schwimmen konnte – und lag sogar vor Tommsen, als sie aus dem Wasser stürzten.

Dann kam das Radfahren an die Reihe, und er konnte auch da mithalten, obwohl etwas mit seinem Rad nicht in

Ordnung war, es war viel zu klein und hatte Stützräder, und er ärgerte sich die ganze Strecke über, dass er unglaublich kämpfen musste, um an Tommsen dranzubleiben, aber er schaffte es.

Beim anschließenden Lauf sah er dann Julia am Streckenrand, sie war der Preis des Wettbewerbs, ihretwegen gab er alles, sie wollte von ihm gewonnen werden, feuerte ihn an und rief seinen Namen. Tommsen lief neben ihm, verbissen und mit abgehackten Schritten; Rimbach lief leicht, er war fit und hatte keine Beschwerden, dennoch konnte er Tommsen nicht überholen, denn etwas stimmte mit seiner Technik nicht: Er lief in Zeitlupe, und sosehr er auch versuchte, etwas daran zu ändern, es blieb dabei, er kam kaum voran.

Tommsen lief durchs Ziel, während Rimbach immer noch auf der Stelle trat und mitansehen musste, wie Tommsen Julia mitnahm, sie wie ein Möbelstück packte und unter seinen Arm klemmte. Sie sträubte sich und blickte sich verzweifelt nach Rimbach um, aber er konnte sie nicht erreichen.

Er hatte genug von Höhen und Tiefen, und er hatte auch keine Lust mehr, sich abzulenken. Krüger und Salewski, die angerufen hatten und mit ihm in die Stadt wollten, hatte er abgesagt. Er versuchte zu lesen, doch es scheiterte ebenso wie der Versuch, sich den zweiten Teil von »Herr der Ringe« im Fernsehen anzusehen.

Seine Gedanken drehten sich im Kreis. Es war Silvester, und er war Gefangener eines Projekts. Er fuhr den PC hoch und rief Conquest auf. Er würde dem Projekt jetzt eine Wende geben, etwas Entscheidendes ändern, einen Befreiungsschlag machen. Das Haus musste weg.

Da klingelte das Telefon, es war schon nach halb zwölf, vermutlich Krüger, der ihn doch noch überreden wollte, in die Stadt zu kommen, deshalb ließ er sich Zeit, bis er ranging. Und dann wunderte er sich sehr.

»Hallo. Ralf, bist du's? Hier ist Julia.«

Es dauerte eine Weile, bis er es begriff. Das war nicht möglich. Zu plötzlich, zu unerwartet und zu unwirklich.

»Julia«, sagte er. »Wo bist du?«

»In Kassel. Ich bin allein. Mit ein paar Freunden.« Allein mit ein paar Freunden. Sie redete wirres Zeug, so viel stand fest.

»Tommsen musste ins Büro«, sagte sie. »Der ist fleißig. Alles für mich. Und dann kauft er mir eine neue Überraschung.« Sie schien ein bisschen betrunken.

»Sie haben die gleichen Gespräche drauf wie letztes Jahr«, sagte sie. »Hier auf der Feier, meine ich. Hab mich beim Thema Investmentfonds mal kurz abgesetzt, vor einer Stunde. Hat noch keiner gemerkt. Ich dachte, ich ruf mal bei dir an.«

»Gute Idee. Ich hatte befürchtet, es wäre Krüger. Dein Anruf rettet mir den Abend. Wann hab ich zum letzten Mal deine Stimme gehört?«

»Ist bestimmt länger her. Soll ich dir was vorsingen?«, fragte sie.

»Bloß nicht«, sagte Rimbach und versuchte zu begreifen, was gerade passierte. Sie hatten wochenlang nichts voneinander gehört, und jetzt, in einem entscheidenden Moment, kurz bevor das neue Jahr begann, rief sie ihn an.

Bye, bye, Miss American Pie, drove my Chevy to the levee, but the levee was dry, klang es jetzt vom anderen Ende der Leitung, und Rimbach erkannte, dass sie schon ein wenig neben der Spur war; das passte zu dem verworrenen Text. Zum Glück verhaspelte sie sich kurz darauf und hörte auf.

»'tschuldigung. Bin albern«, sagte sie. »Warum bist du eigentlich bei dir?«

»Zu Hause, meinst du? Ich hatte viel zu tun. Brauchte ein bisschen Ruhe. Krüger und Salewski wollten wie immer zu Silvester durch Kassel ziehen. Seit fünf Jahren der gleiche Trip, da stehen die Stationen schon vorher fest.«

»Ja«, sagte sie. »Bei uns ist es auch schön. Ich sitze in der Küche. Ist gemütlich.«

Rimbach hörte, wie bei ihr irgendwo im Hintergrund ein Countdown gegrölt wurde, es war jetzt so weit.

»Ich wünsch dir alles Gute im neuen Jahr«, sagte sie.

»Ich dir auch«, sagte er, und dann ging das große Gejohle los, die anderen hatten sie wohl entdeckt und umzingelt. »Ich muss Schluss machen, bis dann«, hauchte sie noch ins Telefon.

»Ja«, sagte er. »Bis dann.«

Rimbach trat ganz nah an das große Fenster in seinem Haus, in dem immerhin das Dach dicht und die Wärmedämmung auf dem neuesten Stand war, die Heizung funktionierte und das Parkett neu hergerichtet war.

Was eben geschehen war, übertraf alle anderen Momente (denn mehr waren ihre Begegnungen nicht gewesen) in seiner Beziehung zu Julia Jenner.

Er setzte das Glas an die Lippen und trank, es war das zweite Glas Rotwein, aber weil er nicht mehr so viel gewöhnt war, spürte er die Wirkung schon ein wenig, und als draußen die Lichter der Feuerwerke das Tal erleuchteten, Böllerschläge ertönten und in der Stadt die Glocken läuteten, da stellte sich bei ihm ein seltenes Gefühl der Leichtigkeit ein, so als würde er vom Boden abheben und schweben.

Rimbach stand lange am Fenster, bevor er sich wieder an den Schreibtisch setzte, um endlich die Eintragungen vorzunehmen, die dem Projekt die entscheidende Wende geben sollten. Es brauchte keine einschneidenden Änderungen, die ihn nur weiter hinunterziehen würden, vor allem keine weiteren Maßnahmen, die mit Immobilien zu tun hatten. Ein neues Jahr hatte begonnen, was er brauchte, waren realistische und positive Ausblicke, und jetzt flogen ihm die Ideen nur so zu.

Er erinnerte sich daran, was er unmittelbar nach dem Hauskauf zu Julia gesagt hatte: »Wenn ich mal Land sehe, musst du unbedingt rauskommen und dir alles anschauen.« Zwar hatte er bisher kein Land gesehen, aber das wusste sie ja nicht, und vielleicht würde es sich noch ändern.

Außerdem musste er sich wieder öfter in der Öffentlichkeit zeigen und durfte sich nicht länger auf seiner Operationsbasis verkriechen, während sich im Kasseler Nachtleben möglicherweise entscheidende Dinge ereigneten. Und schließlich gab es ja auch noch eine Unternehmung, die die Krönung seiner läuferischen Laufbahn darstellen sollte und die es verdient hatte, in Conquest aufgenommen zu werden.

Er ergänzte das Projekt um folgende Punkte:

→ Haus in einen Zustand versetzen, der eine Besichtigung durch J. erlaubt. J. einladen
→ Öfter mal wieder rausgehen. Ins Leben. Sich zeigen
→ Halbmarathon am 2. Mai in Leipzig

Ihm war zwar bewusst, dass es noch zwei entbehrungsreiche Monate dauern würde, bis das Haus zumindest annehmbar aussah, aber damit konnte er leben. Jetzt kam das Projekt wieder in Bewegung, er hatte ein Zwischenziel, das erreichbar war, und das war die Hausbesichtigung durch Julia Jenner. Wenn sie da war, würde sie erkennen, dass sie eine Entscheidung treffen musste.

18

Als Erstes fand er eine Lösung für das Bad, in dem keine Fliese mehr an der Wand klebte, die Leitungen frei lagen und das abmontierte Waschbecken auf dem Boden den Weg zur Badewanne versperrte: Er ließ alles so, wie es war, fegte es ordentlich aus und betrat es nicht mehr. Zum Duschen und Waschen benutzte er ohnehin seit einem Vierteljahr das winzige Bad im Keller.

Dann vollendete er die Dämmarbeiten im Obergeschoss und brachte mit Kalles Hilfe, den er bei seinen Renovierungsmaßnahmen auch hin und wieder unterstützte, die Gipskartonplatten an. Schließlich begann er mit kosmetischen Maßnahmen, verspachtelte Ritzen und Fugen und schliff die Türen im Flur ab, wobei er zum wiederholten Male die ganze Wohnung einstaubte. Und dann strich er. Türen, Wände, Decken, manchmal bis spät in die Nacht. Denn das Haus sollte freundlich aussehen.

Die Fortschritte im Enterprise-Projekt, die er zwischendurch erzielte, nahm er als Beispiel dafür, dass Hartnäckigkeit sich auszahlt: Das Steering Committee, das für die Projektsteuerung zuständig war, hatte getagt und alle Vorschläge Rimbachs zur weiteren Vorgehensweise über die Vorbehalte einiger Geschäftsführer hinweg abgesegnet. Es war ein Erfolg für ihn. Und es war das letzte Mal, dass er auf so einer Veranstaltung in seinem Tommsen-Anzug auflief.

Die Läufe waren sein Ausgleich, und der Gedanke, dass er, Rimbach, in der Lage sein würde, erfolgreich einen Halbmarathon zu absolvieren, war so spannend wie aufregend. Kalle hatte als erfahrener Wettkampfläufer die Leitung des

Trainings übernommen und begann im Februar mit dem Ausbau der Grundlagenausdauer. Er dehnte die langsamen Läufe fast unmerklich für Rimbach weiter aus, zog ihn über Berge und Hügel, die es hier reichlich gab. Während Rimbach diesen Teil des Trainingsplans noch recht entspannend fand, stellte ihn Kalle auf der alten Laufbahn in Milsen eines Tages vor völlig neue Herausforderungen. Intervalle hieß das Thema, das waren mehrere kurze Tempoläufe über achthundert Meter, denen jeweils Trabpausen zur Erholung folgten. Es war hart und ging an die Schmerzgrenze, das Tempo hoch zu halten, schon die ersten Runden wurden zur Qual, und einige Male fluchte er unterwegs oder keuchte Sätze wie »Lauf weiter, du Idiot!«, dann teilte er die verbleibende Strecke in Teilstücke von hundert Metern ein und kämpfte sich von Abschnitt zu Abschnitt, so wie es alle machten, die sich dieser grausamen Prozedur unterzogen. Aber die Abwechslung zwischen Anspannung und Entspannung und die Genauigkeit, mit der er die vorgegebenen Rundenzeiten traf, faszinierten ihn; nebenbei verging die Zeit wie im Flug, nach kaum fünfundvierzig Minuten war der Spuk beendet. Es war eine neue Facette – anspruchsvoll, anstrengend und für Nichtläufer komplett unbegreiflich.

In dieser Phase rief an einem Samstagabend Jago Jenner an, überraschend, aber mit einem für ihn nicht untypischen Anliegen. Er war wegen einer Unbeherrschtheit auf dem Platz für vier Spiele gesperrt worden, hatte sich in der Folge ein Wortgefecht mit seinem Trainer geliefert und war daraufhin für zwei Wochen vom Training ausgeschlossen worden. Und suchte jetzt jemanden, an den er sich dranhängen konnte, um während dieser Zeit fit zu bleiben.

»Fällt mir leichter, wenn jemand dabei ist«, sagte er. »Bin halt nicht abgestumpft genug, um allein durch den Wald zu laufen.«

»Okay«, sagte Rimbach, »also dann morgen um zehn, Parkplatz am Steinwald. Falls das nicht zu früh für dich ist …« Zur Sicherheit rief er Kalle noch mal an und wies ihn darauf hin, bei den Läufen mit Jago nicht unbedingt über Conquest zu philosophieren.

Am nächsten Morgen stand Jago tatsächlich am Parkplatz, in dem rot-weißen Trainingsanzug seines Vereins. Er sah ein bisschen blass aus und hatte leichte Ringe unter den Augen, aber Rimbach hatte nicht erwartet, dass der anstehende Lauf für Jago Jenner ein Grund sein würde, vor drei oder vier Uhr morgens ins Bett zu gehen. Es war überhaupt erstaunlich, wie wenig Spuren sein Lebenswandel bei ihm hinterließ.

»Maximal fünf Kilometer, mehr bringt sowieso nichts«, sagte Jago.

»Wie der Herr wünschen«, sagte Kalle, und sie trabten los. Kalle wählte eine hüglige Runde, begann ziemlich flott und drückte an den Steigungen unmerklich aufs Tempo. Rimbach lief konzentriert, es war ganz spannend, neben dem Star des FC Milsen herzulaufen, und er hatte nicht vor, sich eine Blöße zu geben. Wie immer nahm er ein lockeres Gespräch mit Kalle auf, es ging um den Cooper, der gerade durch den TÜV gerasselt war.

Jago hielt das Tempo mit, allerdings ohne dabei zu reden. Er sah nicht gerade unterfordert aus, wie Rimbach mit einem seiner gelegentlichen Seitenblicke feststellte, doch es war klar, dass er niemals stehenbleiben würde: Der Typ war in der Lage, so eine Strecke mit bloßer Willenskraft zu laufen. An der Schlusssteigung, als der Parkplatz in Sicht kam, machte er sogar noch mal richtig Tempo, doch Kalle und Rimbach hielten den Spurt mit, und am Parkplatz war es Jago Jenner, der die Hände auf die Knie stützte und schnaufte.

»Reicht«, keuchte er, öffnete die Autotür und angelte nach seinen Zigaretten.

»Nicht übel«, sagte Kalle. »Du könntest ein super Läufer werden, wenn du ein bisschen trainieren würdest.«

»Wieso soll ich Läufer werden? Ich bin Fußballer«, sagte Jago.

»Mit noch mehr Kondition könntest du ein super Fußballer werden«, sagte Kalle.

»Ich bin ein super Fußballer. Ich spiele Regionalliga, und sie gewinnen ohne mich kein Spiel. Sonst noch was?«

»Nein«, sagte Kalle, dem die Argumentation sichtbar gefiel.

Der Lauf hatte auch einen praktischen Nutzen. Jago hatte ein bisschen von dem Gespräch aufgeschnappt und wieder genügend Luft, um Rimbach mitzuteilen, dass er jemanden kannte, der das mit dem Cooper preisgünstig hinkriegen würde, ohne Rechnung natürlich. Und auf die von Rimbach nach dem Lauf ganz beiläufig gestellte Frage, wie es Tommsen so gehe, erfuhr er, dass Tommsen sich optimal verhielt und Julia keinen Grund zur Klage gab. Er gab den treuen und zuverlässigen Freund, so dass momentan niemand auf weitere Fehler von ihm hoffen konnte.

Jago saß bereits wieder im Auto und nahm einen Zug von der Marlboro. »Was habt ihr denn noch vor?«, fragte er.

»Laufen«, sagte Kalle. »Das eben war nur die Aufwärmrunde. Jetzt geht's richtig los ...« Rimbach, der schon wieder unruhig auf der Stelle hüpfte, nickte.

Der Star des FC Milsen konnte seine Überraschung nicht verbergen und tippte sich an die Stirn, bevor er den Wagen startete und losfuhr.

»Interessante Familie«, sagte Kalle, als sie wieder unterwegs waren. »Fang jetzt bloß nicht an rumzulamentieren. Das mit Tommsen hört sich alles so langweilig an, dass es nicht mehr lange gutgehen kann. Irgendwann kommt Bewegung in die Sache.«

Und dann, irgendwann Mitte Februar, kam Bewegung in die Sache. Rimbach zeigte, wie Conquest es vorsah, wieder mehr Präsenz im Kasseler Nachtleben, hörte sich hin und wieder ein bisschen Live-Musik in einer der kleineren Kneipen an und besuchte ab und zu die Afterwork-Partys. Die Szene hatte sich nicht verändert, allerdings fiel ihm auf, dass Jago Jenner gelegentlich in Kassel unterwegs war und sich sogar einige Male dazu herabließ, ein paar Sätze mit ihm zu wechseln. Wahrscheinlich hatte er sich früher schon in der Stadt herumgetrieben, als sie sich nicht gekannt und somit auch nicht beachtet hatten.

Rimbach nahm ab und zu Kalle mit, der eine Bereicherung war, so wie an jenem Donnerstagabend, als sie nach einem gemeinsamen Lauf in Joes Garage aufkreuzten. Krüger und Salewski saßen an der Theke.

»Oh, Herr Rimbach gibt sich die Ehre«, sagte Krüger, »mit Deutschlands längstem Läufer im Schlepptau. Sehen noch ziemlich erhitzt aus, die beiden.«

»Ja«, sagte Salewski, »wahrscheinlich sind sie mit ihren Grubenlampen erst noch ein paar Runden durch die Dunkelheit gestolpert.« Er nickte Kalle zu, der rechts neben ihm Platz nahm.

Rimbach grinste nur, es war genau die Begrüßung, mit der er gerechnet hatte. Er griff sich den Hocker neben Krüger, und sie rückten zu einem kleinen Halbkreis vor der Theke zusammen.

»Ist euer Gewissen durch den Lauf jetzt so rein, dass ihr euch ein Bier gönnen dürft?«, fragte Krüger.

»Auf jeden Fall ist unser Gehirn durch den Lauf jetzt so klar, dass wir nicht solchen Schwachsinn reden«, sagte Rimbach. »Im Übrigen gibt es nichts Erfrischenderes als einen Lauf bei drei Grad minus mit leichten Graupelschauern. Da kriegst du gratis noch eine Gesichtsmassage. Solltet ihr auch mal probieren.«

»Verstehe nicht, wie man sich das freiwillig antun kann«, sagte Salewski und sah ihn verständnislos an.

»Sie glauben, es wäre gesund«, erklärte Krüger. »Und würde sie vor irgendwelchen Krankheiten schützen.«

»Was im Grunde bewiesen ist«, warf Kalle ein.

»Du meinst den Quatsch mit diesen ganzen Krankenstatistiken, in denen die Läufer immer gut abschneiden«, sagte Krüger. »Wenn man, so wie ich, in der Lage ist, das mal zu Ende zu denken, erkennt man den wahren Grund dafür.«

»Jetzt bin ich gespannt«, sagte Rimbach amüsiert.

»Dann pass auf. Es ist nämlich folgendermaßen: Um so einen Schwachsinn wie das Laufen überhaupt durchzustehen, muss man schon mal eine ganz gute Veranlagung haben. Das hält nämlich gar nicht jeder durch.«

Rimbach hätte ihn hier gern korrigiert, aber es versprach, interessant zu werden, also ließ er ihn ausreden.

»Und daraus«, fuhr Krüger fort, »ergibt sich Folgendes: Läufer kriegen nicht automatisch eine bessere Konstitution oder werden gesünder, sondern es ist genau umgekehrt – die mit der besseren Konstitution werden automatisch Läufer, warum auch immer.«

»Und das heißt?«

»Das heißt, dass sie in Wirklichkeit gar nicht zu laufen bräuchten, weil sie sowieso gesund sind, daher auch die guten Statistiken. Es sind gesunde Schwachköpfe. Und deshalb gehen sie ihren Mitmenschen auch ständig auf die Nerven mit dem Läuferlatein, das sie von sich geben.«

»Aber wir doch nicht«, sagte Rimbach. »Haben wir jemals geprahlt wegen unserer tollen Lauferei? Oder euch bemitleidet wegen eurer Kurzatmigkeit?«

»Oder eure Antriebslosigkeit bemängelt?«, fragte Kalle.

»Oder euch wegen eures schlechten Gewissens aufgezogen?«, fragte Rimbach.

»Oder euch dicke und faule Säcke genannt?«, fragte Kalle.

»Haben wir nicht«, sagte Rimbach. »Würde uns nie einfallen. Dazu sind wir viel zu tolerant. Und zu bescheiden.«

Salewski war auf die Provokation hereingefallen und brachte das Standardargument. »Ich hab sowieso keine Zeit zum Laufen«, sagte er.

»Keine Zeit heißt keine Lust«, sagte Rimbach. »Ich lauf ungefähr drei Mal die Woche je eine Stunde. So viel sitzt du doch manchmal an einem einzigen Abend vor dem Fernseher. Und was machst du sonst noch für wichtige Dinge, während wir laufen?«

»Unterschätz ihn nicht«, sagte Kalle. »Ich kenne Nichtläufer, die haben 'ne ganze Menge Alternativen. Puzzeln zum Bespiel. Oder Rommé spielen. Eisfischen. Malen nach Zahlen. Modelleisenbahn.«

»Bierdeckel sammeln. Kakteenzucht. Du hast recht, es gibt schon tolle Möglichkeiten«, sagte Rimbach.

Aus dem Gespräch war abzuleiten, dass die Positionen der beiden Parteien bis auf weiteres unvereinbar bleiben würden. Aber da es noch mehr wichtige Dinge zu besprechen gab, wurde die Diskussion beendet; es folgte unter anderem eine engagiert geführte Aussprache über den Nutzen von Hybridautos und die Einkaufspolitik des FC Bayern in der Winterpause, und es wurde festgestellt, dass die Musik von Brian Adams im Laufe der Jahre immer abgeschlaffter geworden war ...

Die Ablenkung tat Rimbach gut. Der vorhergehende Lauf, die Gesellschaft und zwei bis drei Weizenbier versetzten ihn in eine ganz angenehme Grundstimmung. Auch die Gespräche mit Krüger und Salewski hatte er ein wenig vermisst, es tat ganz gut, dass man das Hirn dabei fast komplett ausschalten konnte.

Es war alles wie immer, doch dann passierte etwas Besonderes: Jemand setzte sich, von Rimbach zuerst gar nicht beachtet, auf den freien Thekenstuhl neben ihm und stieß ihn nach einer Weile in die Rippen.

Es war eine Frau, und Rimbach blickte sie überrascht an.

»Dich kenn ich. Ich war mal bei dir in der Wohnung«, sagte sie. »Das war eine der coolsten Wohnungen, die ich je gesehen habe.«

Rimbach schaltete sein Gehirn wieder ein. Die Frau war

sehr jung. Sie hatte Sommersprossen, lockige lange Haare, eine runde Brille und lustige Augen. Und viel Figur, verteilt auf etwa eins sechzig. Es war die Raumausstatterin, die im vergangenen Jahr seine Wohnung aufgepeppt hatte.

»Du hast dich verändert«, sagte sie. »Du hast doch mindestens zehn Kilo runtergekriegt. Davon kann ich nur träumen.«

»Lass mal alles so«, sagte Rimbach. »Ist gut verteilt, das ist mir damals schon aufgefallen. Du bist Frau Reusch, oder?«

»Conny. Hat es eigentlich geklappt mit der Wohnung?«

»Wie geklappt?«

»Na, das war doch die typische Junggesellenbude. Alles sehr authentisch, fast zu schade, um was zu ändern. Die hast du doch wegen einer Frau renoviert, das hätte ein Blinder gemerkt. Also, ist was draus geworden?«

Conny Reusch war ziemlich direkt, das war Rimbach damals schon aufgefallen.

»Na ja«, sagte er. »Man könnte sagen, ich arbeite noch an dem Fall. Und ich wohn da auch nicht mehr.«

»Wie, du wohnst da nicht mehr?«, fragte Conny Reusch.

»Es gab ein Haus, das ich günstig kriegen konnte. In Milsen. Da musste ich zuschlagen.«

»Ein Haus. In Milsen. Was machst du denn für Sachen? Konntest du nicht sogar von deiner Wohnung aus zu Fuß zur Arbeit gehen? Das muss ja was ganz Ausgefallenes sein, was dich nach Milsen gezogen hat. Erzähl mal.«

Sie war witzig, und es machte Spaß, sich mit ihr zu unterhalten, und es wurde auch langsam mal wieder Zeit für so etwas, denn er stellte fest, dass er auf dem Gebiet gewisse Defizite hatte. Krüger und Salewski beobachteten den Vorfall konsterniert. Rimbach hatte keine Minute gebraucht, um eine völlig fremde und durchaus beachtliche Frau in ein Gespräch zu verwickeln, man konnte bereits von einer gewissen Fixierung sprechen. Rimbach nahm wahr, dass sie ihn beobachteten, und das hob seine Stimmung noch mehr.

Der Abend entwickelte sich. Es war elf, und das Publikum wechselte. Krüger ging, Jago kam, Conny Reusch blieb. Jago schaute hier meistens nur kurz rein, Joes Garage war nicht sein Pflaster, aber jetzt pflanzte er sich natürlich auf den freigewordenen Platz neben Rimbach. Er nickte kurz in die Runde, bestellte ein Bier, ignorierte Salewski und fragte Kalle, wie weit er letzte Woche gelaufen sei und was er so alles Spannendes erlebt habe unterwegs, dann schwieg er wieder und trank sein Bier.

Nicht auszuschließen, dass er ab und zu ein wenig von dem aufschnappte, was Conny und Rimbach besprachen. Es baute Rimbach richtig auf, dass selbst die Anwesenheit des großartigen Jago Jenner es nicht vermochte, Conny Reusch von ihm abzulenken. Rimbach erfuhr, dass sie gerade dabei war, eine Trennung zu verarbeiten (»bin aber schon über den Berg«), außerdem stellte sie fest, dass Rimbach ein ganz ähnliches Ausstattungsproblem wie im vergangenen Jahr hatte, wenngleich es mittlerweile um ein Vielfaches umfangreicher geworden war; sie war begeistert von der Idee, sich das Ganze mal unverbindlich anzusehen. Sie hatten sogar schon einen Termin.

»Samstag. Um vier Uhr bin ich bei dir, und du zeigst mir alles«, sagte sie.

»Ich zeig dir alles. Trinkst du Kaffee oder Tee?«, fragte Rimbach.

»Kaffee. Tee. Wein. Was du da hast«, sagte sie.

Jago hatte ausgetrunken. Er hatte wohl noch etwas anderes vor, jedenfalls zahlte er und ging, nicht ohne Rimbach einen schönen Samstag zu wünschen.

Rimbach und Conny rückten auf, er stellte sie den anderen kurz vor mit der Folge, dass Kalle und Salewski augenblicklich aus einem kleinen Formtief erwachten und ebenfalls dringenden Beratungsbedarf bezüglich ihrer Wohnungen anmeldeten; Kalle sprach in seinem Fall sogar von einer Lebensaufgabe, die die Auftragslage für Conny Reusch für alle

Zeiten sichern würde. Rimbach bestellte ein letztes Bier, er war zufrieden, es war ein runder Abend gewesen, ein Abend, der jetzt in Ruhe zu Ende gehen konnte.

Ging er aber nicht.

Denn jetzt betrat sie das Lokal, er sah es mit einem Blick aus den Augenwinkeln, und ihm wurde schlagartig etwas klar: Wenn er an diesem Abend oder in diesem Jahr oder wann immer auch nur einen Moment lang geglaubt haben sollte, irgendjemand könnte Julia Jenner ersetzen oder dafür sorgen, dass sie aus seinem Kopf verschwand, dann wusste er in dieser Sekunde, dass es eine solche Option nicht gab.

Er fing sich augenblicklich, als er Tommsen entdeckte, den unvermeidlichen Tommsen, den sie im Schlepptau hatte. Er ließ sich nicht anmerken, dass er die beiden gesehen hatte, denn ihm wurde bewusst, dass er im Grunde in einer komfortablen Situation war – er kannte ihre Karten, sie seine nicht.

Als sie auf der Suche nach einem freien Tisch an ihm vorbeiging, ihre Blicke sich wie zufällig trafen und sie kurz stutzte und versuchte, die Situation zu erfassen, ergriff er die Initiative.

»Hallo, Julia, schön, dich zu sehen. So ein Zufall«, sagte er.

»Hallo, Ralf. Was machst du denn hier?«, fragte sie etwas ratlos.

»Ich brauchte mal wieder etwas Gesellschaft«, sagte er und stellte die anderen vor. »Das ist Conny. Und der Riese da ist Kalle, mein Freund und Trainer. Den anderen kennst du ja. Krüger ist leider schon weg, hätte sich bestimmt gefreut. Hi, Mike, lange nicht gesehen. Siehst gut aus.«

Er benahm sich, als wäre er in seinem Wohnzimmer, was Joes Garage ja auch mal gewesen war, gab sich locker und bester Laune und zeigte kein bisschen, in was für einen Ausnahmezustand ihn ihre Anwesenheit versetzte. Er hätte sich anders benommen, wenn sie Tommsen nicht dabeigehabt hätte, Tommsen, der hier um halb zwölf mit Anzug und Krawatte auflief und dämlicherweise so tat, als nähme er Rimbach überhaupt nicht wahr, obwohl er keinen Meter von ihm entfernt war.

»Schön, dich zu sehen, bei der Arbeit hat man ja gar keine Zeit mehr, sich zu unterhalten«, sagte sie. »Ja, wir suchen uns dann mal einen Platz, ich glaube, da hinten ist noch ein Tisch. Also bis dann.«

Sie und Tommsen nahmen nicht weit entfernt Platz, sie saß in Blickrichtung zu ihm, und es konnte ihr nicht verborgen bleiben, wie er und Conny Reusch die Köpfe zusammensteckten und sich lebhaft gestikulierend austauschten. Weil es schon spät war, zahlten sie schließlich und brachen zu viert auf, und er winkte Julia noch einmal zu, als sie das Lokal verließen.

Sie standen noch draußen, bis Connys Straßenbahn kam, sie küsste ihn auf die Wange, bevor sie einstieg. »Ich freu mich auf Samstag«, sagte sie.

»Und?«, fragt er Kalle, als sie im Auto saßen und Kalle den Wagen startete. Kalle fuhr immer, weil er nie trank.

»Was, und?«

»Wie fandest du sie?«

»Die Kleine? Conny? Witzig. Frech. Markante Figur. Die ist richtig gut.«

»Und Julia?«

»Ein Engel«, sagte Kalle, und Rimbach sah ihn erstaunt an. Er meinte es ernst.

Was für ein Abend. Zu Hause, als Rimbach im spärlichen Licht seiner Stehlampe in seinem roten Schwingsessel saß und alles auf sich wirken ließ, reichte es sogar noch zu einer philosophischen Betrachtung. Vor einem Jahr hatte sich nichts bewegt in seinem Leben. Danach hatte er lange geglaubt, in dem täglichen Überlebenskampf mit dem Haus, den er sich selbst eingebrockt hatte, unterzugehen, aber er hatte es überstanden. Und jetzt das. Alles, was an diesem Abend geschehen war, noch die kleinste Begebenheit, war ein Resultat aus Conquest.

Die Dinge entwickelten sich, und er würde dafür sorgen, dass sie sich in die richtige Richtung entwickelten. Und deshalb fuhr er jetzt den Rechner hoch und bereicherte das Projekt um einen neuen Schachzug:

→ Conny Reusch als Lockvogel einsetzen.

19

Noch einmal stand Rimbach in seinen Laufsachen vor Hovet und betrachtete sich. Der Bauch war verschwunden, die Beine muskulöser als vor einem Jahr, die Arme zwar nicht strotzend vor Muskeln, aber frei von Fettpolstern. Sein Gesicht war schmaler und hatte wieder Konturen. Es war ein anderer Rimbach als noch vor einem Jahr, drahtig und beharrlich, elf Kilo waren verschwunden, langsam, aber stetig durch drei Läufe pro Woche.

Seit etwa sechs Wochen nahm er nicht mehr ab. Er hatte beobachtet, dass die Gewichtsabnahme, die mit dem Laufen begonnen hatte, stagnierte, egal ob er mal etwas weniger lief oder etwas mehr aß. Es hatte sich eingependelt – Rimbach hatte, jedenfalls was die Physis betraf, seine Balance gefunden.

Er legte noch das Stirnband an und zog die Laufjacke über, dazu Handschuhe, und trabte langsam auf dem Feldweg hoch zum Steinwald. Die Sonne schien, die Temperatur lag ein paar Grad unter null, und beim Ausatmen bildeten sich kleine Wölkchen. Nach drei Minuten Bewegung war von der Kälte nichts mehr zu spüren, Rimbach lief gelassen und mit niedrigem Puls auf knochentrockenem Boden zwischen reifbedeckten Bäumen und dachte ein wenig nach.

Das Problem war, dass es gar nicht so einfach sein würde, Conny Reusch bei der Sache zu halten, ohne mit ihr zu schlafen. Die Art, wie sie die Dinge anging, ließ nicht erwarten, dass sie auf wochenlanges Händchenhalten im Park stand oder irgendwelche Romantikeinlagen mit ewigen Treueschwüren erwartete. Er fragte sich, ob er nach Monaten der

Abstinenz einem Annäherungsversuch widerstehen konnte oder überhaupt widerstehen wollte. Die Antwort war nein, und so gesehen gab es kein Problem.

Es war sein Unterbewusstsein, das ihm vorgaukelte, Julia gegenüber irgendwelche Verpflichtungen zu haben, was, wie er bei näherer Betrachtung befand, vollkommen schwachsinnig war, eine völlig überflüssige Blockade. Vor allem, wenn er sich vor Augen führte, dass sie es ja eigentlich war, die ihn ständig mit Tommsen betrog.

Wann hatte man schon mal die Gelegenheit, eine Frau wie Conny Reusch haben zu können, das passierte einem nicht jede Woche. Es wäre regelrecht unhöflich, sie abzuweisen. Rimbachs Phantasie hatte ihn mittlerweile überholt und lief ein paar Meter voraus; er stellte sich vor, wie sie vor ihm stand und sich langsam den Pullover über den Kopf zog und wie seine Hände auf ihren Hüften lagen und dann langsam ihren Körper erforschten. Doch als seine Vorstellungen detaillierter wurden, sah er sich gezwungen, von diesen Gedanken abzulassen, denn er hatte nicht erwartet, ausgerechnet während eines Laufs bei vier Grad minus die Anzeichen einer beginnenden Erektion zu verspüren. Und so versuchte er, sich wieder auf die im Sonnenlicht glitzernden Bäume zu konzentrieren und alles andere seinen Lauf nehmen zu lassen.

Gegen vier Uhr öffnete er die Wohnungstür, und Conny Reusch trat ein. Es war noch hell draußen, sie hatten den Termin so gewählt, damit sie die Räume und Farben besser auf sich wirken lassen konnte. Sie hatten sich freudig begrüßt, doch Rimbach wunderte sich, dass sie bei der Wohnungsbesichtigung immer schweigsamer wurde, sie nahm jedes Detail zur Kenntnis, anders als in Rimbachs ehemaliger Wohnung, in der ihr ein einziger Blick genügt hatte.

Schließlich waren sie im Wohnzimmer angelangt, wo sie sich lange umschaute.

»Unglaublich«, sagte sie.

»Ist doch ganz brauchbar, oder?«, sagte Rimbach.

»Nein«, sagte sie. »Das gerade nicht. Es ist unglaublich. Kein Mensch kauft so ein Haus. Aber das ist der Clou an der Sache.«

»Und was heißt das jetzt genau?«

»Es ist nicht praktisch, und es ist nicht fertig, und es war vermutlich nicht billig, es überhaupt erst mal so hinzukriegen. Aber es ist was Besonderes.«

»Beruhigend«, sagte Rimbach. »Setz dich, ich hol uns was zu trinken.«

»Wie ich sehe, bist du dir bei der Möblierung treu geblieben«, sagte sie, als er zurückkam. »Die Richtung stimmt, man soll bloß nicht alles mit Schränken oder Kommoden vollstellen. Aber der Raum hier verdient schon das eine oder andere Möbelstück, das es wert ist, so genannt zu werden. Man muss sich ja nicht vorkommen wie in einem leeren Aquarium.«

Der Vergleich war gut. Rimbach erklärte ihr, dass der Raum tatsächlich schon mal kurz davorstand, zum Aquarium zu werden, als es aus mehreren Löchern durchgeregnet hatte. Und dass seine Möglichkeiten bezüglich der Innenausstattung beschränkt waren, da das Geld, was am Monatsende übrigblieb, bisher kaum ausgereicht hatte, um die jeweils neu aufgetretenen Mängel zu beseitigen.

Dann wurde es besinnlich. Es dämmerte, sie saßen nebeneinander auf der Gymnastikmatte, sehr vertraut, stellten fest, wie viel in dem Jahr passiert war, in dem sie sich nicht gesehen hatten, berührten sich kurz und wie zufällig, wenn er sich Kaffee oder ihr Tee nachschenkte. Es konnte ihr nicht entgangen sein, dass in diesem Haus keine Frau wohnte.

Es war sieben und schon richtig dunkel draußen, als sie auf die Uhr schaute. »Ich muss bald los, hab noch einen Termin bei einer Freundin. Sehen wir uns heute Abend noch?«, fragte sie ihn, und als er die Erwartung in ihren

Augen sah, da überlegte er ganz kurz, und dann wuchs er ein wenig über sich hinaus und machte etwas richtig.

»Du, Conny«, sagte er zu ihr. »Ich muss dir was sagen.«

»Das ist schlecht. Ein Satz, der anfängt mit ›Ich muss dir was sagen‹, endet nie gut. Also los, ich bin auf alles vorbereitet.«

Rimbach machte es kurz und war ziemlich ehrlich. Es war, wie es war. Er hatte sich gefreut, sie zu treffen, er fand sie gut, sogar richtig gut, aber er war nicht frei. Also jedenfalls mental gesehen.

»Erinnerst du dich, wie ich in Joes Garage gesagt habe, dass ich noch an einem Fall arbeite?«

»Ja«, sagte sie. »Hab ich schon befürchtet. Es ist die Frau, die am Donnerstag mit diesem geölten Typen aufgetaucht ist, oder? Du warst anders, nachdem sie reingekommen ist. Und hast ziemlich oft rübergeschaut.«

»Ja«, sagte Rimbach. »Die ist es. Sie heißt Julia. Bist du sauer?«

»Nein. Du scheinst den Fall ja ziemlich hartnäckig zu verfolgen. Dagegen kann man wenig ausrichten.«

»Sehen wir uns trotzdem noch mal?«

»Klar«, sagte sie. »Vielleicht ist mir ja bis nächste Woche was Bezahlbares eingefallen wegen deiner Innenausstattung. Und außerdem kennst du ja ganz interessante Leute …«

Als sie fort war, zog er ein kurzes Fazit. Er konnte zufrieden mit sich sein. Er war ehrlich gewesen und hatte Größe gezeigt, obwohl er dadurch möglicherweise eine Chance vergeben hatte. Er hatte gezeigt, dass er nicht der Typ war, der die Gefühle einer Frau verletzte, nur um seine niedersten Instinkte zu befriedigen.

Aber hauptsächlich, und diese Erkenntnis war ihm schon am Morgen gegen Ende seines Laufes gekommen, würde ihm sein Verhalten eine Reihe unnötiger Komplikationen vom Leibe halten …

Er schlief seit einigen Wochen ziemlich gut. In seinem provisorischen Schlafzimmer im unteren Geschoss mit den großen Glasflächen und dem Zugang zum Garten, in dem sich immer irgendetwas bewegte oder raschelte, war er sich anfangs ungeschützt vorgekommen, fand es sogar ein wenig unheimlich, aber mit der Zeit hatte er sich daran gewöhnt und seine Bedenken als Kinderkram abgetan. Doch in der Nacht von Samstag auf Sonntag geschah das Unfassbare.

Ein monotones Pochen an der Scheibe riss ihn mitten in der Nacht aus dem Schlaf. Es dauerte einen Moment, bis er begriff, was vor sich ging, und währenddessen wurde das Pochen immer lauter, bis Rimbach hinaussah und erstarrte. Er erkannte direkt vor der Scheibe die Umrisse eines Körpers, einer dunklen Gestalt mit wirrem Haar und einer erhobenen Faust, er hatte so was mal in einem Film gesehen: Untote mit leeren Augenhöhlen, mit Lumpen bekleidet und einem Haken aus Stahl anstelle eines Arms, die in der Nacht an die Scheiben der Häuser klopften und den Tod brachten. »Nebel des Grauens« hieß der Film, und in diesem Augenblick schien er Wirklichkeit zu werden. Rimbachs Hand tastete verzweifelt nach einem Gegenstand, mit dem er sich wehren, den Angreifer schlagen, bewerfen oder stechen konnte. Ein Schraubenzieher lag noch auf dem Umzugskarton, der ihm als Nachttisch diente, Rimbach ergriff ihn, zu allem entschlossen, und sprang aus dem Bett, die Bettdecke wie zum Schutz vor sich haltend. Das hier durfte nicht das Ende sein, schoss es ihm durch den Kopf, nach allem, was er in den letzten Monaten durchlitten, all der Mühe, die er sich gegeben hatte.

»Mach doch mal auf«, rief der Untote, »ich bin's, Jago.«

Er war es tatsächlich. »Bist du wahnsinnig«, sagte Rimbach, als er die Terrassentür geöffnet hatte. »Weißt du, wie viel Uhr es ist?«

»Zwei«, sagte Jago. »Ich war noch im Geier. Wir haben einen Tipp gekriegt, dass sie Verkehrskontrolle machen am

Stadtausgang Richtung Alten-Bergen. Zu riskant, mit dem Auto heimzufahren. Kann ich irgendwo hier pennen? Deine Klingel geht übrigens nicht.«

Besonders fertig sah er nicht aus, aber man merkte ihm ja fast nie an, wie viel er getrunken hatte. Rimbach kramte resigniert den Schlafsack aus einer Ecke hervor und schubste ihn aus dem Zimmer.

»Mach's dir irgendwo oben bequem. Und lass mich bloß ausschlafen«, sagte er und legte sich wieder aufs Ohr.

Als Rimbach am nächsten Morgen gegen halb acht aufwachte, wunderte er sich, dass die Tür zum Garten aufstand, und als er hinausschaute, wunderte er sich noch mehr. Er sah Jago, der, stoßweise atmend, mit freiem Oberkörper und in Unterhosen, barfuß über das reifbedeckte Gras lief. Es mussten mindestens fünf Grad minus sein. Eine Minute später zog er die Tür hinter sich zu und stand in Rimbachs Schlafzimmer.

»Altes Hausmittel. Eine Runde barfuß durch den Garten bei so einem Wetter, und du kannst deinen dicken Kopf vergessen«, sagte er. »Musst du unbedingt ausprobieren, du fühlst dich danach wie neu geboren. Ich glaube, deinen Nachbarn hat es auch interessiert. Ist fast vom Balkon gefallen, so weit hat er sich übers Geländer gebeugt, um was mitzukriegen.«

»Danke für den Tipp«, sagte Rimbach. »Das ist ganz genau das, was mir gefehlt hat.«

»Keine Ursache«, sagte Jago. »Hast du Brötchen da?«

»Eins ist jedenfalls witzig«, sagte Rimbach zu Kalle, als sie am Sonntagabend einen kleinen Entspannungslauf machten und er die Geschichte von Jagos Auftritt erzählt hatte. »Ich glaube, Hattich denkt jetzt, ich wär schwul.«

»Na also. Dann hat er jetzt was zum Grübeln und Rumerzählen. Ich hab mal so was Ähnliches erlebt, da ging's um Alkohol.«

»Um Alkohol?« Rimbach war überrascht, da der Lange so gut wie nie etwas trank. Er gehörte zu dieser Randgruppe von Menschen, denen der Alkohol nicht nur nicht schmeckte, sondern die auch die Wirkung nicht brauchten.

»Ja«, sagte Kalle. »Als ich zu Maren nach Battenheim gezogen bin, war das ein echtes Problem. Ein Zugezogener, und dann auch noch einer, der nie trinkt. Das konnte ja nicht sein. Also haben sie kurzerhand beschlossen, dass ich früher Alkoholiker gewesen sein muss und nur zwangsweise abstinent war.«

»Beeindruckend«, sagte Rimbach. »Was man mit der richtigen Beobachtungsgabe und ein bisschen Talent zum Kombinieren für Diagnosen stellen kann ...«

Am nächsten Donnerstag traten sie nur in kleiner Besetzung in Joes Garage an. Kalle hatte keine Zeit, Krüger war fremdbestimmt und konnte nicht immer so, wie er wollte. Nur Salewski saß an seinem gewohnten Platz an der Theke, er war immer da; Rimbach glaubte nicht, dass das Lokal ohne Salewski überhaupt aufmachte.

Rimbach hatte es ebenfalls für richtig gehalten, sich blicken zu lassen, es war eine Bauchentscheidung gewesen. Die Kneipe war etwa zu drei Vierteln gefüllt, aus den Lautsprechern dudelte leise Bon Jovi, und sie saßen nebeneinander und suchten nach einem passenden Gespräch. Es war nicht ganz einfach; wenn Salewski ohne Krüger da war, gab er manchmal den einsamen Wolf, saß da, schaute bedeutungsschwer ins Leere und wartete darauf, dass sich irgendetwas in seinem Leben änderte.

Immerhin erschien nach einer halben Stunde Conny Reusch, begrüßte sie wie alte Bekannte und setzte sich neben Rimbach.

»Wo sind die anderen?«, fragte sie nach einer Weile, und Rimbach erklärte es ihr.

»Schade.«

»Wieso?«

»Letzte Woche war mehr los. Ihr habt nicht so den ganz großen Unterhaltungswert heute. Hab so das Gefühl, ihr hängt ein bisschen durch.«

»Liegt nicht an dir«, sagte Rimbach. »Und es ist noch früh. Wir sind steigerungsfähig.«

Als Julia hereinkam – natürlich wieder mit Tommsen, der offenbar wie eine Klette an ihr klebte –, war Rimbach nicht so erstaunt wie eine Woche zuvor, er hatte es diesmal fast erwartet. Und es überraschte ihn auch nicht, dass sie ihm diesmal nur kurz zunickte, bevor sie und Tommsen sich an einen Tisch setzten. Es gelang ihm, freundlich und sehr beiläufig zurückzunicken, ohne dabei sein Gespräch zu unterbrechen. Sie setzte sich in Blickrichtung zu ihm. Über dem Thekenregal hing, schräg angebracht, ein Spiegel, in dem Rimbach sie unbemerkt beobachten konnte.

Conny Reusch hatte eine Flut von Einrichtungsvorschlägen, es ging um Lampen und ein Sofa (»was Modernes, aus Leder«), Bilder, einen Teppich, ein Regal (»alles nur in Maßen, dafür Qualität«), ein Soundsystem, Farbvorschläge für Decken und Wände. Als Rimbach während der Erläuterung der Treppenhausgestaltung zum dritten Mal abwesend in den Spiegel blickte, legte sie wie nebenbei ihren Arm um seinen Nacken, zog sich ein wenig zu ihm heran, redete ganz normal weiter und presste dann blitzschnell ihre Lippen auf seine.

Die Falle war zugeschnappt. Der Griff ihres Armes war aus Eisen, Rimbach spürte, wie ihre Zunge in seinen Mund eindrang, er war überrumpelt und suchte mit der rechten Hand Halt an der Theke, denn sie war kurz davor, ihn vom Hocker zu reißen. Eine Art Naturgewalt hatte ihn erfasst, es gab keine Chance zu entrinnen, und seine Gegenwehr erlahmte schnell. Nach etwa zwanzig Sekunden begannen die ersten Leute zu klatschen, und es verging noch eine ganze Zeit, bis sie ihn wieder losließ.

»Du musst langsam mal ein bisschen Gas geben, wenn

sich was bewegen soll«, flüsterte sie ihm ins Ohr, »nur in den Spiegel glotzen reicht nicht«, und als ihm dämmerte, was sie meinte, da fing sie wieder an, küsste ihn jetzt vorsichtiger, so dass er es fast schon genießen konnte.

Salewski saß daneben und starrte pikiert in sein Glas, er hatte in diesem Moment wohl das Gefühl, nicht richtig dazuzugehören. Als Rimbach auch den zweiten Angriff hinter sich hatte, rang er nach Luft und Worten.

»Ich will mich ja nicht beschweren«, sagte er ihr schwer atmend ins Ohr. »Diese Taktik ist ganz reizvoll. Aber meinst du, das bringt was?«

»Abwarten«, sagte sie. »Es kann jedenfalls nichts schaden. Irgendeine Reaktion wird schon kommen.«

Die Reaktion kam kurze Zeit später, als Conny Reusch mal eben zur Toilette gegangen war. Rimbach hatte durch einen Spiegelkontrollblick festgestellt, dass Julia und Tommsen bereits am Bezahlen waren, und als sie diesmal an ihm vorbeiging, sprach sie ihn an.

»Hallo. Du amüsierst dich ja gut.« Es klang kühl.

»Ja, sagte Rimbach, »ist ganz angenehm hier.«

»Für dich vielleicht.«

»Wie?«

»Ist vielleicht nicht so angebracht, sich in deinem Alter wie ein liebestrunkener Sechzehnjähriger aufzuführen. Nur so als Tipp von mir.«

»Liebestrunken. Witziges Wort. Gibt's jetzt neue Regeln, was ›angebracht‹ ist und in wen man sich verlieben darf?«

Sie sah ihn irritiert an. Tommsen sah sie irritiert an. »Lass uns gehen«, sagte sie, und dann gingen sie. Sie hakte sich bei Tommsen ein, was Rimbach lächerlich fand.

Jetzt sah Salewski ihn irritiert an, und dann kam Conny Reusch zurück und nahm wieder ihren Platz auf dem Thekenhocker neben Rimbach ein.

»Frau Jenner ist ja weg. War sie verstimmt?«, fragte sie. Die Frau hatte empathische Fähigkeiten.

Rimbach nickte. Er hätte in diesem Augenblick gar nicht so viel dagegen gehabt, wenn dieser Abend mit Conny Reusch noch einen würdigen Abschluss gefunden hätte, doch die hatte andere Pläne.

»Na also«, sagte sie. Dann langte sie über Rimbach hinweg und schubste Salewski an, der sich mit seiner Rolle als Randfigur abgefunden zu haben schien und überrascht aufblickte.

»Ich geh nachher noch mal ins Dubliners«, sagte sie zu ihm. »Gehst du mit?«

»Bestimmt«, sagte Salewski, der gar nichts mehr verstand.

Rimbach sah Salewski erst am nächsten Montag bei der Arbeit wieder, und er hätte von ihm gern noch ein paar Einzelheiten über den Ausflug mit Conny Reusch erfahren, doch es war nicht viel aus ihm herauszubringen.

»Die Frau ist ziemlich anstrengend«, sagte er nur.

»Du bist nichts Gutes mehr gewöhnt«, sagte Rimbach. »Das ist eine Schande. Aber um sich einer solchen Herausforderung zu stellen, muss man halt körperlich und geistig auf der Höhe sein.«

Seine Formkurve zeigte nach oben, und die Vorbereitung auf den Halbmarathon hatte begonnen, ihn in ihren Bann zu ziehen. Es war März, er hatte seinen ersten Winter als Läufer überstanden und genoss es, dass die Sonne wieder später unterging und gelegentlich sogar wärmte. Nach einem harten Zehn-Kilometer-Testlauf, für den er kaum mehr als fünfzig Minuten gebraucht hatte, und einem anschließenden Studium der Hochrechnungstabellen in seinem Lieblingslaufmagazin stand fest: Er konnte bei dem Lauf über die 21,1 Kilometer die Zwei-Stunden-Schallmauer in Angriff nehmen. Sie zu knacken wäre eine respektable Leistung für einen Neuling, und das war jetzt sein Ziel, jedenfalls was das Laufen betraf.

Es lag jetzt eine gewisse Spannung auf dem ganzen Prozess. Es roch nach Frühling, nach Aufbruch und Veränderung.

Ein paar Tage später rief Julia ihn in seinem Büro an, es gab Schwierigkeiten mit der AnWerb-Anwendung, die er mit ihr zusammen entwickelt hatte. Natürlich hatte er auf einen Anruf von ihr gewartet, er wartete praktisch seit einem Jahr auf Anrufe von ihr, aber es war seltsam, dass sie um diese Zeit noch mit so einem Problem kam. Es war Freitag, siebzehn Uhr, und der Konzern war fast ausgestorben.

»Kannst du es dir mal kurz anschauen?«, fragte sie.

»Ich versuch es einzurichten«, sagte er, »kann aber noch zehn Minuten dauern.«

Er sah auf die Uhr. Siebzehn Uhr drei. Er stellte den Rechner aus, stützte die Ellenbogen auf den Schreibtisch und die Daumen unters Kinn und sah auf den leeren Bildschirm. Er ließ sich zurück in den Stuhl fallen, schaute an die Decke, dann ein wenig aus dem Fenster und nach einiger Zeit wieder auf die Uhr.

Um siebzehn Uhr fünfzehn ging er los. Die Flure waren leer, der Weg war bekannt, doch es war nicht mehr der Rimbach von vor einem Jahr, der unterwegs war. Er wusste, dass er nicht zu ihr ging, um an einem Programm herumzubasteln. Ihm war klar, dass nach dieser Begegnung der monatelange Schwebezustand, das Taktieren und das Ausharren zwischen Hoffen und Bangen, ein Ende haben musste.

Bei ihrem Büro angekommen, öffnete er die Tür. Sie saß so ähnlich da, wie er dagesessen hatte, bevor er losgegangen war, und er fragte sich, ob ihr Anblick jeden so umhaute wie ihn. Aber er blieb bei seiner Linie.

»Hallo«, sagte er. »Schön, mal in deinem Büro zu sein. Und schön, dass es mal ruhig ist bei dir. Bin ich echt wegen AnWerb hier? Du kennst dich doch in dem Programm mittlerweile besser aus als ich.«

»Setz dich«, sagte sie und deutete auf den Stuhl auf der anderen Seite ihres Schreibtischs. »Du hast recht, es geht um was anderes. Das spart uns Zeit. Ich wollte ein, zwei Dinge loswerden.« Ihre Stimme war fest. Sie sah ernst aus, aber nicht gestresst.

»Neulich in Joes Garage«, fing sie an, »hab ich mich ziemlich kindisch benommen. Ich hätte halt nicht erwartet, dich so engagiert zu sehen. Aber man kann das ja wohl keinem verbieten. Was Neues anzufangen, meine ich …«

»Hab ich gar nicht«, sagte Rimbach. »Sah nur so aus.«

»Gut, ist ja auch egal. Oder vielleicht auch nicht. Jedenfalls war ich da schon seit ein paar Wochen ziemlich angenervt wegen meiner Beziehung mit Mike, und deshalb hab ich vielleicht ein bisschen emotional reagiert.«

»Ist schon längst vergessen. Aber dass du wegen Tommsen genervt warst, das kann man sich nun wirklich nicht vorstellen.«

»Verarsch mich jetzt nicht. Du weißt genau, was ich meine. Ich hab vieles ignoriert, und vielleicht mussten erst ein paar Dinge zusammenkommen …«

Sie hatte belastendes Material gesammelt, gut so. Rimbach nickte ihr jetzt sehr ernst und sehr verständnisvoll zu.

»Dass er mich Silvester sitzengelassen hat, war typisch für ihn«, fuhr sie fort. »Eigentlich waren sie längst mit der Arbeit fertig in seiner Firma, aber Mike fand es witziger, noch zwei Stunden dazubleiben und mit denen aufs neue Jahr anzustoßen, ich hab's zufällig von einem Kollegen von ihm erfahren.«

»Weißt du noch, dass du mich in der Nacht angerufen hast?«

»Warum soll ich das vergessen haben? Hab ich mich so betrunken angehört?«

»Du warst phantastisch. Ich hab mir deinen Anruf eingerahmt und übers Bett gehängt, sinnbildlich jedenfalls.«

»Glaub ich dir nicht. Aber es geht noch weiter. Vor ein paar Wochen hat mir ein Kumpel von ihm, der Arzt ist, einen Tipp gegeben. Mike hat ihn gefragt, ob er ihm was besorgen kann, was man normalerweise nicht in der Apotheke kriegt, genauer gesagt, Steroide, Testosteron oder so was Ähnliches, um seine Leistung beim Triathlon ein wenig zu verbessern. Als ich ihn damit konfrontiert hab, hat er mir erzählt, das wäre alles ganz harmlos, er wollte das nur ab und zu in der nächsten Saison einsetzen. Er ist letztes Jahr ein paar Mal Fünfter oder Sechster geworden, und das sei nicht genug, er brauche jetzt mal einen Platz auf dem Siegerpodest. Für seine Vita. Das wäre ein Vorteil bei zukünftigen Bewerbungen. Irgendwie krank, oder?«

»So ein armes Schwein«, sagte Rimbach.

»Dann gab's noch die eine oder andere Kleinigkeit, die ich so nebenbei erfahren habe. Der Bruder meiner Freundin Kim ist doch ein Kumpel von Tommsen und hat ein bisschen geplaudert. Bevor Tommsen sich an mich rangemacht hat, hat er mit ihm eine Wette darüber abgeschlossen, ob meine Brüste echt sind oder nicht.«

»So ein mieses Schwein«, sagte Rimbach.

»Wie gesagt, es kam einiges zusammen, und mehr will ich auch gar nicht erzählen. Aber vielleicht brauchte ich auch nur ein paar Gründe, damit ich den Schritt machen konnte. Jedenfalls hat sich das mit Tommsen erledigt.«

Es war der Satz, auf den Rimbach gewartet hatte. In dieser Woche, in der Woche zuvor und in dem ganzen vergangenen Jahr; und er hatte nicht nur gewartet, er hatte auch etwas dafür getan, obwohl ihm in diesem Moment völlig egal war, ob und wie viel das, was er getan hatte, zu ihrem Entschluss beigetragen hatte. Der Satz war gefallen, und das war das Entscheidende.

Er suchte nach der Trauer in ihren Augen und nach geeigneten Worten, um seine Betroffenheit zu artikulieren, doch beides war schwer zu finden.

»Oh«, sagte er. »wie schade für Tommsen. Ich hoffe, du spürst, wie mich das belastet.«

»Ja«, sagte sie. »Das kommt so richtig von Herzen.«

»Ja, von ganz tief unten. Du glaubst gar nicht, wie nah ich vor einem Gefühlsausbruch stehe«, sagte er. Und dann beschloss er, es nicht noch mal auf tage- oder wochenlange gegenseitige Annäherungsbemühungen ankommen zu lassen, und fragte: »Hatte deine Entscheidung vielleicht auch irgendwas mit mir zu tun?«

»Das erfährst du noch früh genug.«

»Gut. Ich bin es mittlerweile gewöhnt, zu warten. Aber in dem Zusammenhang wäre es doch nicht schlecht, wenn wir mal irgendwo hingehen könnten, zum Beispiel heute Abend. Ich weiß nämlich genau, was du brauchst.«

»So? Dann schieß mal los.«

»Du brauchst ein bisschen Ablenkung«, sagte Rimbach. »Du brauchst Dynamik. Esprit. Kultur. Du brauchst mich. Was meinst du?«

Sie tat so, als überlegte sie. »Vielleicht kein schlechter Vorschlag«, sagte sie dann. »Also, um neun, im Dubliners. Ein bisschen was essen, ein bisschen quatschen und so.«

»Ja«, sagte Rimbach. »Das ist es. Ich hol dich ab. Ich hol dich sogar mit der Straßenbahn ab, denn ich glaube, ich werde Bier trinken. Oder Wein. Bis dann«, sagte er, und als er schon an der Tür war, fiel ihm noch was ein.

»Sie sind doch echt, oder?«

»Wer?«

Er deutete mit dem Kopf dezent auf ihren Oberkörper.

»Klar«, sagte sie und grinste.

20

Wie angekündigt, holte er sie mit der Straßenbahn ab. Ging die paar Meter zu ihrer Wohnung, klingelte, wartete, bis sie herauskam. Auf dem Weg zur Haltestelle übten sie, nebeneinanderher zu gehen, schubsten sich dabei ein bisschen, und in der Straßenbahn alberten sie herum.

Das Dubliners war fast voll. Die Kneipe war ganz stimmungsvoll, in dunklem Holz gehalten, es gab keine Fenster, dafür alte Straßenlaternen als Lichtquellen, ein paar in die Wände eingearbeitete Regale mit alten Büchern und an der Decke die Schals mit den Wappen irischer Fußballteams.

In einer Ecke hinter der Theke war die Bühne, ein etwa fünfzig Zentimeter hohes und etwa acht Quadratmeter großes Podest, das für alle einsehbar war. Bei dem Anblick spürte Rimbach einen kleinen Rest an Unsicherheit. Freitags war traditionell Karaoke-Abend, und Julia hatte schließlich eine gewisse Vergangenheit auf diesem Gebiet, aber seine Sorge schien unbegründet.

Sie fanden einen Platz an einem der kleinen runden Tische und hatten Gesprächsstoff für Jahre. Allein seine Erlebnisse mit dem Haus hatten Unterhaltungswert genug, jedenfalls aus der Distanz betrachtet. Er hätte nicht gedacht, einmal darüber lachen zu können, aber die Nachricht, dass Tommsen bereits vor zehn Tagen bei ihr ausgezogen war, machte ihm alles einfacher.

Immer, wenn der Gesang zu laut wurde, beugte sie sich vor, damit er sie besser verstehen konnte, und er spürte ihre Haare, die sein Gesicht streiften, und ihre Lippen an seinem Ohr. Es machte Spaß, sich auf diese Art zu unterhalten, und sie taten es auch dann noch, als der Karaoke-Wettbewerb längst beendet war.

Als er zwischendurch mal rausmusste und von der Toilette zurückkam, war sie verschwunden. Er stand an seinem Tisch und blickte sich suchend um, dann sah er, wie sie sich vorn an der Theke mit dem Typen unterhielt, der die Darbietungen ankündigte. Jetzt stieg der Typ auf die Bühne, nahm das Mikro und bat um Ruhe.

»Jetzt kommt, auf besonderen Wunsch, Julia mit ›When Tomorrow Comes‹ von den Eurythmics. Ein Lied für Ralf.«

Rimbach setzte sich.

Es war ein kritischer Moment. Er hatte schon einiges erlebt an diesen Karaoke-Abenden, manchmal war er mit Krüger und Salewski nur deshalb hingegangen, um sich über die Interpreten lustig zu machen. Er hatte auf der Bühne Leute gesehen, die glaubten, eine perfekte Imitation von Robbie Williams oder Madonna abzuliefern, und dabei das Gesicht verzogen, als wären sie gerade mit ganz anderen Problemen auf der Toilette beschäftigt.

Jetzt trat Julia ans Mikro, und die Musik setzte ein. Sie stand gelassen da, ohne mit den Armen zu fuchteln oder mit dem Kopf zu wackeln, ihr Blick war ruhig, die hellen Haare fielen bis zum Kinn, ihr Shirt war rot und eng und ließ die linke Schulter frei.

Last night, while you were lying in my arms … every star was shining brightly, just like a million years before. Rimbach mochte den Text, auch wenn er seine Bedeutung gerade nicht verstand, es war alles zu groß und kam zu plötzlich für ihn.

Ihre Stimme klang ziemlich gut, und Rimbach hörte zu und versuchte sich auf die Worte zu konzentrieren. Bei der Zeile *and we were feeling very small, underneath the universe* erschien kurz das Bild vor seinen Augen, wie er, als eiskalter Regen vom Himmel prasselte, einsam und verloren in seinem Haus ohne Dach gestanden hatte, dann erlosch dieses

Bild, als sie zum Refrain ansetzte. Sie sah ihn an, sehr fest und sehr entschieden.

And you know, that I'm gonna be the one, who'll be there, when you need someone to depend upon, when tomorrow comes, sang sie, und jetzt kamen die Worte bei ihm an. Sie sang es für ihn allein, und es gab keinen in der rappelvollen Kneipe, der das nicht bemerkt hätte.

Es war außerordentlich beruhigend für ihn, als sie später am Abend auch die letzte Frage beantwortete, die ihn bewegte und die er nicht zu stellen gewagt hatte. »Ich hab noch nie ein Lied für Tommsen gesungen«, sagte sie, »komisch eigentlich ...«

Irgendwann schloss das Dubliners. Sie verabschiedeten sich, und Rimbach genoss es, dass er sie auf offener Straße küssen konnte. Wie selbstverständlich ging jeder dann seiner Wege, er spazierte zum Bahnhof, um den Nachtzug nach Milsen zu erwischen, und sie nahm die Straßenbahn zu ihrer Wohnung; es war wohl so, dass sie sich etwas für später aufheben wollten.

Kein überfallartiger Sex diesmal, sie wollten aufwachen und an den vergangenen Abend denken, diesmal rief er sie auch noch an, als er zu Hause ankam, und sie wünschten sich eine gute Nacht.

Samstagmittag rief sie ihn an. Sie war am Abend auf den Geburtstag ihrer Freundin Kim eingeladen. »Ich würde lieber was mit dir unternehmen. Und meine Frage ist jetzt vielleicht ein bisschen blöd«, sagte sie. »Legst du großen Wert darauf, mit auf den Geburtstag zu kommen?«

»Ist Tommsen auch da?«

»Nein.«

»Gut. Das beruhigt mich. Dann brauch ich auch nicht mit. Du meinst, dass es eher anstrengend für uns wird, wenn wir da zu zweit auftauchen, oder?«

»Ja. Vorerst jedenfalls. Bald sicher nicht mehr.«
»Find ich auch. Also dann bis wann? Morgen Abend?«
»Ja. Bis morgen Abend. Wir telefonieren. Ich freu mich.«

Es war unkompliziert. Sie hoben sich alles Weitere noch ein wenig auf, zögerten es bewusst hinaus, und das war ihm nur recht. Sie wollte vermutlich ihre Wohnung erst restlos Tommsen-frei bekommen, es hingen noch Reste seiner Anwesenheit darin, sie musste ausgemistet und gelüftet werden. Und Rimbach wollte in dem Haus am Hang noch einiges auf die Reihe bringen, um dem Status des erfolgreichen Renovierers näher zu kommen. Es gelang ihm, die Besichtigung auf das kommende Wochenende zu schieben.

Bis dahin war es ihm gelungen, die Reste an Dämm-Material und die Werkzeuge, die überall herumlagen, beiseite zu schaffen. Dann kaufte er noch schnell das Sofa Klippan und den Teppich Dragör, um dem Wohnzimmer einen Hauch von Möbliertheit zu verleihen, obwohl er dabei seinen Dispo bis zum Zerbersten dehnen musste und ihm Conny Reuschs Vorschläge eigentlich besser gefallen hatten. Aber er musste jetzt Prioritäten setzen.

Sie kam am Samstagnachmittag. Rimbachs Puls erhöhte sich, als er durch die winzige Scheibe der Eingangstür sah, wie der unglaublich gelbe Berlingo vor seinem Haus parkte. Er hatte ihr erklärt, dass sie kräftig an die Tür klopfen musste, weil die Klingel kaputt war, und ein paar Sekunden später öffnete er ihr.

»Krieg keinen Schreck, wenn du reinkommst«, sagte er.

»Hier hat sich ja richtig was getan«, sagte sie vorsichtig und trat in den Flur.

»Schau dir alles an«, sagte er.

Sie öffnete als Erstes die Tür zum Bad, dem trostlosesten Raum des ganzen Hauses.

»Schade«, sagte sie. »Das Bad fand ich zum Schreien.

Hätte man das nicht so lassen können, als Zitat einer vergangenen Epoche?«

»Hatte ich vor«, sagte Rimbach. »Aber die Leitungen sind komplett im Eimer und müssen erneuert werden, deshalb mussten die ganzen Fliesen runter.«

Das Wohnzimmer kam an die Reihe. Sie sah sich um.

»Viele Möbel hast du ja nicht mitgenommen aus deiner alten Wohnung«, sagte sie.

»Das sind alle Möbel, die ich hatte«, sagte er. Er hatte beschlossen, von jetzt ab die Unwahrheiten wegzulassen. Es war zu anstrengend.

»Manchmal bedaure ich richtig, dass ich deine alte Wohnung nie kennengelernt hab«, sagte sie und ließ sich auf sein Sofa fallen. »Egal. Dieser Raum ist nicht zu toppen. Und die Umgebung auch nicht. Es ist, als wäre man drinnen und draußen gleichzeitig.«

Er setzte sich ihr gegenüber auf seinen Ledersessel. In der Mitte, zwischen ihnen, hatte er seinen Beistelltisch arrangiert.

»Hier braucht man nichts. Keinen Fernseher und kein Buch. Einfach nur hier sitzen und beobachten, wie es langsam dunkel wird. Genial.«

»Das hatte ich mir auch mal so ausgemalt. Und diese Woche war es auch so. Es funktioniert ganz gut, wenn man weiß, dass irgendwann noch jemand kommt. Vorher war es manchmal beklemmend«, sagte er.

Und dann fing er an zu erzählen. Es floss aus ihm heraus. Er zeigte auf die Stellen, wo es durchgeregnet hatte. Erzählte von Wennekamp, wie er ihm eines Abends durch das Loch in der Decke vom Dach ins Zimmer entgegengeblickt hatte, von Hattichs Kontrollgängen, von den Besuchen von Jago, wie er Kalle getroffen hatte, vom Weg hoch zum Wald, an dem Apfelbäume standen …

»Dir scheint's ja ganz gut zu gefallen hier«, sagte sie.

»Ja«, sagte er, selbst verwundert. »Aber ich war auch ein

paar Mal kurz vorm Verzweifeln. Einmal war's deine Urlaubskarte, die mir über eine Baustellendepression hinweggeholfen hat.«

»Das waren doch nur zwei Sätze.«

»Drei«, korrigierte er. »Aber es klang nicht so, als würdest du vor Glück platzen.«

»Dass du das gemerkt hast …«, sagte sie.

Er legte Musik auf, Nickelback, später was Softeres von Jack Johnson, sie hatten keine Lust mehr auszugehen, und Rimbach öffnete eine Flasche Wein und goss ihr ein.

Sie schnappte sich das Glas, nahm einen winzigen Schluck und sah ihn an. »Dir ist schon klar, dass ich jetzt nicht mehr nach Hause fahren kann? Mir ist ja schon total schwindlig«, sagte sie.

»Ja«, sagte Rimbach. »Ich würde dich in diesem Zustand niemals ins Auto steigen lassen. Unverantwortlich. Wir werden eine andere Lösung finden. Vielleicht entdecken wir bei der Besichtigung des unteren Stockwerks einen Platz zum Übernachten.«

Es war klar, dass es in dieser Nacht passieren musste. Sein Zuhause war »unbelasteter« als ihres, es war wie ein Neuanfang. Sie tranken noch ein bisschen Wein und landeten bald in Rimbachs gläsernem, von dem wilden Garten umgebenem und nur für Untote einsehbarem Schlafzimmer.

Und dann, bei Kerzenlicht und leiser Musik, fanden sie zusammen, bewegten sich in gegenseitigem Einklang, zuerst flüsternd und langsam, dann immer heftiger, es war wie ein Rausch, er sah ihre verklärten Gesichtszüge und hörte ihre Stimme, die lauter wurde, und er trug sie mit seinen kraftvollen und rhythmischen Bewegungen immer weiter, bis sie schließlich mit einem erstickten Schrei auf ihm niedersank.

So hatte er es jedenfalls öfter geträumt, und das mit dem Kerzenlicht hatte er auch hundertprozentig hingekriegt, und ganz im Gegensatz zu dem Teppichvorgang des vergangenen Jahres war der Sex diesmal intensiv, aber entspannter; im zweiten Akt erkannte er bei ihr sichere Anzeichen eines Höhepunktes, und irgendwann schliefen sie tief und fest bis zum Morgen.

Die Sache mit dem Karaoke beschäftigte ihn. Er fragte sich, ob dieser Drang zum Singen nicht eine Variante jenes ganz normalen Wahnsinns sein könnte, den sie möglicherweise von Katrin geerbt hatte. Natürlich formulierte er es etwas anders.

»Warum kannst du eigentlich singen?«, fragte er sie beim Frühstück.

»Reto«, sagte sie kauend. »Hat als Lehrer Sport, Geschichte und Musik unterrichtet. Wir haben praktisch Privatunterricht bekommen. Als er merkte, dass meine Stimme ganz gut war, hat er mich in den Kinderchor gesteckt, später kam Gospelsingen, das volle Programm. Außerdem sollte jeder von uns ein Instrument beherrschen.«

»Und deine Brüder haben da mitgemacht?«

»Bis zu einem gewissen Grad. Du wirst es nicht glauben, Jago hat sogar Querflöte gespielt. Jedenfalls bis das mit dem Fußball losging. Das Instrument hat er dann irgendwann in der Fulda versenkt und allen erzählt, es wäre geklaut worden.«

Die Hintergründe waren interessant. Aber er war noch nicht ganz zufrieden.

»Aber wie bist du dazu gekommen, deine Fähigkeiten, sagen wir mal, öffentlich darzustellen?«

Sie lachte. »Karaoke meinst du. Das war ein Zufall. Vor ein paar Jahren war ich mal zur Vorbereitung auf meinen Job auf einem Seminar, das einem unter anderem die Angst nehmen sollte, vor vielen Leuten frei zu sprechen. Der Seminarleiter hatte ein paar dieser Vorschläge auf Lager, die keinem was nützen. ›Überwinden Sie sich, tun Sie was Verrücktes. Halten Sie eine Rede im Park, machen Sie Karaoke oder sonst etwas in der Richtung.‹ Und als wir später mal zufällig im Dubliners saßen, hab ich gedacht, warum nicht? Hat tatsächlich ein bisschen Überwindung gekostet, aber Spaß gemacht. Ich geh nicht gezielt hin, um was zum Besten zu geben. Es überkommt mich manchmal einfach so.«

Rimbach war beruhigt, es war eine logische und ganz rationale Erklärung. »Hat es was geholfen?«, fragte er. »Ich meine, hat es dir die Angst genommen, frei zu sprechen?«

»Die Angst hatte ich nie.«

»Ach so.«

Sie blieb den ganzen Sonntag. Nachmittags streiften sie kurz ums Haus und gingen dann hoch zum Steinwald. Wieder zurück im Haus am Hang, amüsierte sie sich darüber, dass Rimbach ihr jetzt die Gegend zeigen konnte, obwohl sie ja fast in Milsen aufgewachsen war. Und sie fand es witzig, dass in Rimbachs Schlafzimmer ein Mountainbike stand.

In der Folgewoche sprach es sich langsam herum. Kalle wurde von Rimbach vertraulich beim Laufen darüber informiert, dass ein ganz wesentliches Ziel des Projekts Conquest erreicht war, nämlich die »Übernahme J. von T.«.

»Gratuliere«, sagte Kalle. »Ich hab die ganze Zeit an dich geglaubt. Und nachdem ich die Frau gesehen habe, konnte ich es sogar halbwegs nachvollziehen.«

Salewski hatte es von einem Augenzeugen gehört, der im Dubliners gewesen war, aber ausgerechnet Krüger war ahnungslos. »Die Jenner ist dir wohl ein bisschen abhanden gekommen?«, fragte er Rimbach eines Nachmittags. »Oder warum macht ihr jetzt nicht mehr diese seltsamen Termine, bei denen es angeblich um Arbeit ging?«

»Weil er jetzt mit ihr pennt«, erklärte Salewski und steuerte seinen aktuellen Wissensstand bei. Krüger sah richtig betroffen aus.

Auch das Weltbild von Hattich geriet ins Wanken, als er sie am folgenden Samstag mit Rimbach zusammen aus dem

Haus kommen sah. Es war ein warmer Tag, sie hatte das Mountainbike mitgebracht und die engen Fahrradklamotten an, und er schaute ihnen nachdenklich hinterher, als die beiden mit den Rädern losfuhren.

Ein weiteres verstörendes Bild bot sich ihm am Montagmorgen, als er gerade die Zeitung hereinholen wollte und beobachten konnte, wie Julia Rimbachs Haus verließ, im Hosenanzug und auf hohen Absätzen wie auf einem Laufsteg zwischen den von Rimbach sorgfältig zusammengetragenen Schutt- und Holzhaufen balancierend. Es sah aus wie inszeniert und war doch eine – für Hattich unbegreifliche – Realität.

Die Jenner-Truppe in Alten-Bergen verhielt sich ruhig, und so kam Rimbach jetzt fast ein bisschen zum Durchatmen. Dank Conquest war er ja nicht plötzlich an einem Wendepunkt angekommen, an dem sich alles änderte, sondern lediglich in einer neuen Entwicklungsstufe, als Ergebnis einer Reihe von Prozessen, die er initiiert und sorgfältig vorangetrieben hatte. Da er so ziemlich alles erreicht hatte, was ein Mann erreichen konnte, wurde ihm klar, was damit einherging: dass er nun, zum ersten Mal in einer Beziehung, auch etwas zu verlieren hatte.

Es beruhigte ihn, dass Julia nicht gleich mit gestalterischen Vorschlägen kam, und zerstreute jeglichen Restverdacht, dass das Haus am Hang bei ihrer Entscheidung für ihn eine größere Rolle gespielt haben könnte, als er es geplant hatte. Es war ihr fast egal, wie es in dem Haus aussah. Sie wollte mit ihm zusammen sein. Und er mit ihr.

Die Kompromisse, die er dafür eingehen musste, waren in dieser frühen Phase der Beziehung vertretbar. Das Training für den Halbmarathon lief ganz normal weiter, sie fand es in Ordnung, zumal er selbst in der härtesten Phase nicht halb so viel Zeit für seinen Sport investieren musste wie Tommsen.

Was den Musikgeschmack betraf, gab es eine gewisse Schnittmenge, allerdings konnte er »Die Ärzte« nicht mehr mit voller Lautstärke spielen, und sie verstand die Botschaft von Interpreten wie Helge Schneider und Rüdiger Hoffmann nicht. Dagegen wäre Rimbach nicht unbedingt darauf gekommen, Filme wie »Shrek 2« und »Good Bye, Lenin!« im Kino anzuschauen, während zur gleichen Zeit »Herr der Ringe« oder »7 Zwerge – Männer allein im Wald« lief. Aber das ließ sich überstehen.

Mit ein wenig Sorge hatte er dem Hermann-van-Veen-Konzert entgegengesehen. Das war nichts, wovon man Krüger und Salewski erzählen konnte. Ein ziemlich nachdenklicher Holländer mit einer Glatze, der älter war als ihr Vater und in Kassel irgendwie ein Heimspiel zu haben schien. Der Typ hatte eine phantastische Stimme, spielte aber für Rimbachs Geschmack zwischendurch zu oft und zu lange auf einer Geige. Allerdings erzählte er ganz gute Geschichten. Das Härteste an dem Abend war jedenfalls, dass es Rimbach gefallen hatte.

Natürlich hatten sie Sex. Sex mit Ellen war schon im Vorfeld anstrengend gewesen, da fast zwei Jahre lang die immergleichen Abläufe eingehalten werden mussten. Für sie musste es so ähnlich sein wie in manchen Filmen, als käme das Verlangen jedes Mal ganz neu und unverhofft und zufällig über sie: Sie waren im Wohnzimmer, saßen zum Beispiel zusammen auf dem Sofa, und dann küssten sie sich, er streifte das Hemd ab und sie die Bluse, sehr kontrolliert, sie küssten sich wieder, er zog die Hose aus und sie auch, sie bewegten sich dabei, sich weiter küssend, ins Schlafzimmer, streiften die Unterwäsche ab, küssten sich dabei weiter und fielen dann mit rollenden Augen ins Bett, um die Vereinigung zu vollenden. Rimbach hatte diese Art des Vollzugs nie wirklich in Frage gestellt.

Mit Julia war es unkomplizierter. Sie zog ihn (und sich)

mit einer gewissen Sachlichkeit aus, um sich dann umso heftiger auf ihn zu stürzen, und manchmal landeten sie nicht im Bett, sondern verlegten den Tatort ins Wohnzimmer, etwa bei Vollmond. Dann sahen sie die Wipfel der Schwarzerlen und Zitterpappeln draußen im Garten, im Wind schwankend, mit dunklen Stämmen und noch kahlen Ästen, die im Mondlicht bizarre Schatten auf die Wand und ihre nackten Körpern warfen, sie hörten, wenn der Wind in die Zweige fuhr; und das Gefühl, im Freien zu sein, machte ihre Nähe größer.

Danach lagen sie entspannt und nah nebeneinander, ihre Augen hatten sich an das Licht gewöhnt, so dass sie weit hinaussehen konnten, und es konnte passieren, dass diese besondere Stimmung Rimbach zu besonderen Gedankengängen inspirierte.

»Gibt's eigentlich irgendwas, das Tommsen ganz besonders gut konnte?«, fragte er sie einmal bei einer solchen Gelegenheit.

»O ja«, sagte sie und lächelte ein bisschen, »das gibt's.«

»Ich meine, besser als ich?«

»O ja«, sagte sie wieder und schloss träumerisch die Augen.

»Und was?«

»Radfahren. Schwimmen. Vielleicht sogar Laufen. Er ist Triathlet, weißt du.«

»Und sonst noch was?«

»Nein«, sagte sie. »Nichts Wichtiges. Nichts, was mich an ihn denken lässt, während ich mit dir zusammen bin. Ich denke eigentlich kaum an Tommsen, so gut wie nie. Du etwa?«

»Nein«, sagte Rimbach, »nie.« Ihre Antwort beruhigte ihn. Er beschloss, künftig weniger an Tommsen zu denken.

Plötzlich passte alles. Seine Beziehung mit Julia ließ sämtliche noch vorhandenen Probleme, wie etwa kleinere Reibereien bei dem Enterprise-Projekt, in den Hintergrund treten, nur die immer noch notwendigen Dienstreisen nervten ihn jetzt, während er früher froh gewesen war, dem Haus ein paar Tage entfliehen zu können.

Seine körperliche Fitness erreichte neue Dimensionen. An einem Sonntagmorgen trabte er an dem Radweg am Fluss entlang. Es war noch kühl, aus den Wiesen und dem Fluss stieg Nebeldampf, und er wählte ein Tempo, das es ihm erlaubte, lange unterwegs zu sein. Je weiter er sich von der Stadt entfernte, desto kleiner wurden die Orte, durch die er kam. Die Luft war klar, er lief durch eine grüne Landschaft, links sanft ansteigende Wiesen bis hoch zum Wald, rechts der Fluss, dahinter die Straße und parallel die Bahnlinie. Als er nach etwa einer Stunde umdrehte, brach die Sonne durch die Wolken und vertrieb den Dunst.

Die Strecke wurde belebter. Er sah die ersten Kanuten auf dem Fluss, er bemerkte, dass neue Läufer unterwegs waren (man erkannte sie daran, dass sie auch bei achtzehn Grad plus noch Stirnbänder trugen und dicke Jacken anhatten), und ihm fiel auf, dass Walker auch ohne Stöcke meist breiter waren als Läufer.

Rimbachs Körper lief wie von allein, ruhig und zuverlässig im Takt von hundertvierzig Pulsschlägen pro Minute. Erst auf den letzten zwei bis drei Kilometern spürte er ein wenig die Anstrengung in seinen Beinen. Zufrieden erreichte er den Stadtrand von Milsen und schaute über die Straße nach oben, wo sich die Sonne in den Scheiben seines Hauses spiegelte, das zwischen den Bäumen hervorlugte. Die letzten Meter bergauf trottete er langsam, das ständige Auf und Ab der Gegend machte ihm mittlerweile nichts mehr aus, im Gegenteil. Irgendwie hatte die Landschaft ihn adoptiert.

Zu Hause fiel ihm etwas auf. Es war der 10. April. Er war etwas über zwei Stunden unterwegs gewesen und hatte dabei fast zwanzig Kilometer zurückgelegt. Es war fast auf den Tag genau ein Jahr her, als er, nach drei Minuten und knapp dreihundert Metern, seinen ersten Laufversuch unterbrechen musste, weil er das Gefühl hatte, kurz vor dem Kollaps zu stehen.

Nach Monaten der Entbehrung wurde er jetzt mit positiven Ereignissen überhäuft, im Großen und Ganzen jedenfalls. Nur hin und wieder gab es kleinere Zwischenfälle, die seine neu gewonnene Harmonie störten.

Es musste um den 20. April herum gewesen sein, als er sich bei dem Versuch, eine Zaunlatte zu durchbohren, einen 6er-Holzbohrer in den großen Zeh jagte. Die Latte hatte nicht richtig aufgelegen, federte ein wenig in der Mitte, so dass er mit dem Fuß dagegengehalten hatte, das Holz war an der Stelle hart, er musste fest aufdrücken, und dann, plötzlich, ging es ganz leicht und ganz schnell.

Es war einem von Panik gesteuerten Reflex zu verdanken, dass er die Bohrmaschine noch zurückriss, doch der Zehennagel war vorn bereits gespalten, und die Zehe schwoll augenblicklich auf Tomatengröße an – ein Zustand, der die nächsten Tage anhalten sollte. Damit hatte sich der Halbmarathon erledigt, was ihn härter traf als der Spott seiner Mitmenschen. Kalle wies ihn kurz darauf hin, dass ein Mann mit seinen handwerklichen Qualitäten immer Sicherheitsschuhe tragen sollte, und Jago ließ ausrichten, dass Rimbach eben doch nur ein dummer Stadtmensch sei. Für seine Kollegen erfand er vorsichtshalber eine andere Version des Unfalls, wonach ihm eine Granitplatte aus der Hand gerutscht und auf den Fuß gefallen war.

Um seinen Seelenfrieden wenigstens teilweise wiederherzustellen, suchte er in Absprache mit Kalle sofort einen neuen Halbmarathon-Termin heraus. Weil jetzt sowieso eine Trainingsunterbrechung notwendig war, bot sich ein Termin im Herbst an, und es würde sogar ein Heimspiel werden: am 4. September in Kassel.

Die drei Birken, die direkt neben dem Haus standen, waren grün geworden. Bei jedem Windstoß streiften die Äste an der Hauswand, und die Zweige lagen schwer auf dem Flachdach. Rimbach erkannte die Notwendigkeit, wenigstens die dickeren Äste zu kappen, um nicht in Kürze wieder Schwierigkeiten mit dem Dach zu bekommen. Julia hatte das Problem nach Alten-Bergen kommuniziert, wo man ankündigte, dass man sich der Sache gelegentlich annehmen würde.

Rimbach war die Woche über wegen seines geschwollenen Zehs krank geschrieben gewesen. Am Samstag erlaubte ihm sein Zustand wieder, Auto zu fahren, so dass er sich auf den Weg in die Firma machte und ins Büro humpelte, um wenigstens ein paar Mails durchzusehen. Währenddessen war die Jenner-Truppe, vertreten durch Pim, Jo und Jago, mit schwerem Gerät ausgerückt, um das Baumproblem zu beheben. Gegen zehn Uhr fuhren sie mit einem Schlepper und einem Anhänger, ausgerüstet mit Äxten und Motorsägen, bei Rimbach vor.

Eine kurze Ortsbegehung ergab, dass auch die Wurzeln der Birken eine Gefahr darstellten, sie hoben bereits den Streifen Natursteinpflaster an, der neben dem Haus verlegt war, so dass eine radikale Maßnahme beschlossen wurde. Fünf Stunden lang kreischten die Kettensägen in dem Garten am Feldrain, dann waren die Bäume gefallen. Was als Brennholz zu gebrauchen war, wurde auf den Anhänger geladen und nach Alten-Bergen verfrachtet, das übrige Astwerk stapelten sie auf einen der drei Haufen vor seinem Haus. Als Rimbach von der Arbeit kam, rieb er sich verwundert die Augen. Sie hatten es gründlich gemacht, man musste sich erst an den Anblick gewöhnen.

Für den Rest des Tages lag ihm Hattich in den Ohren wegen der Störung seiner Mittagsruhe, zwei Tage später erschien ein erregter Mensch vom Naturschutzbund und wies ihn darauf hin, dass es so etwas wie eine Baumsatzung gäbe und nicht jeder einfach wild Bäume umhauen könnte, von der Naturzerstörung ganz abgesehen …

Eine Woche später war wenigstens seine Fußverletzung ausgestanden, er konnte wieder normale Schuhe tragen und war zuversichtlich, bald wieder leichtere Läufe absolvieren zu können. In diesem Zustand aufkeimender Hoffnung meldete sich das Haus noch einmal:

An der Kellerwand bröckelte von innen Putz ab, es zeigte sich, dass durch die Hanglage im Erdbereich Wasser gegen das Mauerwerk drückte, was zur Folge hatte, dass die hintere Mauer komplett aufgegraben und isoliert werden musste, wenn Rimbach einen Wassereinbruch im Keller vermeiden wollte. Sich professionelle Hilfe zu holen stand bei seiner finanziellen Situation nicht zur Debatte, also musste er selbst buddeln.

Die Ereignisse waren in der Summe eher unangenehm, und doch war es kein Vergleich zu den Katastrophen des vergangenen Jahres, denn jetzt hatte er Julia. Julia half ihm auf, wenn er am Boden lag. Jedes Mal. Und sie überraschte ihn immer aufs Neue.

Es war an einem Freitag, Mitte Mai. Rimbach hatte einige Stunden lang mit Spaten und Flachschippe die Rückwand seines Hauses aufgegraben und die Arbeit dann wegen der Dämmerung und eines herannahenden Gewitters abgebrochen. Jetzt lag er, völlig erledigt, mit ausgestreckten Beinen und hängenden Armen auf seinem braunen Ledersessel, der mit dem Rücken zur Fensterfront stand. Er hatte es nicht mal mehr geschafft, den Sessel herumzudrehen, um den Blick nach draußen zu genießen, wo heftiger Wind und zuckende Blitze ein Gratis-Naturschauspiel boten.

Neben dem Sessel stand eine geleerte 0,5er-Flasche Löwenbier, und er holte nur deshalb keine neue, weil er dafür hätte aufstehen müssen.

Er hörte, wie die Haustür aufging. Kurz darauf kam Julia ins Wohnzimmer und drehte das Licht aus.

»Was für eine Fahrt«, sagte sie. »Und was für ein Ausblick. So was muss man doch eigentlich ausnutzen, oder?«

Er nickte, obwohl er nicht genau wusste, was sie meinte.

»Das sieht phantastisch aus draußen«, sagte sie, »ich würde gern noch ein bisschen aus dem Fenster schauen. Darf ich?«

»Ja, klar«, sagte Rimbach verwundert, »warum fragst du?«

»Ich würde mich dabei gern hinsetzen«, sagte sie, zog ihr T-Shirt aus und ging auf ihn zu. Sie hatte keinen BH an.

»Kannst du vielleicht mal deine Hose ausziehen?«

Er sah sie erstaunt an. Das Gewitter musste sie während der Fahrt zu irgendetwas inspiriert haben.

»Den Slip auch«, sagte sie und sah interessiert hin. »Und bleib sitzen.«

Er wehrte sich nur schwach. Sie stand vor ihm und war jetzt ebenfalls nackt. Es war nicht leicht, sitzen zu bleiben.

»Ich bin verschwitzt«, sagte er und versuchte, seinen Blick auf ihren Bauchnabel zu konzentrieren.

»Egal«, sagte sie.

»Ich rieche nach Bier«, sagte er.

»Egal«, sagte sie.

»Ich bin total kaputt«, sagte er, doch ein Teil von ihm hatte sich längst anders entschieden, und sie hatte diesen Teil bereits in der Hand und führte es behutsam, während sie sich langsam auf ihm niederließ.

»Die Aussicht ist gut«, sagte sie.

»Ja«, sagte Rimbach, der sah, wie ihre Brüste genau vor seinen Augen sanft wippten.

»Weißt du, dass ich gern hier wohnen würde?«, fragte sie und hörte kurz auf, sich zu bewegen.

»Was?« Es schlug irgendwo ein.

»Ich würde gern hier wohnen. Einziehen. Was hältst du davon?«

»Gute Idee«, sagte er. »Aber ich habe eine Bedingung.«
»Welche?«
»Könntest du dich wieder ein bisschen bewegen?«
»Gern«, sagte sie.
Sie bewegten sich langsam, sie schaute hinaus, und die Blitze zuckten um sie herum, erleuchteten für Sekundenbruchteile das Tal, das gläserne Zimmer und ihre Körper, es kam Rimbach vor, als wären sie mitten im Gewitter, unwirklich und unglaublich, ihre Bewegungen wurden schneller, er war am Ziel aller Träume und erlaubte sich kurz den Gedanken, dass sie sicherlich eine Art Miete zahlen und mit ihrem Einzug sogar die Baderneuerung in greifbare Nähe rücken würde, es war eine kleine Abschweifung, die verhinderte, dass seine Erregungskurve allzu explosionsartig anstieg. Er hielt ziemlich lange durch, und als es nach einem flackernden, sekundenlangen Aufleuchten krachend nah einschlug und die Energie von einer Million Volt und fünfhundert Millionen Keimzellen freigesetzt wurde, da zog sie ihn an sich, hielt ihn ganz fest.

»Wie kamst du plötzlich auf die Idee mit dem Einziehen?«, fragte er sie später.
»Ich finde es im Moment ziemlich umständlich mit dem ständigen Hinundherfahren«, sagte sie. »Ich würde dich gern öfter sehen. Mir gefällt das Haus. Außerdem bist du schon über dreißig.«
»Danke. Ich weiß, das ist ein hohes Alter. Da kann man schon dankbar sein, wenn einem noch zwei, drei gute Jahre bleiben …«
»So hab ich's nicht gemeint. Aber irgendwie bist du bis jetzt völlig den Beweis schuldig geblieben, dass du überhaupt mit jemandem zusammenleben kannst. Oder willst.«
»Aha«, sagte er. »Es wird ein Test. Ziemlich gewagt. Auf jeden Fall hattest du den Zeitpunkt der Frage gut gewählt.«

Er lag lange wach in dieser Nacht. Die Ereignisse in seinem Leben überschlugen sich, und manche waren unfassbar. Er war in die dritte und letzte Projektphase eingetreten, blitzartig, wenn man so wollte, und konnte jetzt einen der wichtigsten Projektpunkte abhaken: »Zusammenleben R. und J. unter Echtbedingungen in Haus R.«, dieser nüchterne Satz konnte nicht ausdrücken, was es für ihn bedeutete.

Wenn er ganz still lag, hörte er ihre gleichmäßigen Atemzüge. Es war ein beruhigendes Geräusch.

Es gab einiges zu besprechen und zu planen, beispielsweise die Möbelfrage. Rimbach erreichte in zähen Verhandlungen, dass sein brauner Ledersessel und der Schreibtisch ein fester Bestandteil des Wohnzimmers bleiben mussten. Ivar würde einen Platz als Werkzeugregal im Keller bekommen, damit war Rimbachs Beitrag erschöpft.

Gegen ihre Ankündigung, Anfang Juli die erste Mietzahlung auf sein Konto zu überweisen, wehrte er sich nur schwach. Es versetzte ihn in die Lage, jetzt ganz offen von der anstehenden Badrenovierung zu sprechen.

Die Küche flog komplett auf den Sperrmüll, sie tapezierten und strichen, und es war motivierend, dass sie zu zweit waren. Er fragte sich, ob das Haus tatsächlich anfing, ihm zu gefallen, oder ob es nur an ihr lag.

Natürlich nahm die komplette Jenner-Mannschaft den Umzug in die Hand. Rimbach hatte bisher alle Anbiederungsversuche vermieden, so dass sie, bis auf Jago, das Haus zum ersten Mal betraten. Die Beurteilung fiel eher skeptisch aus; ihr Bruder Jo und ihr Vater Pim murmelten etwas wie »unpraktisch« oder »schwer zugänglich«. Reto schwieg und schaute lange aus den Fenstern auf die Umgebung, einzig Katrin stieß Schreie des Entzückens aus. Und nannte ihn von nun an, wie damals in Alten-Bergen angedroht, tatsächlich Raul.

Immerhin sprachen jetzt alle so mit ihm, dass er sie verstehen konnte, er wusste nicht, ob das bereits als Zeichen der Akzeptanz gelten konnte oder ob er sich in einer Art Probezeit befand.

In der Woche nach ihrem Einzug saß er noch einmal nachdenklich vor seinem Rechner. Sie war noch bei der Arbeit, und er hatte die Conquest-Datei aufgerufen. Ihm war klargeworden, dass er, so wie sich bisher alles entwickelt hatte, den letzten Punkt »Umzug nach Hamburg« erst einmal streichen konnte.

Das Projekt brauchte einen deutlich definierten Schlusspunkt, und ihm schwebte auch schon etwas vor. Krüger und Salewski hatten in letzter Zeit ein wenig gestichelt, erst heute wieder.

»Was machst du eigentlich in zwei Jahren, Rimbach?«, hatte Krüger gefragt.

»Wieso?«

»So lange dauern doch im Schnitt die Beziehungen deiner neuen Flamme, bevor sie sich was Neues sucht.«

»Ihre Beziehungen vielleicht. Aber das hier ist keine Beziehung. Das ist ein Ereignis. Das ist Leidenschaft. Ekstase. Obsession. So was hält lebenslang«, hatte er geantwortet.

Nicht, dass er die Bemerkungen von Krüger ernst nahm. Aber um die Beziehung dauerhaft abzusichern, konnte eine entsprechende Änderung des Projektziels wirklich nicht schaden. Es war eine ziemlich weitgehende Änderung, doch Rimbach fand sie nach einiger Überlegung unumgänglich, und deshalb nahm er jetzt eine allerletzte Modifikation vor: Er trug das Wort **HOCHZEIT** ein.

21

»Hochzeit«, sagte Kalle. »So was macht man nicht freiwillig.« Sie befanden sich im Steinwald und liefen sich gerade warm, ein Tempolauf stand auf dem Programm. Etwas über fünf Kilometer auf hügeligem Gelände, eine anspruchsvolle Übung.

»Ich hab's erlebt«, fuhr er fort. »Danach wird alles komplizierter. Du glaubst plötzlich, du müsstest jede Kleinigkeit mit deinem Partner absprechen, du machst dir Gedanken wegen eines Seitensprungs, du merkst nicht, wenn im Grunde schon längst Schluss ist und du nur noch weitermachst, weil du vor irgendwelchen Leuten eine ›intakte Beziehung‹ oder so was vortäuschen willst. Und wenn du es merkst, dann kommt das ganze Scheidungstheater.«

»Ich mach das doch nicht wegen irgendwelcher Leute. Ich mache das meinetwegen. Und unseretwegen.«

»Das kannst du in dieser Phase gar nicht objektiv beurteilen. Im ersten Jahr einer Beziehung ist man ferngesteuert, da entscheiden irgendwelche chemischen Prozesse im Hirn für einen, erst danach ist man wieder in der Lage, annähernd rationale Entscheidungen treffen. Und bei dir dauert es wahrscheinlich noch viel länger.«

»Bei mir nicht«, sagte Rimbach. »Ich bin bei völlig klarem Verstand.«

»Schon allein diese Einschätzung zeigt, dass du keinen Bezug zur Realität hast. Ich mach dir einen Vorschlag: Wir lassen das Schicksal entscheiden.«

»Das Schicksal.«

»Ja. Wenn du heute unter vierundzwanzig Minuten läufst, lässt du den Projektpunkt so stehen. Wenn nicht, denkst du noch mal drüber nach.«

»Unter vierundzwanzig Minuten. Das sind zwanzig Sekunden schneller als meine Bestzeit. Vergiss es.«

»Siehst du. Du bist noch nicht mal bereit, ein Opfer für die Sache zu bringen.«

»Nein«, sagte er. »Weil es idiotisch ist. Was hat das eine mit dem anderen zu tun?«

Rimbach beschloss, die bescheuerte Diskussion zu beenden, sie waren ohnehin am Startpunkt angelangt und drückten die Stoppuhren, und dann redete Rimbach ziemlich lange nicht mehr mit Kalle, genauer gesagt, bis zum Ziel, noch genauer gesagt, dreiundzwanzig Minuten und zweiundfünfzig Sekunden lang.

Nachdem er Kalle bewiesen hatte, dass er bei klarem Verstand war, zog Rimbach ein vorläufiges Fazit. Der Weg war frei. Er hatte es allen gezeigt. Den Jenners, die keine Wahl hatten, als ihn zu akzeptieren. Hattich, der erst recht keine Wahl hatte. Er hatte es Krüger gezeigt und Salewski. Dem Haus. Sich selbst.

Er hatte die Pflicht hinter sich gebracht, jetzt kam die Kür. Dachte er jedenfalls.

Das dachte er auch noch, als er ein paar Tage später, an einem Montagabend, von der Arbeit kam. Julia war schon da, doch sie antwortete nicht, als er aufgekratzt ins Wohnzimmer kam und »Hallo« rief.

Sie saß da und sah nicht glücklich aus.

»Was ist los?«, fragte er.

»Ich hatte vor, ein verlängertes Wochenende für uns zu buchen. Mit den Bikes mal an die See oder in die Berge. Als Überraschung für dich, nach dem ganzen Stress in den letzten Monaten …«

»Ja, gute Idee. Und weiter?«

»Ich hab in dem Terminkalender auf deinem Rechner nachgeschaut, ob du an irgendeinem Freitag mal keinen wichtigen Termin hast …« Sein Terminkalender war kein

Geheimnis für sie, sie hatten schon ein paar Mal zusammen reingeschaut, um etwas zu planen oder zu klären.

»Und wann fahren wir? Und vor allem wohin?«

»Ich hab den Terminkalender nicht gleich gefunden«, sagte sie. Sie sprach sehr leise, fast tonlos. »Ich hab das hier gefunden.«

Sie stand jetzt schnell auf, ging einen Schritt auf ihn zu und warf ihm einen Stapel Papier vor die Füße. Rimbach brauchte sich nicht mal zu bücken, um es aufzuheben. Er begriff, was passiert war.

Sie hatte die Conquest-Unterlagen entdeckt.

»Ja«, sagte er, um Zeit zu gewinnen, »darüber wollte ich schon lange mal mit dir reden. Das war nur so ein Leitfaden, damit ich ...«

»Ein Leitfaden. Das ist kein Leitfaden, das ist ein ganz mieser, hinterhältiger Plan, um mich um den Finger zu wickeln.«

»Aber das musste ich doch ...«

»Du musstest gar nichts. Ich hab dir vertraut. Und du hast alles inszeniert, um mich zu täuschen. Du hast mich beobachtet und reingelegt und ausgenutzt. Von Anfang an. Ich war nichts weiter als ein Zielobjekt in einem Projekt. Eine Trophäe.« Ihre Stimme war lauter geworden, wenigstens heulte sie nicht. »Unser Zusammenleben ist keine Liebesbeziehung, das ist noch nicht mal eine Partnerschaft. Es ist eine Inbetriebsetzung. Und wenn du mit mir schläfst, läuft das für dich unter Systemnutzung oder so was!«

Als sie »Systemnutzung« sagte, war es fast ein Kreischen.

»Ich glaub's nicht!«, schrie sie danach, drei Mal »Ich glaub's nicht!«. Es war eine Katastrophe.

»Was soll ich denn jetzt machen?«, fragte er.

»Abhauen. Einfach nur abhauen, bis ich mir überlegt habe, wo ich jetzt hinziehe.«

»Aber wenn ich's dir noch mal in Ruhe erkläre ...«

»Du sollst abhauen.« Die Stimmlage, dachte er. Es war

das erste Mal, dass sie etwas mit Ellen gemeinsam hatte. Es war genau die Stimmlage von Ellen, damals, an ihrem letzten Tag, als sie die halbvolle Weinflasche und den Funkwecker nach ihm geworfen hatte.

Es war ernst. Sie wollte nicht mit ihm reden, und sie wollte ihn nicht mehr sehen. Das war ziemlich viel auf einmal.

»Ja gut«, sagte er. »Dann geh ich erst mal. Aber mach jetzt bitte nichts Überstürztes. Ich lass dich in Ruhe, versprochen.« Und dann verließ er das Haus am Hang und nahm so gut wie gar nichts mit, denn er erkannte immerhin, dass er handeln und ihr zuvorkommen musste, bevor sie auf die Idee kam, die Koffer zu packen und ihn stehenzulassen.

Der Cooper sprang an, Rimbach fuhr los. Er versuchte einzuordnen, was gerade passiert war, doch es gelang ihm nicht, er fand nichts Vergleichbares. Es war katastrophaler als der Moment, in dem er festgestellt hatte, dass es in sein Haus hineinregnete, und erschreckender als der Augenblick, als Jago nachts an seine Scheibe getrommelt hatte. Und selbst das Gefühl, das er hatte, als der Bohrer in seinen Zeh eindrang, war nichts im Vergleich zu dem Schmerz, den er jetzt spürte.

Vier Minuten später parkte er auf dem Braach-Hof.

»Es ist das Schlimmste, was mir je passiert ist«, sagte er zu Kalle. Sie saßen in seiner Küche, er hatte ihm erzählt, was geschehen war. »Dass ich Idiot die Unterlagen nicht besser versteckt habe …«

»Ja. Schlecht für dich, gut für mich.«

»Wieso?«

»Weil ich als einziger Mitwisser nun nicht mehr die Bürde trage, das Geheimnis mit ins Grab nehmen zu müssen.«

»Was für ein Trost. Und was ist mit mir?«

»Halt dich nicht zu lange mit der Erkenntnis auf, dass du

ein Idiot bist. Das Selbstmitleid bringt dich nicht weiter. Du kannst im Moment nicht viel tun. Vor allem – mach jetzt keinen neuen Plan.«

»Aber was soll ich denn tun?«

»Abwarten und dranbleiben.«

»Super. Was heißt das?«

»Dass du jetzt ein, zwei Stunden wartest und dann mal anrufst, um ihre Stimmung zu testen. Bis dahin versuchst du, dich zu beruhigen. Ich glaube, ich hab sogar irgendwo noch eine Flasche Bier.«

Er verfügte tatsächlich über eine einzige Flasche Bier, die vor vier Monaten abgelaufen war. Rimbach trank sie in zwei Zügen aus.

Um acht rief er an. »Hier ist Ralf. Ich wollte nur sagen, dass ich erst mal bei Kalle bin …«, meldete er sich. Sie legte auf.

»Gut«, sagte Kalle, der mitgehört hatte. »Ihre Stimmung kennen wir also. Dann sollten wir jetzt mal ein Plätzchen für dich zum Übernachten suchen.«

Zum Glück hatte Kalle neben der Küche, die ihm als Ess-, Wohn- und vorerst auch Schlafbereich diente, auch den angrenzenden Flur fast komplett renoviert. Aus einem weiteren Raum im unteren Geschoss, der offenbar als Möbellager diente, schafften sie eine Schlafcouch in den Flur. »Das Teil stand in meiner Jugendbude«, sagte Kalle nicht ohne Stolz. »Fühl dich wie zu Hause. Natürlich kannst du auch die sanitären Anlagen mitbenutzen.« Um zur Toilette und zu einer Waschgelegenheit zu gelangen, musste man über den Hof, sie waren zur Gründungszeit des Anwesens in einem Nebengebäude untergebracht, und genau da hatte Kalle sie auch wieder installiert. Rimbach fand, dass er in dieser Hinsicht mit der Authentizität ein wenig übertrieben hatte.

Es war seiner Lage nicht zuträglich, dass er und Julia in der selben Firma arbeiteten, denn gerade da wollte er ihr nicht über den Weg laufen. Er versuchte, das Problem zu lösen, indem er morgens früher anfing – er konnte ohnehin nicht vernünftig schlafen – und nachmittags eher ging. Das Mittagessen ließ er aus, er wollte vermeiden, ihr zu begegnen und die Angelegenheit vor den Augen von Krüger und Salewski austragen zu müssen. Bevor er am Dienstagnachmittag auf den Braach-Hof zurückkehrte, kaufte er einen Kasten Bier zur Bekämpfung des Kummers.

Am Abend, als es dämmerte, fuhr er zum Ortsausgang von Milsen, hielt auf dem Seitenstreifen der Landstraße und schaute nach oben, wo das Haus stand. Er sah, dass das Licht an war.

Mittwochabend rief er sie an und fragte ganz vorsichtig, ob und wann er seine Laufsachen holen könne. »Morgen Abend«, sagte sie und legte auf, bevor er anfügen konnte, ob sie nicht noch mal über alles reden sollten.

Aber sie zog auch nicht aus, immerhin. Als er um elf seinen Beobachtungsposten unten an der Landstraße bezogen hatte, sah er, dass im Haus wieder Licht brannte.

Er erkannte, dass offensichtlich doch nicht alles planbar war, es hatte beispielsweise nichts davon im Projekt gestanden, dass er leiden würde wie ein Hund. Bereits am Donnerstag gab es die ersten Anzeichen einer beginnenden Verwahrlosung. Er hörte auf, sich zu rasieren, um seine verzweifelte Lage auch nach außen zu dokumentieren. Zudem verfügte er durch seinen überhasteten Auszug tatsächlich nur über die Kleidung, die er beim Verlassen des Hauses angehabt hatte. Eine Hose zum Wechseln besaß er nicht, mit Oberhemd und Unterwäsche half ihm Kalle aus. Die Ärmel seiner Hemden waren zu lang und die Socken vier Nummern zu groß.

Da Julia keinen genauen Zeitpunkt für die Abholung der Laufsachen genannt hatte, machte er sich gegen sechs Uhr am Donnerstag auf den Weg in der Hoffnung, sie vielleicht doch anzutreffen beziehungsweise, falls sie nicht da war, wenigstens noch ein paar andere Kleidungsstücke mitzunehmen. Beides schlug fehl.

Ihr Wagen stand nicht da, und als er vor seinem Haus parkte und zur Haustür ging, sah er sofort die davorstehende Plastiktüte, in die sie seine Laufsachen gestopft hatte. Daneben lagen seine Laufschuhe. Es war ein deutliches Zeichen, dass er das Haus nicht betreten sollte, also nahm er die Sachen und fuhr zurück zum Braach-Hof. Der anschließende Lauf mit Kalle konnte keines seiner akuten Probleme lösen.

Zu allem Übel konnte er an diesem Abend von seinem Beobachtungsposten an der Landstraße keinen Lichtstrahl erkennen. Er wartete eine Dreiviertelstunde, dann fuhr er zurück zum Braach-Hof. Der Gedanke, dass sie nicht nach Hause kommen könnte und irgendwo anders übernachtete, war ihm unerträglich. Noch vier Mal fuhr er in dieser Nacht im halbstündigen Rhythmus zu seinem Haus. Dann, endlich, kurz vor zwei, sah er den gelben Berlingo vor der Tür stehen.

Natürlich hatten Krüger und Salewski, nicht zuletzt aufgrund Rimbachs seltsamen Verhaltens, mittlerweile mitbekommen, in welcher Lage er sich befand. Als Erstes ernannten sie Rimbach mit seinem nur etwa zwei Wochen währenden Zusammenleben zum Inhaber des neuen Trennungsrekords.

Darüber hinaus hatten sie auch Informationen gesammelt. Julia war am Mittwoch mit Kim, ihrer Freundin, deren Freund und Jago in Kassel gesehen worden. Außerdem erzählten sie ihm, dass auch Tommsen nach längerer Abwesenheit wieder aufgetaucht war, er hatte sich am Donnerstag in Joes Garage bei ihnen nach Julia erkundigt und mit einem Papier rumgewedelt, auf dem der Grundriss eines Lofts, den er im schweineteuren Kasseler Stadtteil Wilhelmshöhe erworben hatte, eingezeichnet war.

Es war Freitagabend, und es ging so nicht weiter. Die Ungewissheit musste ein Ende haben, Rimbach hielt es nicht mehr aus. Irgendetwas musste passieren. Später sollte es der Berichte mehrerer Augen- und Ohrenzeugen bedürfen, damit die einzelnen Handlungsabläufe dieses dramatischen Abends zu einem Ganzen zusammenfügt werden konnten:

Es begann im Braach-Hof. Rimbach hatte bis etwa sieben Uhr abends bei Kalle herumlamentiert (»Was ist, wenn ihre alte Wohnung in Kassel noch frei ist und sie dahin zieht? Was, wenn sie nach Alten-Bergen zu ihren Eltern geht? Oder wenn sie wieder zu Tommsen zurückkehrt?«), bis dieser mit den Worten: »Hör auf zu jammern, tu endlich was!« den Kampfgeist des Läufers in ihm geweckt hatte. Nach einem Bier war Rimbach bereit für den entscheidenden Anruf bei Julia, doch sie war nicht zu Hause, und so sprach er auf ihren Anrufbeantworter den wenig originellen, aber umso wahreren Satz, dass er ohne sie nicht leben könne.

Nach einem weiteren Bier rief er in Alten-Bergen an und bekam einen Tipp von Jago, dass sie nach Kassel gewollt habe. Weil Kalle noch eine Lehmmischung für das Verfüllen der Gefache im Wohnzimmer verarbeiten musste und nicht wegkonnte und weil Rimbach schon zwei Flaschen Bier getrunken hatte, nahm er den Zug.

Seine erste Station war Joes Garage, wo er hoffte, sie zu treffen.

Julia war, wie von Jago vermutet, ebenfalls in Kassel. Während Rimbach in Joes Garage nach ihr suchte, stand sie im Dubliners auf der Bühne und sang mit einer Mischung aus Wut und Trennungsschmerz die Ballade »It Must Have Been Love (But It's Over Now)«, woraufhin einige hartgesottene Guinness-Trinker nachdenklich in ihre Gläser schauten und ein paar dreißigjährige Mädchen im Halbdunkel des Schankraumes heimlich ein paar Tränen vergossen.

Krüger und Salewski, die ganz hinten im Lokal saßen,

erlebten ihren Auftritt mit und waren, soweit es in ihren Möglichkeiten stand, tatsächlich tief betroffen. Als sie ihre Vorstellung beendet hatte, sprachen sie kurz mit ihr und schilderten ihr, wie sehr Rimbach am Boden zerstört war (»Er läuft kaum noch« – »Er wäscht sich nicht mal mehr die Haare« etc.), was sie offensichtlich kurz zum Nachdenken brachte. In diesem Moment erschien Tommsen am Eingang und schaute sich suchend um. Mit den Worten »Den brauch ich jetzt am allerwenigsten!« verließ Julia das Lokal durch den Hintereingang und fuhr mit dem Wagen Richtung Joes Garage.

Da Rimbach sich nach zwei Bier zu Fuß auf den Weg von Joes Garage zum Dubliners gemacht hatte, um dort weiter nach ihr zu suchen, mussten sich in diesem Moment ihre Wege gekreuzt haben, ohne dass sie es bemerkten.

Tommsen redete im Dubliners mit Kai, dem Türsteher, rannte danach noch eine ganze Zeit lang suchend herum und fragte schließlich Krüger und Salewski, ob sie Julia gesehen hätten. Beide verneinten, worauf Tommsen zu Fuß in Richtung Joes Garage ging. Er und Rimbach begegneten sich nicht, weil sie verschiedene Straßenseiten gewählt hatten.

Krüger und Salewski erkannten, dass Rimbach über die dramatischen Ereignisse informiert werden musste, und versuchten ihn auf dem Handy zu erreichen, doch das lag auf der Getränkeablage des Nahverkehrszuges in Richtung Göttingen, wo er es vergessen hatte. Da Kalle kein Telefon besaß, sie aber seine Adresse kannten und zumindest Krüger noch geradeso fahren konnte, beschlossen sie, nach Milsen aufzubrechen, um Rimbach aufzurütteln.

Kurz darauf erreichte Rimbach das Dubliners und erkundigte sich bei Kai, dem Türsteher, ob Julia da gewesen sei.

»Komisch«, sagte der, »das hat Tommsen eben auch gefragt. Die war hier, war aber ziemlich fertig. Glaube nicht, dass du die noch irgendwo findest.«

Rimbach merkte, dass es keinen Zweck hatte, weiter zu suchen, und machte sich auf den Weg zum Bahnhof. Hinter dem Dubliners sah er Tommsens schwarzen BMW am Straßenrand stehen, der Wagen stand günstig, und Rimbach trat im Vorbeigehen den rechten Außenspiegel ab. Weil er sehr fest zutrat und der Spiegel erstaunlich leicht abging, spürte er noch Tage später ein leichtes Ziehen in der Leistengegend.

Tommsen kam zu spät in Joes Garage an, um Julia noch zu erreichen.

In diesem Moment waren vier Personen auf dem Weg nach Milsen: Krüger und Salewski auf der Autobahn, Julia auf der Landstraße und Rimbach im Zug.

Kalle hatte auf dem Braach-Hof mittlerweile seine Arbeit beendet und war in der Küche in ein Buch mit dem Titel »Der Kammmolch im Wandel der Jahreszeiten« vertieft, als jemand klopfte und die Küchentür aufging.

»Mann, ist das schwer, diesen Hof zu finden«, sagte Krüger.

»Was wollt ihr denn hier?« Krüger und Salewski in seiner Küche, nach Mitternacht. Der Besuch von Außerirdischen hätte ihn vermutlich weniger überrascht.

»Ein Noteinsatz. Wir suchen Rimbach. Jetzt sag bloß nicht, dass der schon pennt, in Kassel geht nämlich gerade die Post ab ...«

Bevor Kalle eine Erklärung abgeben konnte, klopfte es wieder, und die Tür ging zum zweiten Mal auf. Es war Jago, der nach einem Aufenthalt im Geier noch mal bei Julia reinschauen wollte, sie aber nicht angetroffen hatte und sich jetzt bei Kalle beziehungsweise Rimbach über den Stand der Dinge informieren wollte.

Jago sah sich kurz um. »Bist du jetzt so eine Art Auffangbecken für gescheiterte Existenzen?«, fragte er und nahm Platz. »Und wo ist eigentlich der Depp, der das ganze Chaos ausgelöst hat?«

Der Depp, der das ganze Chaos ausgelöst hatte, traf einige Minuten später ein, da er noch den Weg vom Bahnhof zum Braach-Hof hatte zurücklegen müssen. Er fand sie zu viert um den Küchentisch sitzend in einer angeregten Diskussion, deren Hauptgegenstand er selbst, Julia und ein Projekt namens Conquest waren. Außerdem hatten sie sich seines Bierkastens bemächtigt.

Eine halbe Stunde später waren alle auf dem gleichen Informationsstand, so dass sie mit der Erarbeitung erster ernsthafter Lösungsansätze beginnen konnten.

»Du musst ein Zelt in deinem Garten aufbauen und dich da einquartieren. Wenn sie dein Elend ständig vor Augen hat, wird sie irgendwann weich«, schlug Salewski vor.

»Mein Garten liegt am Hang. Da kann man nirgends ein Zelt hinstellen«, sagte Rimbach. »Und wenn, rollt man gleich wieder raus.«

»Du kannst ja mal nachts hinfahren und bei ihr an die Scheiben klopfen«, sagte Jago, »das freut sie bestimmt.« Rimbach sah ihn genervt an.

»Eine Zeitungsannonce«, sagte Krüger. »Du musst ihr deine Gefühle in einer Zeitungsannonce erklären. Anonym natürlich, damit nur sie allein merkt, dass sie gemeint ist; es braucht ja sonst keiner zu wissen. Wir könnten schon mal einen Text entwerfen …«

»Ihr seid eine große Hilfe«, sagte Rimbach. »Hat sonst noch jemand einen Tipp?«

»Ich hab's«, rief Salewski. »Ich hab die Idee. Du musst ein Lied für sie singen, so wie sie damals für dich. Irgendwas

Ergreifendes, im Dubliners. Wir schleppen sie hin, und dann kommst du überraschend auf die Bühne und singst.«

Es war der erste Vorschlag, der auf allgemeine Zustimmung stieß, von Rimbach einmal abgesehen.

»Ich und singen«, sagte er und tippte sich gegen die Stirn. »Ist klar. Und was schwebt euch so vor?«

»Irgendwas, für das man keine gute Stimme braucht«, sagte Krüger. »Warte mal, ich hab's: Grönemeyer, ›Der Weg‹.« Er begann zu singen: *Du hast den Raum mit Sonne geflu-utet … hast ihn nie verraten, deinen Plan vom Glü-ück.* – »Das ist es.«

»Ach du Scheiße«, sagte Salewski. »Bist du wahnsinnig?«

»Aber das geht voll rein …«

Vielleicht war es nicht schlecht, dass sie an dieser Stelle unterbrochen wurden, denn plötzlich stand, für alle überraschend, Julia in der Tür. Sie hatte, zu Hause angekommen, ihren Anrufbeantworter abgehört, Rimbachs Liebeserklärung darauf gefunden und war zum Braach-Hof gefahren in dem Glauben, ihn und Kalle dort allein anzutreffen. Natürlich sah sie auf einen Blick, dass gerade eine konspirative Sitzung stattfand und alle betrunken waren; die Stimmung wirkte nicht mal besonders gedrückt.

»Gibt's hier eigentlich noch irgendeinen außer mir, der nicht in deine Pläne eingeweiht war?«, fragte sie, und dann knallte sie die Tür zu und verschwand. Jago reagierte als Einziger, er ging hinterher und fing sie im Flur ab, wo sie sich dann ziemlich lange aufhielten und redeten. In der Küche hatten sie die Stimmen ein wenig gedämpft, Rimbach hörte irgendwann ihren Wagen wegfahren. Die Tür ging auf, und Jago winkte ihn raus. Es war ein banger Moment.

»Du sollst dich heute Morgen mal in deinem Haus bei ihr melden«, sagte Jago. »Könnte sein, dass ihr da ein längeres Gespräch habt.«

»Wie hast du das jetzt hingekriegt?«, fragt Rimbach ihn.

»Ich hab mir gestern deine Projektunterlagen mal etwas genauer angeschaut.«

»Du hast meine Projektunterlagen?«

»Klar, Julia hat sie mir vorgestern Abend gebracht.«

»Und?«, fragte Rimbach resigniert.

»Ich hab den Projektverlauf analysiert und ihr geraten, die Urversion deines Projektes mal mit dem zu vergleichen, was sich schließlich daraus entwickelt hat.«

»Und?«

»Ich hab sie darauf hingewiesen, dass sie, unbewusst jedenfalls, den Verlauf des Projektes eigentlich viel stärker bestimmt hat als du. Dass du immer genau das getan hast, was sie eigentlich gewollt hätte.«

»Und hat sie es geglaubt?«

»Nicht geglaubt. Sie hat es erkannt.«

Rimbach erfuhr noch einiges von ihm. Jago hatte schon auf dem legendären Grillabend in Alten-Bergen beobachtet, dass Rimbach Julia kaum aus den Augen ließ. Er und die anderen waren damals präventiv auf Distanz gegangen, weil sie den Anfangsverdacht hegten, dass Julia hier als Ersatz für Tommsen den nächsten »Schrott-Typen« anschleppte.

Sie hatte öfter von ihm gesprochen. Danach hatte Jago versucht, ein bisschen mehr über Rimbach herauszufinden, und war nach dem eher zufälligen Treffen im Geier – nach dem Fußballspiel – zu dem Ermittlungsstand gekommen, dass Rimbach im direkten Vergleich zu Tommsen das »kleinere Übel« darstellte.

Er hatte Julia die ganze Zeit als Informant gedient.

»Und was hast du ihr so alles erzählt?«

»Na alles über das Chaos auf der Baustelle, wo du dich so rumgetrieben hast und so weiter ...«

»Glaub ich dir nicht.«

»Was meinst du, warum Julia an dem Abend in Joes Garage aufgekreuzt ist, als du dieser Inneneinrichtungsschnecke fast in den Ausschnitt gekrochen bist? Ich hab ihr einen Tipp gegeben, wo du dich aufhältst.«

Es passte alles zusammen, auch sein nächtlicher Horrorbesuch bei Rimbach. Sie hatte ihn gebeten, mal unauffällig nachzuschauen, ob Conny Reusch bei ihm übernachtete. Und es gab noch mehr.

»Außerdem wussten wir schon längst, dass du pleite bist«, sagte er.

»Wieso pleite. Habt ihr sie noch alle?«

»Ich hab Jo mal auf Verdacht beauftragt, deine Konten zu checken. Jo arbeitet bei der Bank, wie du dich erinnerst. Und hat einen Kumpel bei deinem Institut in Kassel. War kein Problem für den, deine Kontenstände rauszukriegen. Du bist am Schluss finanziell ganz schön in die Knie gegangen.«

»Das kann nicht dein Ernst sein.«

»Doch. Was meinst du, warum Julia so schnell bei dir eingezogen ist?«

»Um mich vor der Zwangsversteigerung zu retten oder was?«

»So ähnlich …«

Rimbach überlegte. Einiges von dem, was er gehört hatte, konnte zumindest nicht von Nachteil für ihn sein, wenn er sich mit ihr traf.

»Wie sind meine Chancen?«, fragte er.

»Fünfzig-fünfzig, würde ich sagen.«

»Und jetzt?«

»Trinken wir erst mal den Kasten leer.«

»Versprich dir nicht zu viel von dem Gespräch«, sagte sie. Sie hatte ihn sehr förmlich begrüßt, und sie saßen sich in seinem Wohnzimmer gegenüber. Ein Koffer stand in der Ecke des Zimmers. Sie kam gleich zum Thema.

»Ich hab dir vertraut, von Anfang an. Aber jetzt weiß ich nicht mehr, ob ich dir überhaupt noch glauben kann.«

»Wieso?«

»Weil du alles, was mit uns zu tun hatte, von der ersten Minute an inszeniert hast.«

»Musste ich doch.« Er hatte sich vorgenommen, dagegenzuhalten. »Ich hab halt gemerkt, dass ich mit den üblichen Methoden sowieso keine Chancen hatte. Und dass dir bei Männern einige Äußerlichkeiten ziemlich wichtig sind.«

»Stimmt nicht.«

»Doch, stimmt. Und deshalb brauchte ich einen Plan.«

»Dann hätte ja ein Trainingsplan ausgereicht. Hätte ich auch verstanden. Aber der ganze andere Mist: ›Keine Anzüglichkeiten, keine zweideutigen Bemerkungen.‹ – ›Authentisch wirken.‹ Ich weiß doch jetzt gar nicht, wer du bist.«

»Hab ich vor einem Jahr auch noch nicht gewusst. Aber jetzt weiß ich's. Ich bin der Läufer. Der Hausbauer. Der Neunundsiebzig-Kilo-Mann. Der Mann, der Julia Jenner liebt. Ich bin Rimbach. Das Original.« Er zählte an den Fingern ab, was ihm so alles einfiel, und fand es beachtlich.

»Das Original. Bis du dir wieder was anderes einfallen lässt. Eine neue Übernahme zum Beispiel. Überhaupt: ›Übernahme J. von T.‹. Ich hab erst gar nicht kapiert, was das bedeuten soll. So spricht man von Objekten. Oder von Autos oder Vieh …«

»Ich hab das vielleicht nicht so romantisch ausgedrückt. Aber ich brauchte ein Ziel.«

»Und dafür hast du dich und alles andere inszeniert, inklusive der ganzen Show mit dem Haus.«

»Die Show mit dem Haus hat mich ein Jahr meines Lebens gekostet und mich fast ruiniert. Kennst du sonst noch einen Idioten, der das für eine Frau macht?«

»Nein. Du bist der einzige Idiot, und das macht es nicht besser.«

»Aber du warst doch selbst auch nicht untätig. Du hast mich beobachten lassen und Informationen über mich eingezogen, sogar über meinen Kontostand.« Er sagte es ganz ruhig. Er hatte bis jetzt alles ganz ruhig gesagt.

»Das hab ich aus ehrlichem Interesse gemacht und nicht,

um dich an der Nase herumzuführen. Und das mit dem Konto war Jagos Idee.«

»Du hättest mir dein ehrliches Interesse ja mal irgendwie vermitteln können. Anstatt erst mal abzuwarten, ob ich's überhaupt hinkriege. Und ich hätte es auch ohne deine finanzielle Unterstützung geschafft.«

»Das ist infam, dass du jetzt den Spieß umdrehen willst.« Sie stand auf. Rimbach auch. Sie ging zum Fenster und schaute hinaus. »Du hast nicht nur mich, sondern zwei Frauen betrogen. ›Conny Reusch als Lockvogel einsetzen‹, das sagt doch alles. So was Perfides.«

»Das hab ich nur so eingetragen. Ich hab das mit dem Lockvogel nie praktiziert.«

»Das hab ich ja mit eigenen Augen gesehen. Du willst doch nicht erzählen, dass du nichts mit ihr hattest.« Das Gespräch gewann an Lautstärke.

»Hatte ich nicht. Du hast es ja höchstpersönlich von Jago überprüfen lassen. Und wenn. Hatte ich etwa eine Wahl? Du hast doch auch die ganze Zeit mit Tommsen rumgevögelt, während ich mir hier den Arsch aufgerissen hab. Was glaubst du, was das für ein Gefühl war.«

»Es reicht. Das ist die größte Chauvischeiße, die ich je gehört habe. Primitiver geht's nicht. Und die größte Frechheit fehlt ja noch – ›Hochzeit‹. Nicht aus Liebe oder so. Hochzeit als Projektziel. Davon träumt jede Frau.«

Sie drehte sich um und rannte in Richtung Tür, doch er war schneller und verstellte ihr den Weg, und jetzt standen sie direkt voreinander.

»Tut mir leid«, sagte er. »Was ich eben gesagt habe jedenfalls. Das mit dem Projekt nicht.«

»Dann ist ja jetzt alles gesagt.«

»Nein«, sagte er. »Eins fehlt noch.«

»Was denn?«

»Heiraten wir nun, oder was?«

Sie schnappte nach Luft.

21,1

Rimbach schaute sich um. Er war aufgeregt und hatte bereits im Stehen einen Puls von hundertzwanzig, was untypisch für ihn war. Untypisch war auch die Temperatur von knapp dreißig Grad, und das an einem 4. September um elf Uhr.

Er stand am Start des Kasseler Halbmarathons und konnte kaum glauben, dass er dazugehörte, zu diesem riesigen Feld von über dreitausend Läufern, die heute etwas Außergewöhnliches leisten würden, etwas, wozu die meisten Zuschauer am Streckenrand nicht in der Lage waren und was viele auch gar nicht nachvollziehen konnten.

Angespannt wartete er auf den Startschuss und ging seine Taktik noch einmal durch. Ruhig anfangen, sich nicht nervös machen lassen und sich dann auf den Kilometerschnitt einpendeln, der ihn zum Erfolg führen würde. Unter zwei Stunden für die 21,1 Kilometer waren Pflicht für ihn, dafür hatte er trainiert, und dass er das draufhatte, wollte er sich und dem Rest der Welt beweisen.

Es dauerte lange, bis er im Gedränge nach dem Startschuss über die Linie lief und die Stoppuhr drückte. Er hatte weit hinten gestanden, und so legte er den ersten Kilometer im Zickzacklauf etwa zwanzig Sekunden zu langsam zurück und lief dafür den zweiten Kilometer viel zu schnell.

Dann war er drin im Rennen, hatte seinen Platz und sein Tempo gefunden, die Beine waren leicht, und er gewann an Sicherheit. Die nächsten drei Kilometer lief er fast exakt in der Zeit von fünf Minuten fünfunddreißig, und damit war er voll auf Kurs.

Er hatte sich ganz auf den Lauf konzentrieren wollen,

doch es war nicht zu vermeiden, dass er jetzt an Julia dachte und an das Streitgespräch, seit dem einige Wochen vergangen waren. Er konnte es immer noch nicht fassen, dass sie auf seine Frage mit »Ja« geantwortete hatte.

Und dann hatte sie die Sache in die Hand genommen und den Hochzeitstermin auf den 4. September gelegt, den Tag seines Halbmarathons, und gleich für diesen Tag den Geier gebucht, für die Feier, ohne sich vorher mit ihm abzustimmen. Man konnte diese Aktion nur als Revanchefoul interpretieren; sie hätte eigentlich wissen müssen, was ihm der Lauf bedeutete. »Eins geht nur, Heiraten oder Halbmarathon«, hatte es lapidar geheißen, »du musst dich entscheiden.« Er hatte sich entschieden. Und sie würde nicht am Streckenrand stehen, definitiv.

Die erste Trinkstation nahte, und Rimbach wendete die von Kalle empfohlene Trinkbecher-Knick-Technik an, was zur Folge hatte, dass er sich die Hälfte des Becherinhaltes in den Kragen seines Laufshirts schüttete. So erfrischt, ging es weiter, erstmals leicht bergauf, die Sonne knallte auf den Asphalt der zweispurigen Straße, und Rimbach wich jetzt gelegentlich von der Ideallinie ab, wurde zum Schattensucher in der sich ausbreitenden Hitze. Er überholte einen Kollegen, den er vom Enterprise-Projekt kannte. Das Projekt war seit einigen Wochen beendet, ein Typ vom Vorstand hatte auf der Abschlussveranstaltung allen die Hand geschüttelt und für die gute Arbeit gedankt und war dann verschwunden, um ihre Gesichter und Namen zu vergessen. Danach hatte es Schnittchen gegeben.

Das Feld der Läufer hatte sich weit auseinandergezogen. Irgendwo ganz vorn lief wohl Tommsen, doch mit ihm brauchte er sich nicht zu befassen. Tommsen würde den Halbmarathon dreißig Minuten vor ihm beenden, routiniert wie fünfzig Male zuvor, eine Maschine, die möglicherweise sogar mit verbotenem Treibstoff lief und schon deshalb kein Gegner für Rimbach war.

Rimbach hatte Kilometer zehn erreicht und sah auf die Stoppuhr. Knapp siebenundfünfzig Minuten, das war kritisch. Sein Plan war gewesen, hier schon ein kleines Zeitpolster zu haben, denn er wusste, dass das Schlimmste noch vor ihm lag. Er beschloss, von jetzt an erst einmal nicht mehr auf die Uhr zu achten, und das war völlig untypisch für ihn.

Unter den Dreibrücken, einer Eisenbahnunterführung, fiel er in eine erste Depression. Redete sich ein, dass er sich noch viel fitter fühlen müsste und dass seine Kraft nicht reichen würde für die nächsten Kilometer, die knochenhart werden würden.

Dann ging es richtig bergauf, und Rimbach verfluchte die langen Steigungen und die Hitze, die er nicht eingeplant hatte. Sicher konnte man so einen Lauf auch im Wohlfühltempo herunterspulen und ihn dabei sogar genießen. Aber Rimbach hatte die unkomfortablere Methode gewählt, er hatte sich ein Zeitziel gesetzt und ließ es nicht aus den Augen, und er bezahlte dafür mit Schmerz.

Zwei Stunden die Zähne zusammenbeißen, das war immer drin. Kalle hatte es ihm erklärt: Wie oft erwischte man im Kino einen schlechten Film oder jedenfalls einen, der einen langweilte, und musste dann auch durchhalten. Wie oft sah man sich ein grottenschlechtes Fußballspiel an, musste ebenfalls leiden und fühlte sich danach beschissen. Warum also nicht einen Lauf von knapp zwei Stunden durchstehen mit dem Unterschied, dass man sich danach nicht beschissen fühlen würde, sondern phantastisch?

Kalles Philosophie half ihm über die lange und harte Steigung nach den Dreibrücken hinweg. Er hörte auf nachzudenken, lief jetzt wie mechanisch, es reichte nicht mehr für Abschweifungen, er nahm auch nicht mehr viel um sich herum wahr, sondern schob sich Meter für Meter voran. Er trank noch einmal, verschluckte sich und schüttete wieder die Hälfte daneben. Es war im Grunde kein richtiges Trinken. Es war Saufen.

Fünfzehn Kilometer waren geschafft. Die Steigungen lagen hinter ihm, er hatte jetzt die Partymeile erreicht. Vor Joes Garage standen Krüger und Salewski, Rimbach lief vorbei, verschwitzt und geistesabwesend, und bemerkte sie kaum, er nannte diesen Zustand totale Konzentration, sie würden ihm später etwas von völliger Umnachtung erzählen.

Hundert Meter weiter sah er Conny, auf einem Bierkasten stehend, damit sie die Menge überragte, sie reckte ein Schild mit der Aufschrift »Go, Rimbach, go!« in die Höhe. Es gab ihm einen Impuls, und er hob den Arm und verzerrte sein Gesicht zu einem Lächeln, dem ersten seit vielen Kilometern.

Er musste Tempo aufnehmen, musste wieder in einen schnelleren Rhythmus zurückfinden, was ihn unglaubliche Überwindung kostete, und er durchlebte die härtesten Minuten seines Läuferlebens. Vor ihm lag jetzt der Auedamm, endlos, schnurgerade und ohne Aussicht auf das Ziel. Einige um ihn herum brachen ein, hatten die Strecke unterschätzt oder waren Opfer der Hitze geworden, und Rimbach spielte mit dem Gedanken, ebenfalls ein paar Meter zu gehen, um dann mit Würde durchs Ziel zu traben. Bei Kilometer neunzehn sah er noch einmal auf die Uhr. Er war seit einer Stunde und neunundvierzig Minuten unterwegs.

Schlagartig wurde ihm klar, dass es noch möglich war, sein Ziel zu erreichen, wenn er bereit wäre, sich noch einmal ein bisschen Stress zu machen. Er ließ die letzte Getränkestelle aus. Das Halbmarathon-Feeling war wieder da, er nahm wieder etwas von dem, was um ihn herum passierte, wahr, sah die Leute am Streckenrand, es wurden immer mehr, sie riefen und winkten. Vor ihm sprang eine Ampel, die hier normalerweise den Autoverkehr regelte, auf Rot, und Rimbach lief einfach weiter, sie hatte nichts zu melden an diesem Tag und konnte ihn nicht aufhalten, und in diesem Moment wurde ihm bewusst, dass ihm die Strecke gehörte und die ganze Stadt und dass dies sein Lauf war.

Er gab noch einmal Gas, viel zu stark und viel zu früh, aber da sah er in der Ferne bereits das Ziel und spürte den Sog, und er brachte den Schlussspurt über die Linie und drückte die Stoppuhr nach einer Stunde, neunundfünfzig Minuten und vierzig Sekunden.

Er wollte die Hände auf die Knie stützen und ein wenig durchhängen, als er im Gedränge eine Frau wahrnahm, die etwas verteilte. Rimbach bewegte sich auf sie zu, er hatte schon wieder den Tunnelblick und schob die Leute beiseite, die ihm im Weg waren, dann stand er vor ihr, und sie hängte ihm die Medaille um, die jeder bekam, der den Lauf durchgehalten hatte. Es war ein seltsam stiller Moment inmitten der Menschenmenge.

Kalle kam auf ihn zu und gratulierte ihm, zog ihn heraus an einen weniger belebten Platz am Rand des Zielbereiches und machte ein Foto von ihm. Und gab ihm eine Flasche Wasser.

»Atme erst mal durch«, sagte er. »Ich stelle mich mal an und versuche, deine Soforturkunde zu bekommen. Bis gleich.«

Rimbach setzte sich auf einen kleinen Mauervorsprung. Die Spannung fiel ab von ihm und wurde ersetzt durch Euphorie und eine angenehme Müdigkeit.

Es gab eine ganze Reihe Leute, die an seinem Erfolg beteiligt waren. Kalle hatte die Idee gehabt, dass es, rein organisatorisch gesehen, für Rimbach trotz der Hochzeit möglich sein müsste, den Halbmarathon zu laufen. Jago war in diesem Zusammenhang eingefallen, dass sein Bruder Jo an dem Tag, an dem er geheiratet hatte, die Braut erst kurz vor der Trauung hatte sehen dürfen; er hatte Katrin an diesen guten alten Brauch erinnert, die sofort begeistert von der Idee war.

Also war Julia an diesem 4. September gegen neun Uhr in der Frühe nach Alten-Bergen verfrachtet worden. Um vierzehn Uhr würde sie von ihrem Vater zum Standesamt nach Milsen gebracht werden. Rimbach hatte in dieser Zeit frei.

Man konnte nicht behaupten, dass er die freie Zeit nicht genutzt hätte.

Es war jetzt dreizehn Uhr zehn, und alles lief wie geplant. Rimbach holte in der angrenzenden Messehalle den Kleiderbeutel, duschte und stieg in seinen Tommsen-Anzug. Kalle kam rechtzeitig mit der Urkunde und ging mit ihm zum Parkplatz, wo Jago mit dem Cooper wartete. Im Auto fuhr Rimbach den Laptop hoch und übertrug das Foto von Kalles Kamera auf den Rechner neben den vorbereiteten Text, in den er noch seine Zeit eintippte. »1:59.40, gelaufen für Julia am 4. September«. Zu Hause würde er noch schnell die Soforturkunde einscannen, das Ganze auf einer Seite ausrichten und dann auf Fotopapier ausdrucken, als Überraschung für Julia.

Rimbach hatte vorgehabt, es ihr gleich vor dem Standesamt zu überreichen, aber Kalle hatte vorgeschlagen, bis nach der Trauungszeremonie zu warten, vielleicht sogar bis zum Abend, wenn sie im Geier wären. Rimbach fand die Idee nicht schlecht. Es konnte nämlich gut sein, dass er sich abends auf der Feier ab und zu mal hinsetzen und die Beine hochlegen musste, und dann würde sie auch verstehen, warum.

Sie würde begeistert sein.